青春这么美，永远不告别

郭保林————著

郭保林散文精选

作家出版社

图书在版编目（CIP）数据

青春这么美，永远不告别：郭保林散文精选 / 郭保林
著 . -- 北京：作家出版社，2017.6
　ISBN 978-7-5063-9566-3

Ⅰ．①青… Ⅱ．①郭… Ⅲ．①散文集 - 中国 - 当代
Ⅳ．①I267

中国版本图书馆 CIP 数据核字（2017）第 166339 号

青春这么美，永远不告别——郭保林散文精选

作　　者：郭保林
责任编辑：王　烨　韩　星
装帧设计：粉粉猫
出版发行：作家出版社
社　　址：北京农展馆南里10号　　　　邮　　编：100125
电话传真：86-10-65930756（出版发行部）
　　　　　86-10-65004079（总编室）
　　　　　86-10-65015116（邮购部）
E-mail:zuojia@zuojia.net.cn
http://www.haozuojia.com（作家在线）
印　　刷：三河市北燕印装有限公司
成品尺寸：152×230
字　　数：220千
印　　张：15.75
版　　次：2017年7月第1版
印　　次：2017年7月第1次印刷
ISBN 978-7-5063-9566-3
定　　价：32.00元

前 言

生活里还有诗和远方的田野

郭保林是当代散文名家，他的作品深受广大读者，特别是大学生、中学生、教师和评论家的喜爱，多篇散文被人民教育出版社、高等教育出版社等权威出版机构选入大学、中学、小学语文课本（包括职业高中、中等师范、全国高职高专语文教科书·必修），还有多篇散文被列为全国多省（区、市）中高考语文模拟试卷、教辅，以及新加坡《汉语学习范文》和数百种优秀中学生读物、散文选集，在教育界产生了广泛影响。

郭保林散文创作量大质高，风格多元，语言极其优美，文采璀璨绚丽，不少散文堪称名篇佳作。郭保林被评论家誉为"中国别具特色的抒情散文家"，他的文化散文还被誉为"诗人、作家的文化大散文"。其作品以生命体验和诗性描写为主基调，饱含着深厚的历史知识、深邃的思想和深入的哲学批判精神，揭示文化丰厚的内涵，同时又以豪放激越、高昂的艺术格调，给读者以悲壮、崇高、博大又深沉的审美感染。著名作家鲍昌誉之"铺陈画卷，着色浓烈""势壮雄强，枪笔俱匀""颇具宋代范宽画风"；荒煤赞之"用浓郁的情感、自由奔放的诗的语言描绘，打开读者的心扉，激发人们去玩味思考"；冯牧称之"他追求一种苍茫浩渺的历史感，豪放、激越、高昂，乃至悲壮"，林非、孙绍振等百余位著名学者、教授、评论家纷纷撰义，高度评价他的散文创作"雄浑中含有细微，豪放中不减婉约"。

郭保林的创作成就载入《中国二十世纪文学史》《中国散文通史》

等多种史学著作。正如《中国散文大系》编者按语所概括的："郭保林散文题材广阔，内容丰富，情感激越，气魄恢弘，色彩明丽，想象飞腾，意境深远，风格沉雄""谱写的是一部庄严壮阔的时代史诗和民族史诗……抒写的是一首首生命浩歌和一部生命启示录"。

这部作品经过多名中学语文特级教师的热情推荐和精心评析，凝聚着他们的心血和汗水，洋溢着他们的智慧和才情，对此予以感谢。此书对语文教学、提高学生文学修养和汉语写作均有很大帮助，尤其对学生中考、高考习作冲冠，大有裨益。

编者

2017年5月

目　录

我寄情思与明月

久离故土,心中难免郁积起一叠叠沉甸甸的乡情。

乡情像一条坚韧而绵长的丝线,无论走到哪里,它总是伴着我一同前进。山,隔不断;水,剪不断;一头系着故乡,一头系在我心中。在城市住久了,思念故乡的心越发殷殷的了,这一叠重重的乡情该怎样寄托呢?

托给那一缕飘逸的风。可它太放浪了,靠得住吗?托给那一片悠悠的云。可它太轻薄了,载得动吗?

哦,托给那一脉幽幽的月光吧——那湿漉漉、晶莹莹的月光,会翻过山岭,跨过河流,穿过翳密的林薮,载着我沉甸甸的情思,把一朵朵鲜润润的吻,一声声热乎乎的问候,给我的小河,给我的白杨林,给我的梨园,给我的场院,给每一朵野花,给每一株小草,给颤动在花瓣上的点点晨露,给栖落在草叶上的红头蜻蜓……啊,给我那像按在平原上一枚图钉大小的乡村。

而今,又是月到仲秋了。

月,对城市来说,实在太吝啬了。即便这仲秋之夜,那月也是慵慵的、倦倦的,只在遥远的天国微微睨着,月色淡淡的黄,像病恹恹少女的脸靥;地上,空中,弥漫着薄薄的、烟一样朦胧的光,仿佛风一吹,就消逝殆尽了,哪有故乡月色如水的清澈,如银的锃亮?

我思念故乡的月。

撇下妻与子,我独自走至郊外的山野,坐在山坡一块岩石上。脚下是灯火万家的烟城,仰首天穹,只见一羽鹅毛似的絮云,在月儿的脸上抚来抚去，一会儿又有一匹尼龙纱巾似的流云，网住了月儿的蝉鬓；又一会儿云翳褪尽，便见如水中的明珠，如浴后的白莲，施施然脱颖而出，于是山野便盛满了月的思想、月的灵魂。

我的思绪也像鸟儿一样，乘着这缥缥缈缈的月光飞去了，飞过迷蒙的烟水，飞进故乡那如诗如画的月色里……

故乡五月的月夜，在我儿时心灵里是一幅多么迷人的画儿啊！

那是最新、最美好的时刻，天空像刷洗过一般，没有一丝云雾，蓝莹莹的又高又远。月儿像一个姗姗来迟的妩媚的少女，她把满目清朗朗的光晕洒下来，那满院便是一片明晃晃的晶莹，槐花瓣上便注满月的流汁、月的凝脂；空气里弥漫着花的幽香、月的芳馨。院角，墙缝里，蟋蟀，这些骚扰不安的夜的骑士发出爆裂般的歌唱……

这时，我便坐在院里洋槐树下，或躺在母亲的怀抱里，望着星，望着月，读着那永远也看不懂的黛蓝色的天书。有时母亲也扯着我的小手，摇来晃去地唱道：

> 筛箩箩，打躺躺，
> 磨斗面，送姥娘，
> 姥娘不在家，
> 喜得妗子笑哈哈……

其实是我笑，母亲笑。笑声在融融的月里飞飞飘飘。摇过，唱过，便给我讲起许多月的传说，我也常趴在母亲的肩头，问那月娘为何不下来，干吗老待在天上？问月娘吃什么，那儿有杜梨、有酸枣，也有"甜杆"吗？那星儿可是她的孩子？云遮住了月的脸，好久好久不露面，是月娘病了吗？小小心灵中盛满了许许多多的童稚和疑惑。稍大一点，我和小伙伴儿喜欢在月光里奔跑，追逐，嬉闹。或场院，或河滩，或树林，那是我们这些"小精灵"活动的第一个舞台。跑累了，闹乏了，就坐下来唱歌。我们的嗓子嫩稚稚的，像刚脱壳的蝉，刚脱皮的蝈蝈。我们的歌清朗朗的，月娘听了，给我们一片湿润润的吻；花儿听了，给我们一片幽幽的香；云儿听了，给我们一片柔柔的情。

至于瓜棚月夜，那是孩子心目中最动人的一幅画了！

那是怎样迷人的景色啊！暮霭沉沉下垂时，月亮尚未升起，萤火虫却已从夜幕里钻出来，就像从夜空里飘洒下来的星星，忽高忽低、忽上忽下无声地飘荡着，飘荡着，在瓜棚、瓜园的周围飞舞起来了。当月亮升起的时候，田野就像撒了一层银粉。远远的树林，近处的田陌、沙冈，呈现一派既清晰、明亮，又空灵、柔和的景色。

那生产队的瓜园对我们多么富有诱惑力啊！满园枕头大的银瓜、西瓜，棒槌大的菜瓜和大大小小的甜瓜，从碧绿的叶缝里，裸露出丰满诱人的笑脸，散发出浓郁的馨香。温和的夜风，载着瓜的芳香，以及晒蔫了的瓜叶的气味，露水和夜的气味，一齐弥漫过来，沁人心脾，令人陶醉。在月色里可以依稀看到圆滚滚的西瓜——果皮上泛着一层白粉，白粉上镂刻着一道道深绿色的花纹；还有羊角蜜，长得像一只羊角，上尖下粗，弯弯着腰，黄色的外皮，打开来，露出粉红色的瓜瓤儿、紫红色的瓜子儿，咬一口，满嘴淌蜜；青皮脆，翠绿色的瓜皮上长着一条条黑纹，打开来，奶白色的瓜瓤儿，像水嫩欲滴的奶酪，甭提多甜了。至于"花狸虎""三道筋"，那都是瓜家族里上好的成员。还有一种叫大面墩，个头长得特别大，长长的，黄黄的，吃起来面面的，像吃馒头，简直可以当饭。

我们常常结群搭伙地去偷瓜，在月色里演出一幕幕喜剧、闹剧和恶作剧来。看瓜的是"三老瘪"——一个瘦老头儿，我们叫他瘪三爷。偷瓜时，我们先派一个"侦察兵"，悄悄地溜进瓜棚，在他眯着眼打盹的时候，在他的鞋壳里面放一把干蒺藜，然后，在瓜园小径上也撒下蒺藜。一旦他发现偷瓜时，跳下床铺，脚一着鞋，就被扎得龇牙咧嘴，光着脚追赶我们，小径上的蒺藜又扎得他直吼直骂。叫骂声中，我们早已抱着几个甜瓜或西瓜像小狗獾似的跑远了。于是，我们就躲在河滩里，趴在草地上，尽兴地享受"战利品"；吃饱了，打着饱嗝，带着一种满足、一种快意、一种甜蜜，"宿窝"去了……

我真正读懂"故乡"这部书时，也是在月光下，那时我已高中毕业了，暑假里，我等候着高考福音的降临。

七月的傍晚，夜幕垂下了，蛙鼓响了，萤火亮了。我割满一筐牛草，坐在小河边，洗净了脚，洗白了手。我望着河水，见那河水发亮了，像黎明的晨曦。突然，那河水开始有银蛇游动了，抬头看呀，一轮金黄的明月，抖抖地出现在我面前，金灿灿，明晃晃。我惊呆了，两眼痴痴地望着这样辉煌、这样妩媚的明月。它如同一枚熟透了的柿子，散溢着浓馥的芳馨，饱蕴着汁液，沾着蒙蒙水汽。它金色的流汁、金色的柔光泼泼洒洒地倾泻在故乡广阔的田野上，远近的房檐、树梢、垛顶、水痕，全都泛出淡淡的金色光芒，一阵微风吹过，田野的光霭便闪闪地流动起来——潺潺地，湲湲地，幽幽地，轻轻地，对这耳语一阵，对那亲吻一会儿，悄然地，悄然地，不出一点儿声响。这时候谁要咳嗽一声，它会惊恐不已，迅速地躲到背后，或是用小草将自己遮掩。我狂喜地望着这种神奇的月色，仿佛走进月的梦境。一切都是闪闪烁烁、蓬蓬勃勃，我陶醉在这金色的梦幻中了。

随着夜的脚步，那月亮渐渐变得更加明丽妩媚起来，她悄悄地、步履蹒跚地沿着河边的柳树枝干向天幕上走去，没有一点儿声息，又似乎听到窸窸窣窣的脚步声。月色比先前更清幽、更迷人了，沾着看不见的甜湿的夜露，一页页翻开在旷野上——远处堤上的柳条，身边坡上的紫丁香，一齐楚楚地向我伸展过来，把树枝和小草的影儿投射在河堤上。宿鸟在枝头上叫着，小虫子在草棵子里蹦着，田里的庄稼在拔节生长着，田野里也有千万生命在欢腾，花和沉静的草，越发显得芬芳扑鼻……这时，你可以尽情领略夏夜的安谧与恬静，夏夜的醇厚与丰富，夏夜的深邃与喧嚣……

但是，我的梦退潮了，我醒来了。我发觉，月照处的高冈河坝像朦胧的画，没照的低洼处像深沉的诗。于是我借着月光一行行一页页地阅读着故乡这部祖传的书：卧在月光下的牛，溶进月色里的柴烟，破旧的村舍，古老的磨房，发黑的麦秸垛，长着绿醭的水坑，木质皲裂的辘轳把柄，弯弯曲曲的小路，小路上那沉重纡缓的辙沟，还有这茂茂腾腾的庄稼，黑黝黝的土地，以及渗进大地深处我祖祖辈辈的汗水，和被风雨蚀去的重重叠叠的脚印……这是一部写满象形文字的书，我们古老民族皇皇历史巨著沉甸甸的一章。此时，我才真正弄懂"故乡"这个字眼深奥而丰富的内涵——繁衍，生息，创造，发展，艰难，执着，挣扎，奋搏……这莫不是故乡的生命坐标？

我年轻的心灵中顿然萌动了一种伟大而纯挚的情感，也萌动了一种苍茫的历史感和沉重的使命感……啊，故乡！

最令人眷恋的是中秋月。

中秋节，那是月的节日。

平原上，托出一轮圆月，犹如维纳斯的诞生一样迷人，一样富有魅力，又像泰山日出、黄河落日一样辉煌庄严。有一年回故乡，我在日记里曾记录过故乡中秋月出的壮丽景观：

> 那隐晦的、沉思般的蓝湛湛的底色上，洒下了最初的几滴欢乐的蛋白色的水珠，并逐渐地浮泛开来。这色调又转为玫瑰黄，犹如丹青手的画笔在纡徐地涂抹，逐渐变得宏大、变得清晰，使玫瑰黄越聚越浓。天空中那金黄的、一路上扫荡一切的、火焰般的色彩，开始泛滥开来。又如一部交响乐。先是用一只细细的笛音悠悠地、从遥远的深处传来，渐渐声音变得清晰、宏阔、昂扬，接着管弦齐鸣，锣钹奏响，啊……这时，我仿佛听见月神被簇拥出来，如此圆润、清晰和庄严、安详。我屏住气，瞠目呆住了，这样伟大的、这样迷人的月出的远景，我却从来没有看见过。月亮离地，大约不盈尺的光景，霎时间，那所有的星星都似乎隐蔽了，唯有这轮金黄的月在向这夜的世界泼洒着流汁一样的柔辉，而那点点的遥村远树，淡得比初春的嫩草还虚无缥缈……

这时，家家户户男女老幼便团团坐在摆放在院子里的地桌周围，开始了丰盛的晚餐，享受一年一度最神圣、最迷人的天伦之乐。而家家的地桌上都摆满了瓜果梨桃，摆满了特制的成套的月饼，装潢鲜丽如新月。那月饼有枣泥馅的、糖馅的、瓜子和花生芝麻馅的，上面印着"嫦娥""桂树"的图案。这时，母亲并不急着吃，望着我这远归的儿子那种吃月饼时甜甜的、贪婪的样儿，脸上的皱纹化为一朵美丽的微笑。我咀嚼着月饼，也重温着故乡——那远处传来的机器的轰鸣声，那电视机播放出来的歌声，和谁家院子里不时爆发出的一阵阵舒心爽朗的笑声，都流淌着收获的喜悦，火红的富足，甜美、热烈、沸腾的追求，那么新鲜，那么动人，那么令人遐思和憧憬。月饼的甜，瓜果的香，醉意浓浓的乡情，连同母亲的笑都就着月光吃进肚子里了，至今我的舌尖上还带着那甜甜的、馨香的记忆！

夜深了，露重了。抬头望去，高高悬挂中天的是山野特有的中秋月，她圆润，安详，静静地放射着柔和的光，如同母亲温柔的目光，温柔的微笑。山风轻轻地摇荡不息，载着清澈绮丽的光波，欣然地洒在无限的静穆之中。在这静穆中，故乡仿佛一步一步向我走来，带着我童年的回忆，少年的足迹，熟悉的乡音；带着小河的琴声，白杨林的涛韵；带着甜甜的炊烟和庄稼成熟的芳馨……

难忘的故乡！难忘的亲人！愿我这一缕缕浓浓的乡情，托给天上的明月，愿那月光载着我这梦一样温存、云一样迷惘的情思，飞到那鲁西平原上的小村！

1987年中秋节前夕

本文选入《中国散文鉴赏文库》（当代卷），后被人民教育出版社选入普通高中《语文读本》（必修）、中等师范语文教科书（必修）、职业高中《语文》第二册；被高等教育出版社选入《大学语文》、大学《语文教程》以及数十种中学生读物、优秀散文选集。

【赏析】

这篇散文给人的突出感觉是美。语言美、意境美、氛围美,这一切都源自作者心底里对故乡的那一片深深的情,浓浓的爱,深情厚意流泻笔端,便成就了这一诗情画意的美文华章。

作者眼中的月那么样的美,它是故乡的化身,承载着作者一腔思乡柔情。五月之月,瓜棚月夜,七月月夜,以及中秋之月,写得有滋有味,声色光影,摇曳生姿,已达极致。

郭保林被称为"写景圣手",他的散文非同寻常之处是对自然景观描写的细致、生动、逼真、传神。本文就是景中有情,情中带景,情景交融,言之有物。之所以达到如此高的艺术水准,首先缘于作者谋篇布局上的高明:中秋月夜,游子独自置身城市郊外的山野,借月抒情,思乡怀亲,沉湎旧事,任思绪驰骋,在一个广阔的时空背景下放飞记忆的翅膀,尽情描摹不同时期、不同环境、不同心境下的月与月下的故乡和故事,很有层次感,既扩充了作品的内涵,也使得作品五彩缤纷,丰满多致。

作者拥有一支生花妙笔,语言灵秀俊逸是作品成功的关键。"理想美是一个美的事物的美的表现。"(席勒语)作者笔下的美的语辞就像一个个小精灵一样跳荡奔跃,组成了一幅幅美轮美奂的画面,让难以言传的情景变成具体可感的形象,又让人进入到一种如梦似幻的诗性的境界。

小桥·流水·人家

时近黄昏，我顶着一天落霞，沿着山路蜿蜒而行，把一座座婀娜多姿的奇峰抛到身后，回眸望去，像一群仙女披上淡蓝色的朦朦胧胧的轻纱，急匆匆地遮住面靥，又悄然滑过脖颈，露出婷婷的玉体。

小路绕了几个弯，前面出现了一片片浓浓的竹林，一条小溪缓缓地从竹丛里探头探脑，似羞似怯，但那咯咯的笑声却抑不住，泻了出来。再往前走，露出一幢石墙，一缕蓝色的炊烟，袅袅地飘在竹林里，从那炊烟里流出新米和青菜，还夹杂着松枝的香味，挺撩人的。

一座小石桥，桥下淌着的便是溪流的歌了。桥墩是石头的，上面长满黛绿色的苔藓，显得拙朴和苍老。桥面的石板滑滑的，那可经历了几多风雨的磨洗和岁月悠悠的脚步？几尾小鱼在流水里款款地游，显得那么无忧无虑，那么逍遥自在，那么天然可爱。小桥、流水、人家，倒有几分古典的韵味。山岚、竹篁、落霞，更添一抹原始的古朴。

穿竹篁，过小桥，拨开镶满喇叭花和野藤萝的篱笆，我走进这山里人家。小小庭院里，一个小女孩，五六岁的样子，正搂着一只小黑狗玩耍。那女孩黑黑的，黑得可爱，仿佛带着泥土的原色，带着青草的野香。那小狗狺狺地叫起来。小女孩搂着小狗的脖子，小狗又从手下挣脱出来，冲着我叫。

"娘，来银（人）了！"

"小五子，是谁呀？"话音未落，从屋里闪出一个女人来。

山里人热情而笃厚，她打量我一下，大概看出我是上面来的干部，很高兴地说："屋里坐吧！"接着冲着后窗喊，"小三子，你在哪里挺尸呀!"一会儿，从院后走来一个十二三岁的女孩子，两只小葡萄似的眼睛，忽闪忽闪的，手里握着一个菜篮子，里面盛着葱、黄瓜、柿子椒，鲜嫩嫩的。

我还未坐下，大嫂已把一盆洗脸水放在我眼前。原来，墙外是一条山泉，那泉水清澈而明净，再往外便是极深的山涧，远处起伏着跌宕多姿的峰峦，染上一层浅浅的暮色，半是雾纱、半是暮霭的云缭绕其间。

小庭院里栽着石榴，石榴花儿正盛开，红灼灼的；一棵银杏树下安置着光滑的石碾；四周篱笆下栽着月月红、山丹花、喇叭花和野藤萝；几只红绿杜鹃、翘着尾巴的阳雀在枝头上叫。这真是花的家、鸟的家、云的家。

而往山坡上看，满山满坡都是松、杉、橡、楸，翠绿、墨绿、浅绿、黛绿，郁郁葱葱、浓淡各异的绿色构成大山景观的主调，间或有几丛杜鹃、山丹，笑盈盈地从绿色中探出头来，一抹鹅黄，一抹水红。是哪位丹青手如此匠心独运、妙笔生花？我不由得羡慕起山里人家的福气来。

我问小三子："你上学没有？"

"没有。"她怯怯地答。

"她上哩，"小五子说，"上到二年级不上了。"

"为啥？"

"娘不让我上哩，供不起……说让哥哥上，哥哥上了能成大事。"

"你姊妹几个？"

"五个。"

"姐妹四个，一个哥哥。"

"你哥哥在哪里上学？"

"在舅舅那村里。"

"好远吗？"

"得爬两座山，在燕子凹。"

"你一年级在哪里上的？"

"也是在舅舅家……后来，娘不让上了。"说着她眼睛涂上了一层淡淡的悲哀。

女人和孩子一会儿就把桌子铺好，将饭菜端上。桌上是两碗凉拌黄瓜，一碗辣椒，一碗酸菜。吃饭时，女主人说，男人去舅舅家帮工去了，盖房子。又说，就是没电影看，她那孩子十二三岁，还没看过电影。记得有一年，县上的电影队放映过《红灯记》，后来，也就一直没有来过。

吃罢晚饭，夜色已沉沉地弥漫在山丛间了。远山，近树，山泉，屋舍，完全失去了生命的光彩，呈现出无色、无声的单调。人们的视线只能捕捉到兀立在陡峭崖壁上一块岩石的轮廓。天地一片混浊，山朦胧，树朦胧，朦胧得像吹不散的雾，淹没了一切，黑暗得使人感到压抑。

一丝凉丝丝的东西，隔着窗棂钻进来，我向外看去，不知何时下起雨来。雨脚如麻，远山近岭完全融进夜幕里。

大山的夜晚是那样岑寂，没有狗吠，没有灯光，更没有电视机的歌声，像梦一样酣沉。

屋后的山泉似乎响声更大了，哗哗啦啦，在雨夜里，显得那么清脆，悠长而单调。

小三子在昏暗的麻油灯下正画着什么。我不免搭讪几句。于是，我走过去弯下腰问："你在画什么？"她抬起头看了我一眼，那双眼睛并不好看，但很纯净，诚实。她垂下眼皮，似乎有点不好意思，不住地用一双黑黑的小手，搓着一根"画石猴"，说，"画个火车……"我看她的杰作，摇头说，"不像啊！"她马上停止了搓那根"画石猴"，没说话。她从旁边捡起一根草节，嚼在嘴里，咬断，又吐掉，似乎表明，她不在乎像与不像，好一阵才说："我没有彩笔呀，我没见过火车呀！"然后又使劲地吸了一下鼻子。

我轻轻地叹息了一声。

山里人很少外出，他们守着家门口，南地北地，北坡南坡，脸朝黄土背朝天，年年月月，一把镢头，两腿黄泥，以做本分的庄稼人为荣。大千世界都发生了什么事情，他们并不关心，县境以外有多大，他们并不知道。飞机偶尔从头顶飞过，像小老鸹，这也惊动男女老幼一家出来看个稀罕。许多人没见过火车，告诉他们，火车上放杯茶，也不会洒，他们感到十分惊讶，何况这孩子呢？我心里生起一种淡淡的悲哀。

大山阻挡了孩子的目光，禁锢了他们的梦幻，然而，那两颗泉水一样的眼睛，分明蕴含着一种深深的向往之情。

第二天，天亮时，雨停了。

我出了门，走在山崖上，透过薄薄的雾，天空出现了亮色，一道绯红的霞，宛如一位绝世的少女，正悄悄地摘去面纱，群山渐渐现出艳丽的脉脉含情的姿影来。

当我走下崖子，转了一个大弯，朦胧中看到登山的石阶路旁，有两个影影绰绰的孩子，向我喊道："叔叔，别忘了，下次来给我捎盒彩笔呀……"

我心里荡漾起一股热流，不由得放慢了脚步，静静地凝视着。

是啊，孩子多需要一盒彩笔，她心中的世界应该描绘出来。

我环顾这群山纠纷的四周，望着镶嵌在大山褶皱深处的小桥、流水、人家，仿佛看到大山的过去和未来，艰辛和希望……

1988年6月于又一村

【赏析】

谁说郭保林的散文只有豪放、粗犷、大气磅礴的壮美？他笔墨多种，风格多元，既能写出黄钟大吕的鸿文，如他写的大西北篇章，"倾荡磊落，雄奇清旷，如天风海雨"般壮阔，也能写江南杏花春雨的婉约绚丽、柔笔抒情、风然致妍的作品。

《小桥·流水·人家》是郭氏散文中不可多得的一颗"明珠"，和他的《我寄情思与明月》一样，感情细腻，文笔婉约，但此文又多了浓郁的生活气息，他人物描写极具功底，三笔两笔写出农家孩子的声态笑貌，天真纯贞。"小三子，你在哪里挺尸呀！"一句话又写出农家妇女泼辣、淳朴的形象。作者没有浓墨重彩，而是笔墨清灵，将诗意化的美学理想付诸笔端，勾画了一幅清丽的山水画，毫无矫饰、自然清新，却饱含着对山野人家的喜爱，喜悦的心情，写出普通人的生活，特别写出小孩对知识、对美、对外面的世界、对多彩生活的向往。写出了改革开放后作者对乡村摆脱封闭、愚昧和落后，走向开放、文明与进步的祝福与信念。繁复交错的情感处理增强了文章的人文情怀，淡雅中饱含的诗情，赋予生命与灵性的大自然，都无可避免地引发了读者的感叹与思考。

　　本文结构精巧，布局考究，境界纯净，情感沉深，文风细腻。景物描写贯彻始终，既向我们展示了乡村独特的自然风光，又很好地渲染了气氛，烘托出作者的心情。多种修辞方法的灵活运用加上诗意的语言，成就了本文独特的魅力，艺术感和鉴赏性大大增强。

家乡的白杨林哟

家乡的白杨林哟，我的一页乡愁……

我常常翻阅珍藏在记忆深处的一本画册，那里面保存着我童年生活的许多画页，有的是村庄一角；有的是一湾碧波潋潋的塘水；有的是瓜棚豆架下的幽幽的阴凉；有的是场院麦草带着淡淡馨香的温暖气息……其中，最心爱、最迷人的一页，便是沙滩上的白杨林。

家乡的白杨林哟，那袅袅的雾纱里还裹着我儿时的梦幻？那青青草地上还收藏着蹒跚学步的脚印？那蓁蓁的绿叶里还萦绕着我牙牙学语的音符？孩提时，理想的胚胎，在那里孕育、萌发；青年时，初恋的种子在那里生根、发芽。那里有我的歌声笑语，也有我的泪珠和汗水，我思念家乡的白杨林，就像思恋我的情人……

距村不远，有一片沙滩。沙滩上长满了翠绿的白杨林，那树分外挺拔，细溜溜的树身沾满白醭，像涂了银粉，亭亭玉立，千百如一。可仔细一看，又觉得每棵树都各有风姿，这棵高耸云天，俊逸挺秀，有如人正当年；那棵虽然只高过人，却也蓬蓬勃勃，昂然直上。树梢翠叶，更是多姿，有时像撑开的绿伞，迎风飘舞，像羽扇轻摇，款款摆动像风车旋转，像孔雀开屏，阳光穿织在绿裳翠羽间，满树闪耀着青光碧彩，那白杨林真像一座绿色雕塑。

爷爷是护林员，一年四季劳作在白杨林里。

春天，那儿是孩子们的乐园。林间空地上长满了各种野菜、青草。萋萋芽、麦苃菜、灰灰菜，草儿就更多了，有抓地秧、星星草、节节草、雀儿帽，还有开着金黄色小花的猫耳朵。三月四月，草绿花发了，爷爷就一样一样指给我们看，讲给我们听，就像指导我们阅读一部大自然的普及读物。我们蛮有兴趣地听着、记着，采完野菜，就在两棵树之间系上一条绳子，荡起秋千来，一下一下，飘起飘落，腾云驾雾似的。四月尾五月初，正是暮春时节，草丛里出现许多小虫儿，那黑色的喇嘛虫，白天悄悄躲起来，藏在草根下，钻进沙土里；到了傍晚，便钻出来，飞来飞去。它们挺好玩，小翅膀呈瓢形状，末端带点钢蓝色，傻乎乎的样子，甚至有点儿笨拙，飞不高，也飞不远，飞一阵，便落在草叶上、沙滩上，颠颠顸顸地爬起来，我们就悄悄走过去，轻轻用手一按，便捉住了它，放在准备好的空墨水瓶或者小瓦罐里。一个傍晚，就抓得满满一瓶子。这是小鸡们的一顿美餐。听爷爷说，那鸡吃了喇嘛虫，下蛋就格外多、格外大。

夏夜，那是多么神秘、朦胧、迷离的世界。在白杨林里乘凉，更是别有一番风味了。我躺在散发着麦秸秆清香的草苫上，眼睛睁得大大的，仰望着从树叶缝里渗漏出来的一块块椭圆的、菱形的、长方形的天空。那天空深邃幽蓝，风吹树叶似乎就拂着小星星的脸儿，一会儿露出来，一会儿又躲进去，像个害羞的小姑娘，你看一眼，她就躲，不看她，就又冒出来。夏夜的白杨林真静啊，静谧得像个天国，似乎能听得出月光在枝柯间流泻的潺湲声，能听到露珠从白杨叶子上跌落在沙滩上的簌簌声，那可是白杨树的眼泪吧？……

有一天夜里，我蒙蒙眬眬刚要入睡，听见爷爷在树下唱一支古老的民歌。我说："爷爷，你在唱歌？"他故作惊讶地讲："没有呀，我没有唱歌，你听错了，那是树在唱歌吧？"我不相信，他就让我把耳朵贴在树身子上聆听，真的，清风轻轻掠过梢头，满树叶子就像小小的合唱团，时而浩歌长啸，时而浅唱低吟，有点儿凄凉，有点儿哀婉……我听着白杨树的歌声，望着黑森森的树林，小小的心灵里滋生着一种异样的感情。我突然问爷爷：

"白杨林为啥不开花，不结果？"

爷爷看我那憨稚的样儿，笑了笑，把我搂在怀里，给我讲起白杨仙子的故事：说白杨树原是一个美丽的公主，是玉皇大帝最喜欢的一个小女儿。她像桃花仙子一样，开美丽的花，结甜美的果子。但她不甘于天空的寂寞，要求下凡人间。玉皇大帝经不住她的软缠硬磨，便恩许了，但约法三章，"不许开花；不许结果；不许繁衍后代"，为了惩罚她，只许她生活在沙滩薄壤。性格倔强的白杨仙子，一一接受了这些苛刻的条件，愉快地来到人间。可是，每到春暖花开时节，看到周围百花盛开，五彩缤纷，也难免心里有点酸楚；到了秋天，又见百树结果，儿女成群，也不时感到孤独。细心善良的土地爷爷同情她、可怜她，但又怕得罪玉皇大帝，便教她春天开一种不惹眼的绛紫色杨絮花；教她用树根在地下悄悄地繁育自己的儿女。就这样，白杨姑娘在河滩、河沟上一代代默默地繁衍起来，她虽然不能用繁花密朵点染生活，倒也用绿色美化了人间……

多可爱的白杨仙子啊！听罢爷爷的讲述，我望着亭亭少女般的白杨树，心里产生一种敬慕的感情，也激起我孩童的无边的遐想……

炎热的夏天过去了，秋天来到人间。一场秋雨洗去了溽热的暑气，接着便是秋高气爽，天空变得明净，像擦得一尘不染的蓝色玻璃；轻绵绵的白云，雪白雪白，在白杨树顶上慢慢地游来游去，像散步似的。那秋风呢，简直像个魔术师手中的刷子，悄悄地在浓绿的叶子边缘上勾勒出淡黄，淡黄上面染上橘红，橘红上面涂抹着深紫，最后索性是大片的黄，无涯的黄，阳光的色泽，金子的色泽。

秋风起了，那金黄的叶子开始飘落了，一两片、三五片，飘飘摇摇，带着缥缈的梦幻，有点孤独，有点哀怨，也有点浪漫，但每片叶子像一首首唐诗宋词，既完整又完美。谁能想象这落叶蕴含着艺术、生命和宇宙的奥秘呢？那是生命的旋律，是惊人的绝唱。当然还有老多老多叶子缠绵在枝头，带有"俄狄浦斯"式的恋母情结。草木有情，经历多少风丝雨片，多少夜露晨霜，能不眷恋？能不情感深长吗？生命是欢乐的，满树辉映着生命的华彩。早晨，秋风狂了，脾气大发，整座白杨林摇晃起来，腾动起来，叶子成群结队，喧哗着、嬉闹着、追逐着，纵然而下，没有哀伤，没有悲怆，而是在演奏一曲贝多芬的《欢乐颂》，热烈、沸腾、狂欢，那是奉献最后的激情。落叶的景观是整个宇宙的象征与符号，"生命是自然之神最美好的发明"，死亡"又使生命多次重现"（歌德语）。

沙滩上铺满潮水般的落叶。

每逢这时节，孩子们便在白杨树里钻来钻去，伸出两只胖胖的小手去迎接那一片片秋天的使者，有时接不及，便拍着巴掌，用五音不全的喉咙，比赛似的唱起来：

> 九月里，秋风凉，
> 白杨树，叶子黄。
> 你一片，我一片，
> 采回家里做暖床。
> ……

我们的歌声伴着金黄的叶子，忽高忽低地起落。爷爷这时便从家里背来一个老大老大的荆条背篓，用一只竹笆子，把落在沙滩上的叶子搂拢起来，树叶儿哗哗啦啦地你笑我闹拥抱在一起，很快便堆起一座座金黄的小山，留在沙滩上的只是竹笆均匀的纹路……我们学着爷爷的样子，但不是用笆子，而是用铁条，或者用一根一头削尖了的木棍，一片一片地把叶子穿起来，那是在撷拾秋天的诗句，在捡起一片片被遗落的金色的梦……

眼下，窗外已是九月。秋意染透了远处的山野。一阵阵朗朗欢笑的秋风从我窗前掠过。家乡的白杨林该是金叶飞舞的时节了吧？由于来到城市。故乡和一切都化为遥远的回忆了。我多盼望着秋风给我带来一片家乡的白杨的叶子，我甚至想，早晨醒来，我走进书房，会有一片金黄的叶子安然地落在我的写字台上。若然，我会双手捧起它，用我湿润润的嘴唇亲吻它，就像亲吻从记忆深处走来的童话般的童年，就像亲吻从云雾中探出笑靥的故乡，就像亲吻沙滩上那片茂茂腾腾的白杨林……

啊，家乡的白杨林，我美丽的乡愁！

1985年4月

此文选入《散文选刊》等多种读物。

【赏析】

这是作家童年生活的一页美好记忆。作者以优美生动、细腻的语言写出对家乡的白杨林深挚的感情。孩童在白杨林里玩耍，白杨林的自然景物草、虫、花，动人描述，那是生命的伊甸园，是一片美丽的天地，是童年的诗和画。白杨树伴着孩子成长，白杨林像一部大自然的书，给孩子丰富的知识和非常有趣的生活。作者又编织了一个白杨仙子下凡人间、用根繁殖后代的神话传说，使平淡的文章又起波澜，美丽的神话，生动的故事，给文章增添更丰富多彩的内涵。

写白杨树叶落的一节，文笔恣肆、想象丰富，语言极其优美，气势感人，而蕴含哲理，给人丰富的审美感染。

这是一篇值得反复欣赏阅读的美文。

写给故乡的黄昏

还记得淌着胭脂的小河吗？夕阳西下，小河的浪花是彩色的；它的笑声是彩色的；遗落在芦苇梢头小鸟的音符是彩色的；连撒欢儿在河滩上的小山羊的眼睛也是彩色的——

还记得散发着柴草气味的炊烟吗？炊烟在夹着禾香的晚风里轻轻飘逸，那是母亲的情丝，母亲无声的呼唤，水一样柔，云一样轻，梦一样甜——

这是故乡的黄昏留给我的诗和画。

故乡的黄昏哟，我思念你，你常常像小蜜蜂似的，在冥冥中飞来，蜇疼我的记忆，给我带来甜蜜，也带来忧伤。

一

孩提时代，我最喜欢黄昏。

春天的黄昏，那简直是人间天籁！

草儿绿了，花儿红了，清亮亮的晚风里送来花草清甜而微苦的气息。当夕阳的光线与地面接近平行的时候，天空中那一堆堆羊毛卷似的云朵，便开始出现了一圈粉嫩淡红；接着又变成赤金，赭红，最后是大片大片的玫瑰红。田野上弥漫着花粉似的光辉，树林、麦田、沙岗、小河、村舍，都浸泡在这毛润润、湿漉漉的红晕里。这时候，从树阴和篱影下面，却能看见轻淡的蓝色的暮霭。打着一盏盏蓝幽幽的小灯笼的萤火虫，从草丛里钻出来，在场院里、村路上、树丛中飘忽明灭，像闪烁的星星；带着哨音的蝙蝠，也从屋檐下、树洞里飞了出来，那是黄昏的精灵。据说，城里人不喜欢蝙蝠，骂它是"黑暗的动物"，乡下人没那个讲究，我们喜欢蝙蝠，它辛勤地为我们捕捉蚊蝇，它扬起的音响，像我们嘴上的柳笛一样悦耳。

我们喜欢黄昏，每当放晚学的钟声还未落音，便从校园的豁墙头上爬了出来，冲进白杨林里，跑到河滩草地上，踩着夕阳的足迹追逐，钻进晚霞纺织的爱的羽翼里翻腾，尽兴地玩耍。有的抱着竹竿，像连环画的孙悟空一样，对舞一阵；或是把自家的小山羊、小白兔从家里放出来，在河滩上啃着草。天快黑了，满头大汗地追赶兔子，还要把在小河里游兴正浓的鸭子赶回家。有时（那是四月暮春），我们成群结队地去沙滩上的杏林里偷青杏。我们在竹竿上绑一个铁钩，对准那一簇簇躲在叶子下面的杏子，轻轻一钩，杏子便骨骨碌碌落在沙地上，咬一口，酸得龇牙咧嘴，往往一只杏子还未吃完，从杏林里便飞出来粗哑的叱骂声，看杏林的瘸腿白瓜二叔趔趔趄趄地追了上来。我们扔下杏子，像兔子似的窜了，然后，躲在麦秸垛里、或藏在壕沟里，听着白瓜二叔的骂声，还叽叽地笑呢。

玩兴未尽，太阳已经落山了。蓝幽幽的夜色罩了下来。这时，远远地传来母亲的呼唤，我们便一窝蜂地往家跑，明明要挨骂了，还在小河里匆匆忙忙用瓦片漂水花儿。

最有趣的还是秋天的黄昏。平原的秋天是一年四季最美的季节。稻谷成熟了，大地正分娩她的产儿，天空也变得温柔、高朗、明净，明净得像孩子的眼睛。可是，每当傍晚时分，西天边上常常留着一片雀云，点点云片，真像一大群鸟雀在飞旋，在聒噪，而在落日的余晖照耀下，又瞬息变成一道彩霞，那田野也变成翻滚汹涌的大海，波光粼粼，浪花飞溅，高粱红得像喝醉酒的红脸大汉，嗝嗝地摇着脑袋傻笑；大豆也像一群小娃娃，哗啦啦、哗啦啦地拍着巴掌歌唱……到处是五谷的芬芳，到处是甜蜜的欢笑。

秋天黄昏的田野，是孩子们的伊甸园。我们这帮毛孩子耍累了，常常在河滩上，或田埂上，用小铁铲挖一个土灶，捡来一些枯草，把"偷"来的玉米、花生、黄豆棵子，搭在灶沿上，在下面点起火，豆子便烧熟了，喷香，喷香。我们像馋嘴的小獾狐似的，争抢起来，吃得脸上、嘴巴上，横一道、竖一道黑灰……然后，又像嗓晚的鸟雀，叽叽喳喳地飞向温暖的小巢……

故乡的黄昏，洋溢着生活的欢乐、令人陶醉，让人留恋。然而，你留给我的并非都是欢乐和甜蜜，也有眼泪和悲伤。

二

后来，我离开了故乡，到县城一所中学读书。一天。放学回来，赶到村里，已是落日时分。迎接我的黄昏，就像新寡少妇的脸龐，凄楚而凄惶。

走进家门，母亲正坐在灶前。一口破锅，一把青柴，火光里没有我想象的笑脸，见我回来，菜色的脸颊本能地绽出些惊喜。父亲害着水肿病，天还未黑，就躺下了。

锅里煮着一锅黑乎乎的树叶和野菜。母亲给我盛了一碗，我用舌尖舔了舔，又苦又涩，实在难咽，尽管我那年已十二三岁了，应该懂得人世的艰辛了，可我在家里从小娇贵惯了。"我不吃！"我大声叫着，把碗往门槛上一蹾，碗里的野菜汤洒了一地，母亲心疼地打了我一巴掌，又搂着我呜呜地哭了——那是一九六〇年春天的一个黄昏。

我含着眼泪望着门外，望着黄昏中的村庄。几棵被撸光叶子的小榆树，赤裸裸的枝条瑟缩在料峭的春寒中。村庄像茔群一样沉寂。饥饿，把黄昏的欢乐吞噬了，没有鸟的歌声，没有牛马的欢叫，没有孩子的笑语，连飘在屋顶上断断续续的炊烟，也变得那样孱弱和灰暗！故乡的黄昏啊，你送给我的诗呢？画呢？歌呢？故乡的黄昏啊，你何时脱下那彩色的外套，换上这身冷得沉重、冷得令人心酸的灰色衣衫……

我流泪了，黄昏也流泪了。无声的泪水，伴着一团团的血丝，从她青灰色的脸颊上流淌下来，一滴一滴，滴进我心里，化为一团苦涩的永远的记忆……

最凄惨的一幕，要数一九七○年。那时，我已在省城读完大学。是一个冥冥的傍晚，我回到故乡。时值初冬。故乡的小村，蜷缩在一团昏蒙蒙的雾霭里，沉寂得令人担忧。冷冽的空气中偶尔传来一两声雀鸣，声音里也带着凄楚和哀怨。

回到家里，我见母亲老了，头发白了许多；父亲老了，背驼了许多；房屋也老了，破旧的墙壁被烟熏火燎，黑得像凝结了许多夜晚。

我正在和父母一起吃饭，突然，街道上传来一声声铜锣嘶哑的鸣响，声音在黄昏里颤抖着，有着撕肝裂肺的感觉。

我问："出什么事啦?"

母亲说："怕要开批斗会吧。"

"斗谁?"

"斗你白瓜二叔。"

"为啥?"

"还不是把几筐粪倒在自留地里了。"

"啊?!……"

果然，隔着门缝，看见几个戴着红袖章的赳赳武夫，押着瘸腿的白瓜二叔，趔趔趄趄地行走在黄昏的村街上。看不见白瓜二叔的脸，只见他走一步，敲一声，当当的破锣声，镣铐般的沉重，惊飞了归巢的鸟雀，惊散了遗留在西天的几片残霞。夜的阴影很快扑了下来，将村庄锁进它的黑色的笼子里……

从此，我很少再回故乡，然而，我对故乡的思念，对黄昏的怀恋，却像窖藏的酒一样，时间愈久，愈浓冽和醇厚。故乡的黄昏在我心底镌刻的一切，无论是欢乐或痛苦，无论是失望和希冀，都渐渐变成了一首深沉的诗，一首伟大的诗，留给我无穷的思索。

三

从黄昏到黎明，从黎明到黄昏。生活的脚步总是匆匆的，转眼间十多个春秋过去了。

燕子的翅膀又驮来了一个热气腾腾的春天。

一次出差，我绕道回到故乡。一上汽车，我心里就涨满了喜悦和悲伤，真想以臂当翅，腾空飞去，飞到故乡的怀抱，一头扑进那静谧的黄昏里。我要遍访昔日的伙伴，一起撷拾那一片片遗落的梦，咀嚼那苦涩而温馨的回忆；我要躺在碧茵茵的草地上，躺在清悠悠的小河边，去看云霞的变幻，蝙蝠的翩跹；去听浪花的絮语，燕子的呢喃；一任晚霞的羽翼将我抚摸，一任泥土和野花的芬芳将我熏醉；我甚至想撷一缕轻纱般的炊烟，放在鼻前，嗅一嗅故乡的情愫，母亲的奶香……

谁知一出县城小站，便下起雨来。走进村里，雨还未停。我心里不免有点怅然，种种夙愿难以得偿。孰料，雨天的黄昏更富有诗意。蒙蒙细雨，如烟如雾，飘飘洒洒，缠缠绵绵，染绿了树，染绿了草，染绿了乡间小路。几只紫燕在雨丝中穿来穿去，洒下一串绿色的音符。村头谁家篱墙上三两枝性急的杏花，已经灼灼地挑在雨幕里，柔和而清新，使人想起"杏花消息雨声中"诗的意境来。

母亲正在雨昏中挑选棉种，虽然白发苍苍，但那满脸皱纹似乎舒展了许多。父亲还未从田里归来。我坐在门槛上帮母亲挑选棉种。院子里弥漫着一层湿漉漉的青黛色雾霭。一丛绿树被染得翠中含黛。面对门外熟悉而陌生的景象，欣慰的憧憬，毕竟多于惆怅的回忆。而我，自然也不能跑到小河边或白杨林里寻觅儿时的欢乐和稚趣——只有静静地坐在雨昏里，为母亲选择一颗颗饱实的希望……

雨飘落着，打在门前新栽的泡桐树叶子上，发出沙沙的声音，那是雨的语言，雨的歌。蓦然，从雨幕里传来几声汽车喇叭的鸣叫声，宛如一阕厚重、平和的弦乐声中，跳出了一缕清脆、欢乐的笛音，给这雨天的黄昏增添了不少生气。

我问："村里通汽车了？"

母亲说："这是你白瓜二叔的二小子开的，如今他是运输专业户。"

"二叔还在吗？"

"不在了。他要活着，唉……"

我走出院门，果然，一辆墨绿色的"黄河"沿着展宽的村街缓缓行驶着，又渐渐远去了。

雨还在下，如帘如幔。故乡的黄昏也被染成了绿色，宁馨而迷人。我漫步在雨幕中，徜徉在这绿色的黄昏里，向远处眺望，虽然没看到变幻的云霞，没有看到小河彩色的浪花，甚至再也听不到白瓜二叔那粗蛮而亲切的叱骂声，我的心头却涨满了新的喜悦，我多么依恋故乡的黄昏哟，我真想撕下她的一角，揣进自己的衣袋。我想，这绿色的黄昏正为故乡孕育着一个花红似火的早晨……

1986年2月

本文选入《中国新文学大系》《八十年代优秀散文选》等多种选本。

【赏析】

这是郭保林的散文名篇，早在上世纪八十年代就被多家书刊选载，后收入最高权威选本《中国新文学大系》。

这篇散文作者通过对故乡的回忆写出春潮初动、改革开放初期的变化和家乡人的喜悦心情。作家选取"黄昏"这个窗口，绘出几幅诗情浓郁的乡村风景画，和儿时生活的"闹剧"，也回忆了中国困难时期生活窘困的一页插图，以及"文革"，一个普通农民悲惨的一幕。让人悲愤填膺，不堪回首。作家的笔触轻轻一点触及历史的伤痛。作者感慨道："故乡的黄昏在我心底镌刻的一切，无论是欢乐或痛苦，无论是失望和希冀，都渐渐变成了一首深沉的诗，一首伟大的诗。"

最后一节，写生活翻开新的一页，改革开放的春风正勃勃吹来，农村新时期的跫音正奏响复苏的大地。作者再次写到故乡的黄昏，虽然不是晚霞满天，而是细雨蒙蒙。"雨还在下，如帘如幔。"作者却看到了一个绿色的黄昏，一个充满希望的黄昏，预示着一个色彩斑斓的早晨会出现在故乡的大地上。

这篇文章一如作者的风格，语言优美，感情真挚，文笔细腻，极富有艺术感染力。

小院情深深

一棵白杨，两株泡桐，编织着一片绿幽幽的梦境。

几垒青砖，一页柴扉，从这个喧嚣的世界上切下小小一块安谧。

啊，我的小院！

怎能不眷恋呢？在故乡的小城，在那方矩咫尺的小院，我度过了八个春秋，留下我生命中最绚丽的一环，留下我的欢乐和忧伤，留下我青葱葱的追求和枯黄了的希冀，还有我严峻时代丢落的时光……

我的小院就像一汪透明的湖泊，只有细细的纹，涟涟的波，温馨，恬淡，雅静。无论严冬溽暑，都萦绕着春的神韵。我从外面归来，走进小院，小家庭的脉脉温情，亲人的絮絮话语，像五月的熏风，像被阳光煨热的浪涛，扑面而来，于是，我的心便得到抚慰。

我的小院左邻是一方开阔的河滩和无声的荒野，茸茸春草天涯，涓涓野水晴沙，窗含绿树，门落紫燕，青蛙的鼓点，鸟雀的鸣韵，蜂蝶的彩翼，闲花野草的馨香，不时带来浓浓的野趣，和我小院无雕饰的一切，融成一种单纯的和谐，一种诗与散文的美！

早上，小鸟在窗前的白杨树上啁啾婉转，把一串亮亮的韵撒进我甜甜的梦境。我起身洒扫，然后信步小院。从野外飘来的雾，如丝，如绢，如帛，如练，挂在枝头，浮在窗前。一缕缕粉嫩嫩的霞光和溶溶的雾掺在一起，扑朔迷离。啊，我的小院是一首粉红色的朦胧诗！

而黄昏的小院则是一首不经心的散文诗。瓦楞上凝着几片夕辉，树枝间横着青紫色的薄暮，一缕缕乳白色的炊烟在暮霭中飘飘袅袅，几只归巢的鸟雀，从小院上空向温柔的孔雀蓝似的天幕上掠去，就像羊毫蘸着清水在宣纸上轻轻掠过。温馨，恬谧，小院散溢着生活的芬芳。我真不知为何易安居士（李清照）竟有"黄昏院落，凄凄惶惶"之感！

夜晚的小院也是迷人的，就像婉约派的花间词，清淡，丽雅。溶溶月色，淡淡清风，蒙蒙夜雾。我写东西累了，就独自坐在小院里，听绿叶与夜风絮语，听蛐蛐鸣唱；看星光在树叶上颤动，看夜露在花瓣上闪光。特别是夜阑时分，万籁俱寂，你分明能听到月的光波在枝柯间流动的声音，这时，心境会变得一尘不染，变得像黛蓝色的夜空一样畅阔、幽远、深邃，一切烦恼与忧愁顿然释去……

每年春天，我便在小院一角，垦出一方菜畦，垦出一片希望，播下扁豆、丝瓜，也播下浓浓的夏，盈盈的秋。一场春风，一场春雨。春风柔，春雨细。转瞬间，菜畦里便蹦出一汪绿油油的诗。

五月，天旱时，在傍晚或清晨，我常端水泼洒，那丝瓜、扁豆便傻乎乎地长，像个俏皮的孩子，一下子爬到窗纱上，一会儿又爬到树身上，它们走一路，开一路花：金黄、淡紫、粉红、水白，把小院的诗意渲染得更浓了。

那年早春，我的大儿子四岁的冬冬从野地里拔了一棵鸢尾兰，竟然栽活了。到了五月，竟然开出紫色的花，到了来年，竟然繁衍一丛了，紫微微的，蓝莹莹的，那是孩子的梦！

有一年，我在菜畦里种下二十棵西红柿，由于我和妻子精心照管，水灌得饱，肥喂得足，秧叶蓬蓬，绿酽酽的，绿得沉郁，绿得凝重。五月里，花开了，结出纽扣大小的柿子，而秧子已半人深。我欣喜之余，隐隐有点不安，过了些时日，柿子仍不见长，我纳起闷来。后来，一个收破烂的老头儿来到我的小院，笑道："种西红柿像种棉花一样，要打边尖，打顶尖，还要掐谎花……"并为我示范一番，我茅塞顿开，如见朗日。哦，真是不读哪家书，不识哪家字！我按照老头儿的法儿去做。果然，不几天，柿子变大了，像气吹似的，转眼，红艳艳的，缀弯了秧枝。

我采下收获，采下喜悦，但不愿独享，便招来前院的老关、后院的老孙、隔壁的小傅，让他们一块儿品尝小院的厚爱和馈赠。在那月薪五百大毛的岁月，这小院不仅给我以精神的慰藉，而且还做出"物质文明"的奉献。

夏日的小院，白杨和泡桐投下一团浓荫，花的香，叶的绿，揉在一起，盈盈的，沁凉，幽碧，馨香醉人。中午，我常坐在小院里，背倚白杨，闭目小憩，做着美丽的梦，梦幻似的向往明天，憧憬未来……

我的小院排水系统不好，雨季，常遭"水满之患"。暴雨之后，我和妻子不得不用脸盆往院外刮水。然而我的冬冬却喜欢水，或做一条纸船放逐水里，悠悠荡荡；或光着小脚丫跳进水里，啪啪地踩，咯咯地笑，弄得小院水花四溅，笑声四溅。

后来，我的第二个儿子箐箐出生了。我常用婴儿车推他在小院里面走动，从西墙上摘一片瓜叶，从东墙上采一朵喇叭花。于是，这小院便是他的摇篮，便是他初读人生的扉页，便是他走向未来的一块甲板。

最有趣的是夏天的夜晚，月光穿枝透叶洒下斑斑的光晕。我虽然不能"开琼筵以坐花，飞羽觞而醉月"，但我和妻子坐在瓜棚豆下，却也能享受"有女娟娟，闺闼闲闲，有童哇哇，亦既能言"的天伦之乐了。更令人怀恋的常有三五个文学好友不断来访。一杯清茗，数盒香烟，小院于是盛满了烟雾、茶雾，也盛满了友谊，盛满了真诚，盛满了爱。我坐在丝瓜架下，海阔天空，纵横风雨人生，闲话世间奇闻，更多的是探索文学殿堂的奥秘。这时，泰戈尔也从遥远古老的印度跋涉而来，肩头披着恒河的风沙，口袋里装着他的《新月集》和《飞鸟集》；老巴尔扎克也从喧嚣的巴黎匆匆赶来，腋下夹着一册《高老头》，他虽年过半百，却依然情致昂昂，谈吐刚健；而托翁却喜欢沉思，那偌大一捧胡须里该蕴藏着多少智慧？年轻的拜伦和雪莱颇具绅士的潇洒和诗人的浪漫气质……这时，我感到我的小院是那么博大，那么丰富，那么充实，那么真诚、坦荡、热情！

但是，生活中并非处处是鲜花，空气里流荡的并非都是诗意。人生旷野的风沙，事业征途的泥泞，同行们的倾轧，名利场上的角逐，帮派体系的猖獗，更有小人之辈的流言蜚语、谋算和陷害，时常像子弹一样穿透我一颗单纯、幼稚的心，给我带来烦恼、痛苦和干扰。虚伪受到赞美，真诚得到亵渎；庸俗待若上宾，正直受之绳索；卑劣得以嚣张，纯洁遭到凌辱；阿谀得到赏赐，诤言横遭迫害；丑恶挂上勋章，好心收到恶报……世态炎凉，人情纸薄，更使我困惑、迷惘。检点自己，虽言辞激烈，却无伤人之意；疾恶如仇，常惹灾祸临身；虽已过而立之年，世事仍未洞明，人情仍未练达。这迫使我不得不时常带着一颗伤痕累累的心，躲进小院。于是我便关上柴扉，数日不出，我的小院便给我无言的温存，默默的抚慰——喇叭花用它号角般的热烈，丝瓜藤用它追求的执着，白杨用它顽强向上的挺拔，鸢尾兰用它生命的坚贞，连屋门旁的院灯也用温柔的橘黄——给我以启示，给我以鼓舞，给我以信念，给我以力量，给我以昂奋！于是，我舔净伤口的血迹，掩埋痛苦；于是，我修补好生命的小船，扬帆激桨，再次驶向波浪汹涌的生活海洋！

有一次，一位同事来到我家里，打量着我的小院，眼神里流露出钦羡，啧啧赞叹不已，最后提出以三室一厅的楼房换我这只有两间居室的小院，我却没有答应。我舍不得我的白杨、泡桐，我的丝瓜、扁豆，我的喇叭花、鸢尾兰，我舍不得我的小院！单纯质朴的小院，丰富多彩的小院，这里有我澎湃的热忱，奋争的勇气，永恒的青春。

我爱我的小院！

小院情深深几许？眷眷之恋长流水！

后来，一纸调令，改变了我的生活的位置，我不得不向小院告别了。

那是一个浓秋之夜。我一边忙活了几天，将家具、衣物打点整齐，天明就要装车出发。夜深了，妻子和儿子都已入梦，我却睡不着，披衣出门，坐在雾露润湿的台阶上，望着小院，望着这熟悉的一切，耳鬓厮磨的一切。月光如水，夜凉如洗，夜风飒飒，满院萧索，丝瓜叶儿在低低啜泣，泡桐在轻声呜咽，鸢尾兰憔悴地流泪，扁豆秧在吁吁叹息，院灯也变得凄楚迷离。我的心酸酸的，一种凄凉，一种悲哀，一种眷恋，剪不断，理还乱！

别了，我的小院！

我走了。我的小院移交给新主人，还有两棵年轻的泡桐。后来，我见到那位新主人，他谈起泡桐，说长得很茁壮，都几拃粗了。啊，我的小院，那里还留着我一汪绿幽幽的诗情！

1986年11月

本文选入《中国二十世纪散文精品》等多种优秀选本。

【赏析】

这是一篇情真意切、真挚感人的抒情散文，作者紧紧围绕"小院情深深"这一中心，把对小院的挚爱与怀念放置在一处处景物的描写、一个个人物的想念、一件件旧事的讲述中，敲击心灵，浸润双眼。大量比喻、拟人、排比等修辞手法的灵活运用，成就了文章清新优美的文风以及烈而不燥、浓而不重的情感特色。读来温暖、感动、深沉、美好。

本文结构精巧，开篇用白描手法寥寥几笔勾画出小院的质朴无华，素雅静谧，看似无他；但接下来，作者一声轻叹后，把小院比喻成"透明的湖泊""粉红色的朦胧诗""婉约派的花间词"等，极尽华美之喻。极像王子对灰姑娘的表白，强烈对比之下，更突出了作者对小院的别样情愫，也更能打动读者的心灵。

本文语言清新自然、灵动丽雅、意象开阔、意境深远，艺术感和韵律感极强，具有很强的阅读性和欣赏性。细细品读，可吟诵成诗，咏叹成调。

八月的故乡——你好

　　我怎能不怀念呢？那里有我的亲朋，有我祖先的遗骸，有我童年海浪般的憧憬和云霞般的梦幻……还有我记忆中多彩的八月。一搭上西去的汽车，我的心就像出笼的鸟，扑扑棱棱飞去了，飞到黄河故道的臂弯里，飞到杨柳蠹翠的小河畔，飞到小小四合院，衔去一束缱绻的情愫，早早地给母亲了。

　　汽车奔驰着，我伏在窗口，贪婪地、忘情地阅读着平原的八月——

　　望不尽的莽莽苍苍，涌涌荡荡；望不尽的千顷秋色，万斛秋光——水稻黄了，微风里，金浪迭涌；棉花炸嘴，雪白银亮，宛如银河的繁星；花生秧儿、红薯蔓儿把地皮都盖严了，碧绿碧绿，如潮似海，如果不是车儿跑得快，说不定还能看到它们根部被饱满的果实顶开的裂隙呢！八月的苍穹，一天碧绿，是那样深邃，空阔、高朗，几只大雁横过蓝空，而圆圆的麦秸垛下，三五只母鸡却悠闲地刨着生活的安逸……

　　素素淡淡的鲁西大平原啊，浓浓艳艳的鲁西大平原啊，你把秋的甘甜，秋的色彩，秋的芬芳，像亮亮的雨丝，洒在我干涸的心上了。

　　故乡的八月，你那烫金的封面，彩色的插图，你那多彩斑斓、丰厚而充实的文字，曾给我童年带来多少欢欣，多少稚趣，吸附着我多少时光！

　　故乡啊，你记得么？还记得那个光着脚丫在沙路上奔跑的小毛猴么？还记得从八月的枝头偷摘酸枣而划破衣服、扎破手指的小调皮么？

故乡啊，你还记得么？孩提时，我和小伙伴常乘大人不注意，钻进密密实实的庄稼地里，躺在垄沟里，透过层层叠叠的叶子，望着那瓦蓝瓦蓝的天空。大人们急了，四处寻找，满村响起母亲悠长悠长的喊声。可是，我们就是不答应，不出来，用小鼻子使劲地吸着，吸着庄稼成熟的芬芳，吸着大地的乳香，吸着母亲慈爱的、带着焦急的呼唤……

故乡啊，你还记得么？我和小伙伴爱坐在拉庄稼的大车上，那铁轮大车，拉着一车金黄，一车喜悦，悠悠荡荡，摇摇晃晃，吱吱嗡嗡，唱着欢乐的歌。赶车的大叔鞭花甩得真响，像过年的爆竹……

车儿摇荡着，我微微困倦了，很想打个盹儿。我愿梦见母亲慈爱的朗笑；我愿梦见侄儿甜甜的叫喊；我愿梦见挂在老枣树枝上的蝈蝈笼儿；我愿梦见在玉米田咀嚼"甜杆"的童年……

车过黄河大桥，一阵钢铁的轰鸣，把我的疲倦和困意惊飞了。我睁开眼，淡淡的暮霭已罩上了原野。

哦，此时此刻，母亲是站在村头大杨树下张望呢，还是坐在灶前为她的儿子准备晚餐？是晚风吹乱了她满头苍发，还是火光映红了她多皱的脸颊？啊，再过一个时辰，我就可以乖乖娇娇地做儿子了，尽管我已是两个儿子的爸爸了……

我的心切切的。我仿佛听到故乡的呼唤——小河用它欢唱的浪花；白杨用朗朗的秋韵；藏在枝叶里的红枣用它甜甜的羞涩；挂在枝头上的石榴用它迷人的微笑；连场院里那座小草屋也在呼唤，用谷禾的馨香，用慈母的情怀……

1986年7月

本文选入小学五年级《语文》上册（经典读物）（人民教育出版社2005年7月版）《中华活页文选》（中华书局）以及数十种语文教辅、中学生经典读本、多省市自治区中考语文模拟试卷。

【赏析】

这篇文章写一个远归的游子，即将重回故乡的怀抱时，作者笔下的文字便流泻成一条欢快的小溪，倾诉他的喜悦和爱恋。作者怀着一颗欢愉的心和一支饱蘸浓烈情感汁液的笔，将故乡八月金秋图景与这片土地血肉相连的记忆，写得情酣意浓，细腻美妙而深挚动人。

八月是故乡成熟与收获的季节。八月的故乡，收获着五谷，收获着希望，也收获着幸福。八月的故乡好美。蓝蓝的天，爽爽的风，沉甸甸的阳光，芬芳的空气，金灿灿的稻谷，累累的硕果，无不彰显着秋天的魅力。

人们的脸上洋溢着幸福的微笑，那是因为他们品尝到了收获的欣慰和甜美。此时此刻，让人由衷地体会到了"秋日胜春朝"的境界。也正是在这样如诗如画的季节里，在故乡的土地上，留下了作者童年海浪般的憧憬和云霞般的梦幻。

如今，那天真、幼稚、淘气、顽皮、幸福快乐的孩子，伴随着秋天走向成熟。他对故乡的热爱，对故乡那份纯真的感情，也像这成熟的秋天一样，沉甸甸的，火辣辣的。"八月的故乡——你好"仿佛一声问候，更是直接地抒发了作者对故乡的热爱之情。

月　浴

　　太阳也疲惫得支撑不住了，一寸寸地往身下的山顶上靠，想倚着它喘口气。立即，山林的阴影罩向了山坡。于是，绿草一块块黑下去，随之而来的初升的夜色布满了天空，浓暮如稀淡了的墨汁泼在山野上。

　　月是大山之魂。这金黄金黄的月如同一枚熟透了的香蕉，散溢着淡淡的芳馨。

　　阒寂无人。那梦幻般的月辉，浅浅淡淡，轻轻悄悄地弥漫了沟沟畔畔。岩石、野树、杂花，在月光下黝黝地亮，吮吸着月的芳馨、月的甘霖，发出快乐的、轻微的战栗声……

　　山坡上，一径小溪剪开了草丛，艰难、执着而小心翼翼地流淌……

　　暮色渍深了山野，夜雾打湿了意境。晚风送来岩石与溪水的气息。忽地，草丛中扑飞出几只鸟雀，喳喳地呼唤，冲向夜空。一个纤弱的身影就从这山坡草丛里晃出，背着柴捆，大山一般沉……

　　脚下是碎纷纷的月色幽亮的山径，踩上去叫人酥酥的胆怯，两旁少女般亭亭玉立的白杨漾起一串绿吟吟的笑声，一阵强，一阵弱。整个山野沉浸在宁静中，宁静的月华，大胆地、忘情地簇拥着她，山径上留下一串脚踩月光的噗噗声……

　　她吃惊地仰起被汗水浸润的圆圆的小脸，深情地朝向天空那弯弯的月亮望望。月的温柔，月的多情，连同一缕透明的抚慰，纵横恣意地倾泻，她两只深潭般的眼睛，注满了月的情愫，漾漾晃晃……

撩人的月色多情而固执地倾泻着，淋淋漓漓沥沥，乳白色的光波正编织着一个宁馨的梦。

她微微有些战栗，两只刚刚成熟的乳房，在薄薄的衣衫里，快乐地颤动，全身滚过一阵暖暖的热气。在这宁静的大山里，月是她的伴儿，月儿是她温柔的抚慰……

她背着柴草，一步一步向前走去。山溪在前面的石凹处汇成水汪。那儿盛着满满一汪月。她弯下腰来，卸去大山的馈赠，捧起一掬亮晶晶的溪水，也捧起一掬亮晶晶的月华，潮上自己的脸颊，满脸红扑扑的，喷出一股袭人的青春热，水珠在她的鬓发上珍珠般地闪烁，写意式的鬓发贴在腮边。

她悄悄丰满起来的身影，倒映在水里，倏尔聚拢，倏尔漂碎，她把手和脚一起放在水里，任轻轻的溪流用鱼一样小巧的口啄着她滑润润的足踝。她经不起水的挑逗，更经不起月的诱惑，索性脱下外衣，跳进水里。

月如水，水如月。月在水里化了，水在月里溶了。她像一条小美人鱼在水里畅游，她像一只玥玥然的玉兔在蟾宫里扑跃。月光亲吻着她的脸、她的头发、她的皮肤，流水洗去疲倦、洗去辛苦，她心里一阵激动，一阵兴奋……

她抬起头望望月光下的山野，谷子、高粱、豆子、花生，都无声地波动着。庄稼已初出香味，再有几阵暖风吹过，金黄的故事，就有人收割了，一个山里漫长的季节，一个古老的故事。

于是，她笑了，带着一丝淡淡的苦涩的笑意，像水波似的漫过农家女儿的嘴角……

1988年12月

本文选入《中国经典散文三百篇》《新课标语文读本》等多种选本。

【赏析】

月亮是婉约的诗篇，月亮的美，乃是一种疏影横斜，暗香浮动，撩拨心头的情愫，可以感觉却又不可言状的美。

月亮永远谦和地若有若无，隐隐约约像春雨润物般地渗透着我们内心世界的角落。月亮善解人意，总是用它充满真情的光辉抚慰着心灵。

月亮是玉色的，湿润而富于内涵，真正含而不露，真正是无言的美。

美妙的夏夜孕育着成熟，因此踩着这月光，心里会感到特别的舒畅和惬意。

在作家郭保林的笔下，月与温柔的少女融在一起，既有奇妙的情趣，又有着幽深的意境，成了一幅朦胧的水墨丹青画，成了一支醉人的歌儿……

全文922个字，《中国当代散文史》却用1000多字进行赏析，称赞"这是一篇难得的写'月'的精品""显示出很高的审美价值"。

泉城夏韵

夏天的脾性总是火辣辣的，无论它走到哪里，都气焰嚣张，情绪亢奋，甚至狂躁，还不时雷霆震怒，来个倾盆大雨，一泄郁愤。

泉城的夏天也不例外，早年有"四大火炉"之称，在全国是挂上号的。进入暑期，泉城简直成了太上老君的炼丹炉。太阳一出山就丧失了理智，发疯地热，火焰般舌尖，舔舐万物，滚烫烫的，室内的桌椅都发热，窗外的柏油马路，热得都受不了，哧哧直冒油汗。风是火风，走在街上仿佛蹚在热水里。老迈横秋的千佛山，打禅入定，一动不动，蔫头蔫脑的；大明湖也昏昏然，湖面上蒸腾着迷蒙的水汽，像熟睡了一般。

这些年温室效应，地球变暖，按理说，泉城的夏日该是更加酷烈燠热，非也，夏天在这里表现得热烈而不狂躁，激动而不张狂。我问气象专家，说，泉城多泉、多水、多树，小流域气候有所改变。树的确多了，街道、小区，泉边、湖畔，高杨大柳、法桐国槐，绿树堆云，绿涛澎湃，绿浪拍窗，称它森林城市也不为过。水生凉，树生荫，自然暑气和酷热衰减了，夏天在泉城的表现似乎有了些理性。

泉城是山城，又是水城。《老残游记》的名句家喻户晓：三面荷花一面柳，半城山色半城湖。这城也许有了山，才有了硬气、骨气；有了水，才有了灵性和情感的缠绻，所以历史上不乏英雄豪杰，如铁骨铮铮的铁铉；也不乏婉约派才女李清照，"争渡，争渡，惊起一滩鸥鹭。"

我喜欢泉城夏日的雨，暴雨、豪雨、雷阵雨，雷鸣电闪，劈里啪啦，淋漓痛快。北国的雨阳刚、剽悍，不像江南的雨阴柔，哩哩啦啦。来则豪情大发,气势磅礴;去则果断决绝,干净利索,像苏东坡的文赋,行当则行,止所当止,决非缠缠绻绻,扯不断,理还乱,一种娘儿们气。一旦风流云逝,雷停电止,则是一片艳阳,满街、满巷,细水潺潺,大水滔滔,甚至"鼓千尺之涛澜""吞泥沙于一卷"。

雨后天全新,山有了精神,水有了情绪,泉城柳神经似乎受到强烈痛快的震撼,枝腮叶眼里含着激动的泪,雨停了,水珠还滴个不停。花圃里美人蕉、玫瑰花和紫丁香、曼陀罗,饱饮甘霖,精神焕发,它们芬芳的呼吸,使空气变得浓郁沉实。

阳刚和温柔构成泉城的风韵,泉城的夏日也流淌着这种基因:火爆和清凉。

雨后最好荡舟大明湖,柳含烟,松吐翠,满湖绿波,半池芰荷惹人醉。夕阳在山,绿水漾漾,水色妩媚,山光明媚。水波灵秀,动中有静,静中有动,整座城市都在水中摇曳。泉城有山有水,气润丰满,眉眼鲜活,神采飞扬。所谓家家泉水,户户垂杨,那简直是泉城的绝唱。

雨后赏荷,那才是泉城最动人的一景。七月末,八月初,正是荷花开得浓艳的时节,荷箭亭亭,硕大的荷叶如盖,铺在水面上,荷叶滚动着千百亿颗熠熠闪烁的雨珠,一片珠光宝气,使整个荷池呈现一片富贵奢华气象。微风吹来,岸畔柳丝摇曳,湖中荷花舞动,那雨珠或滴落,或在巨大的荷叶上滚动,眷恋似的不肯落下,大珠小珠满玉盘,弄得满湖热热烈烈,像闹元宵似的。这时你会想起"曲院风荷""莲岛瑶台"这些词汇,甚至大有"澄心鉴碧""海岳开襟"之感。

含苞待放的荷花最美,花萼紧抱在一起,形成一个号角,蓄势待发,只待一声令下,顿时展蕊怒放,丰满的花瓣带着深红的情绪,燃烧起来。水佩风裳,红翻翠舞,绿叶吹凉。更有荻蒲荇藻,嫣然摇动,冷香飞上诗句。这简直是一首绝妙的唐诗。

同样是荷花,微山湖芰荷万亩,太野、太狂,乱无章法,花开如火如荼,犹如张旭的狂草,恣肆放纵;而大明湖的荷花恰似赵孟頫的行书,丰艳、遒丽,荷箭挺拔却不咄咄逼人,荷叶雄阔却无飞扬跋扈之狂妄。生命在这里表现出一种淡定、雅逸、高洁的君子之风。厚实的莲叶上，毛茸茸的荷箭顶着一朵怒放花朵，雪白、赤红、粉红，还有淡黄、翡青，品种繁多，有的黄蕊白莲，尖瓣半开，有的吐蕾盛放。夕阳下，荷叶间，有游鱼数尾，水面涟漪轻动，不动的是那些叶如碧玉、花如瑞雪的浮莲。一次我在岸边观花赏鱼，发现两尾小鱼在吵架，一会儿用嘴撕咬，一会儿用尾摔打，发出嗞嗞的声音，水面冒出一串串水泡，那是它们的语言。好像骂娘，它们为何发生冲突？我想劝架，但又不懂鱼的语言。过一会儿，一条大鱼游来，两条小鱼立即停止口舌之争，那大鱼不知说了几句什么话，小鱼们乖乖地摇尾言欢，一场剑戟铿锵的战争结束了，转瞬间，鱼儿各自游去，相忘于江湖了。

夕阳向晚了，这是湖畔最动人的时刻，萤火虫早早提着发着蓝光的小灯笼，在岸畔草丛中飞舞，歌唱一天的蝉仍然豪情不减，在高枝引颈嘶鸣。这是天籁，在这市尘喧嚣中能静下心聆听天籁，那是心旷神怡的。泉城人家往往搬一个竹躺椅，或夹一只马扎，一把破蒲扇，袒腹裸背，或坐或躺，身旁放一茶几，品茗闲话，三皇五帝、夏鼎商彝，周易八卦，或是当下热门话题，社会焦点，谈起来口角生风，滔滔不绝；争起来，唾沫四溅，大有干戈四起之势。那言谈争论，实际上是一种精神会餐，情绪的释放，是人生艺术的享受。

如果不在湖畔纳凉，到泉边赏月，那是再好不过的去处了。

泉城七十二泉，名甲天下，趵突泉、黑虎泉、金线泉、珍珠泉……其名繁多，难以记忆。雨后的夜晚你到泉边来，水声涛韵，如金声玉振，声响动人。泉水更旺，黑虎泉张着虎口，虎啸雷鸣；趵突泉涛涌若奔，一蹿老高，泉水急急地喷涌，争先恐后地倾泻，那是大地的深情，天地的契吻。泉水像硕大的绣球花，透明的质感，月光下一片惨白；花瓣披覆下来，一层层，一叠叠，瞬间凋零，又瞬间生出，纷纷然、汩汩然。暑热散去，凉意随泉涌出，夜风袭来，只觉得气爽心怡。这时夜空湛蓝，深情纯净的天宇布满星星，月亮格外晶莹、明亮，明月冉冉升上碧空，只见月在水中浮，水在月中流，泉往上翻，月往上蹿，咕咕嘟嘟，涌涌溅溅，月光被物化了，一鼎沸腾的琼浆玉液；岸上的树影落在水里，婆娑，摇曳，满池的液体树枝在蠕动。清风明月，慈祥清馨，墨蓝的天空深邃寥廓，是恒久的静谧。清纯的空气里弥漫着花香，悠远，浑厚。远处的水池里，近处的草丛中，传来蛙鸣虫吟，给这城市增添了新鲜而动人的诗意，使人忘却身处在喧嚣芜杂的城市。

泉城的夏日虽酷热，但并不气闷，只是这几年车辆骤增，尾气排放，空气受到污染与破坏。我家居城郊，每天黄昏散步，林荫道林木葱茏，枝丫勾连，遮天蔽日，晚风送凉，满身热汗顿消。这里远离市区，空气清新，环境幽静，路旁一片萋萋的绿草，一帘花影，坐在路旁的连椅上，饮上一杯新鲜饮料，顿时冲淡了一天的疲惫，使纵横杂乱的思想，也渐渐得到整饬梳理。

蓦然间，有片黄叶飘零而至，静静地无声地落在洁净的路面上。有些东西在亢奋的季节猝然死去，说明夏天在静静地远行，这是大地的秘密，季节在时光深处悄悄更迭。

2013 年 7 月

本文选入《中学语文·漫阅读》等多种教辅、散文选本。

【赏析】

这篇短文，再次体现了作家的语言风格，通篇文字洋洋洒洒，意蕴汹涌澎湃，而且用词适度地艰涩，非行云流水般滑润，更能耐人寻味，更富有艺术的审美情趣。此文一发表便引起读者的广泛好评。作者饱蘸浓情，以生动的笔墨，写出泉城的夏天的韵味和城市的风情物候，是一篇美轮美奂的经典美文。

这篇文章最鲜明的特色是布局巧妙、精致，层次清晰，从大手笔着眼，从细处入手，娓娓道来，先是盛夏的酷热，暴雨的狂躁，雨后的山光水色城韵的变化，那么真实、自然、生动。其次作者善于细节刻画，赏花观花听泉，湖畔纳凉，月夜泉景，又写得那么生动、细腻、活泼，如诗如画。作者既没有陷入生活的琐碎，也没有脱离生活的根基，而是巧妙地将景物描写与情怀抒发融合在一起，声色俱佳，情趣盎然，丰润圆满。

秋风·秋意·秋阳

秋风——生命乐章的变奏

秋，从哪里来？是从夜晚一眉璧月清辉中弥漫出来的？是从庭院尖溜溜的扁豆角里流溢出来的？是从竹篱上豌豆花、喇叭花的芳唇里散发出来的？是从澄澈透明的小溪里漂流来的？是从树木泛黄的叶齿里滴漏出来的？

谁知道呢？早晨醒来，只觉得一阵凉沁沁、爽净净的风吹来，那么舒贴，惬意。啊，是秋风！秋风，你从遥远的天穹吹来，可带来秋阳的芬芳，秋云的悠情，可带来成熟、希望，还有那一曲辽阔、悠远的生命的牧歌？

我喜欢秋风——当然是初秋的风了。它，明净、恬淡、清丽、潇洒，给人一种畅远、淡泊的韵味。

谁说秋风无色无韵呢？你瞧，它抚摸过小树林，小树林翠绿的枝叶便留下柠檬黄的指痕；它亲吻过野菊花，野菊花便绽开浅蓝或淡金色的微笑；它热恋过高粱，高粱穗儿便发出缠绵甜蜜的爱的絮语；它拂过庄稼人那辽阔酣沉的梦境，浸泡得鼾声也变得香醇……

秋风，你启开了夏季厚厚的尘封，使辽阔大地出现彩霓霞辉，生命的脉动萌发出新韵律——起伏跌宕、酣畅淋漓的变奏曲！

生命在开屏，大自然在开屏！

我喜欢秋风，爱山野秋之浩荡，喜天地之澄清。秋风，它搜集了春的香魂，采撷了夏的芳心，吸摄了冬的精魄，饱蕴着太阳和月亮的情愫，只要你深深地吸上一口，那日月之精华、九天之甘霖便灌入你的肺腑，让你微醉薄醺……

古人总是对秋风没有好感，仿佛它的到来是不祥之物："当年不肯嫁春风，无端却被秋风误"，埋怨荷花不在春天开放，而至秋天便花残叶落了；"共苦清秋风露，骎骎岁华行暮"，哀叹人生之短暂，望秋风而伤感："昨夜西风凋碧树"，更是千古绝唱，把秋风当作屠杀生灵的刽子手，诅咒秋风是败家子，把树木整整一春一夏的积储，一夜工夫便踢腾光了……

其实，没有秋风，哪有成熟的色彩，哪有芬芳的果实？没有秋风，哪有梦一样甜、酒一样酽的秋色？没有秋风，哪有生命的飞跃与升华？是秋风收藏了残留枝头的金叶，免遭寒冬的咀嚼；是秋风摘下枝头的果实，给人间送来甜蜜和芳香；是秋风把种子交给土地母亲的怀抱，播下未来和希望；是秋风用它透明的手指，弹拨着季节的乐章，架起生命与生命的桥梁！

我爱秋风。我爱沐浴着秋风散步在山野小径上，一任秋风的旋律在我耳鬓吟诵、歌唱；我爱躺在故乡八月的原野上，一任秋风透明的柔指抚摸我的脸颊，我的头发，熨平心灵的褶皱，让花香、草香、果香、禾香，将我的心灌醉；我也爱坐在小河边，看秋风撩起姑娘秀气的刘海，撩起诱人的裙裾，看老人坐在岸边静静地垂钓秋天的诗句……

又是一个秋天的黄昏。

芳草有心，夕阳无语。秋风薄薄地吹，那山野的色彩斑斓极了，虽然还有青，还有绿，但已不是青和绿的一统天下，秋风，校正了倾斜的颜色——秋风作用着山野风物而酿制的景观，使我产生振奋，仿佛观赏一幅绚丽壮观的画卷。

路边的小草结出种子，那是生命的结晶，有了它便有绿色的后裔，便有了绿色的延续；身旁的果枝都像挽住了燃烧的火，挽住了灿烂的霞，挽住了一个多情的季节；远处的山也出现了橘黄、柿红、栗绛、葡萄紫——那生命之光，到处都在飞彩、飘香、流蜜……

一阵秋风吹来，我伸开双臂，敞开怀抱，秋风带着初潮的羞涩，生命的芬芳，在我怀里撒娇，呢喃；我像拥抱少女透明的裸体，像拥抱朦胧诗，像拥抱印象派画家和迪斯科旋律遗落的露珠和委屈的山歌，我拥抱秋风的惬意与丰采的爱情，我的心醉了……

秋意—— 一个成熟的谜

我常常想，大自然是一个杰出的艺术家，它构思每一部作品，都有一个严肃的主题，而且立意清新，不落窠臼，不同凡响。

我想，秋的立意是什么呢？它蕴含着什么深沉的主题呢？秋，这篇作品，有冬的构思，有春的情节，有夏的故事，它复杂繁沉，丰富多彩。它每一行文字，每一个标点符号都有深刻的意境。

秋意是萧条的吗？是凄凉冷落的吗？是悲戚，抑或是淡泊的吗？

我带着这个疑窦，走向山野。

一片浓密的小树林挡住了我的去路，我问小树林，你们知道吗？但见那柳树摇曳着婷婷的倩姿，虽然不减当年风韵，叶儿却变得羞涩金黄，它似乎向我陈述生命途中的曲折和漫长；那一排排白杨，喜欢喧哗，喜欢歌唱，但此时却出现庄严的肃穆，雄伟的丰采；而那楸树和橡树，举着圆的和椭圆的小巴掌，向蓝天默默地祈祷着什么，我望着那脉络清晰的掌纹，绿中泛黄的肤色，仿佛看到了一个成熟圆满。

我走向果园，满园的苹果、山楂、石榴，还有鸭梨，你们知道吗？它们一张张红的、黄的脸庞上挂着处女的羞涩，躲在枝叶里，不肯泄露秋意的谜。

我走向葡萄架下，那一簇簇紫微微的葡萄，闪着俏皮的、亮晶晶的眼睛。我想，那该是秋的眼睛吧？透过盈盈的秋波，可以窥见秋的灵魂：晶莹、充实和富有……

我走向田地，满地的高粱和谷穗，低垂着沉重的头颅，高粱和谷穗向我讲述春和夏的故事，其中还穿插着风雨雷电的情节，我听不懂它们的语言，但我分明看到一颗饱实的种子，向人们献媚似的，闪烁着它们生命的光彩。

我疑惑地躺在路边的草丛里，目光穿过白杨林稀疏的枝叶，我看见一团团洁白闲适的云朵悠然地散步，轻轻地笼罩着我此刻微澜不惊的思绪，一切都是我意料中那样宁静，夕阳挂在天边林梢，云间，冉冉新雁飞向寂寞的远方……

夏的酷热和沉郁已经远去，季节便开始了自我整饬，深思熟虑的秋，便以独特的节奏，开始对春和夏的总结。

我知道秋的风格：斑斓、热烈、浓郁；秋的气质：敦厚、凝重、矜持；秋的韵味：甘甜、幽香、温馨。但我却没弄懂秋的更深蕴的含义。

秋意，一个难解的谜，它在一个朦胧的清晨潜入，又在火辣辣的中午消失；它在一个迷离的黄昏蹑足而来，又在静岑的深夜遁走。它钻进果林里搅得青涩的果实不安地激动，又渗进一片高粱地掀起骚动的红潮；它盘桓在高山峡谷，逗得山花微笑，又潜入溪流，使山泉流水的眼睛更加明丽；冥冥中，它悄悄地掀开少女蓝色的梦帘，使少女发出甜甜的、微带颤悸的叹息……

春天，是充满浪漫和传奇的季节。春天里蓓蕾正绽，新叶吐绿，宣告大自然生命的复苏。而秋天却以一种微妙的方式向人们展示这一奇迹的延续，植物将未来托给籽和根，昆虫的卵和蛹贮藏着明天，生命的贝多芬已至暮年，高潮已接近尾声。

一颗松果从我头顶落下，破译出一个密码——从种子到种子，生命走过了一个圆满的圆——这莫不是秋意的谜？

秋阳——一支响亮亮的歌

秋天的阳光丰盈而隆重地铺展开来，走进秋阳洗亮的田野，一抬眼，碧如海蓝的天空映衬的大地是一片五彩斑斓，每一眼看过去都是连绵不尽的色彩。

季节搭起凯旋门，秋阳奏响了一曲生命的凯歌，这是一曲辉煌的乐章。此时，每一种生命都承受着太阳庄严的洗礼，它们不是羞涩和憧憬，而是坦然地表达着期待和希冀。

一帧帧风景画排沓而来。

秋天的阳光闲雅而热烈。我坐在阳光里，坐在一帧帧油画般的小树林和草地上。那秋阳被小树林割成一块块，阳光一块块停留在我的周围，投影沐浴着我脚下的小草地。

在这里，我的感觉一下子变得轻松而清爽了，仿佛生命都浸透了阳光的光泽，仿佛每一个细胞都变得透明。

没有噪耳的喧声，没有令人窒息的燠热，周围是一片芬芳的静谧，只有一条小溪蜿蜒蛇行在丛林峰谷之间，载一路斑驳的树影，缤纷的落英，流向远方。而空气新鲜到呛人的程度，透明，晶莹，人的肉眼可以看到阳光的流动。我的每一次呼吸都感到肺叶涌进一叠叠阳光，甜馨馨的阳光。我真想把世界吞进去，不，把五脏六腑掏出来，交给这个世界……

在这一片温馨中，你会感到阳光清花茗绮，天空展劲的蓝，展劲的纯，纯得如少女情窦初开的眼睛，蓝得令人憧憬，令人梦幻，令人惊羡。

在一片静寂中，我听见秋天的太阳在歌唱，歌声犹如一支叮叮当当的山泉，而山泉没有它柔曼清丽；犹如一池碧盈盈的春水，而春水没有它明澈、晶莹；犹如出浴的少女一样妩媚，而少女没有它潇洒和爽朗。

秋阳的音符是金子铸成的，它的音质如玉磬，它的旋律使一千个贝多芬、一万个柴可夫斯基羞愧。

秋阳的歌声，在高邈的苍穹、辽阔的大地萦绕，飞舞，盘旋，升腾，多梦的季节，金色的憧憬，构成这天地间一曲永恒的乐章，一曲生命由幼稚走向成熟的亢奋的乐章。

秋阳的歌声洒落一方方田野，田野便变得欲望膨胀，弥漫着成熟的希冀；

秋阳的歌声溅落在芊芊草梢上，草梢上便有点点金黄，四周掩映着诗词字句，生命到处都在闪光；

秋阳的歌声落在枝头上，枝头上便有苹果红，葡萄紫，鸭梨黄，栗子绛，橄榄绿，枝头上也奏响彩色的和弦；

秋阳的音符落进了小河里，便有柔婉的清波，映出一帘山光云影，摇曳如梦，在那里会听到秋阳独特的声韵，梦幻般的吟哦。

到秋阳里来吧，闻一闻阳光的芳馨，听一听秋阳的歌，你的思想会变得成熟和庄重，你的感情会出现宗教般的庄严和肃穆。

到秋阳里来吧，用青春的烂漫，用想象的彩翼，洋洋洒洒地扩大自己的天空。

到秋阳里来吧，让我们踩着阳光和风的和弦，去收割微笑，收割欢乐，收割希望……

我觉得赤橙黄绿青蓝紫，那是太阳的七个音阶，构成光的歌，热的歌，生命的歌。我愿沐浴着秋阳的歌声，阅读秋天的传奇；我愿张开四肢卧于乡野，拥抱橘黄的地球，探索祖辈留下的宇宙之谜；我愿牵着岁月的缰绳，把握"思想者"的犁铧，开垦大地沉积的黑色素……

当我倾听秋阳的歌声时，我常常想起童年，想起故乡，想起故乡金黄的黄昏——爷爷卸下犁杖，老黄牛到沟里啃着青草，长长的尾巴驱赶着牛虻，远近的田野升起薄薄的暮霭和淡蓝色的炊烟，那是一幅意象派的画，爷爷坐在新翻的土地上掏出火镰和旱烟袋，悠然地吸着烟，他那泥土一样黄褐色的皮肤，那土堡般波浪叠叠的脸颊，都跳跃着夕阳音符。他的背已经驼了，像是背着超负荷的地球，超负荷的时空，苦苦挣扎过来的……

晚风里，这里，那里，一声牛哞，几声羊咩，像是为夕阳的歌声伴奏……

太阳的歌声终于停止了，天地间一切都静穆如洪荒时代，当你抬头，便会看到黄昏是一种普遍的真理，宁静而朴素。

我想，秋阳太累了，它歌唱了整整一天，夜晚该是这金色旋律的休止符吧。我想，当它醒来，第一支歌一定会更嘹亮、更动人。

1990年10月

【赏析】

　　《秋风·秋意·秋阳》是一组抒情色彩极浓的散文。历代文人写秋大都是笔墨沉郁，文字萧瑟，笔下的烟景、天日、寒气、山川寂寥的景观，感慨自然，联系人生，感叹仕途蹇涩，宦海沉浮，把一腔怨愤借秋天的风云草木而倾泻，作品中的秋天是肃杀的，悲凉的。郭保林的这一组秋歌恰恰相反，作者借秋风、秋意、秋阳，热情地抒发了对生命的热爱，对秋天万物成熟美、丰收美、圆满美的赞颂，冬的沉静、春的喧嚣、夏的热烈，都化为秋的绚烂、浓郁、温馨和喜悦。作者以饱满的热情，飞扬的灵感，"铺采为文，体物写志"，丰富的语言赋予他的散文特殊的表现力，充满绘画的光和色彩，诗歌的新鲜感，音乐的旋律和节奏。这是一曲对大自然和生命的赞歌。

洞庭歌吟

楚国国君由太子横继位，这就是顷襄王。顷襄王本应该吸取惨痛的教训，重用屈原等忠臣，重兵强国，有一番作为，相反，这位昏君依然重用公子兰，奸臣靳尚之流。衰弱的楚国已处于暮色苍茫的凄风苦雨之中，靳尚、公子兰欲置屈原于死地，继续在顷襄王面前进谗言，诽谤屈原，顷襄王不分青红皂白，竟然罢免屈原"三闾大夫"，放逐汉北（汉水以北），远离庙堂。

屈原原本不想当诗人，他出身贵族"楚之同姓"，又博闻强志，明于治乱，娴于辞令，如果遇到一代明君，他是一个很有作为的政治家。他也想兴利革弊，在政治上有一番作为，恰恰他起草的一部法令触及了旧贵族的利益，造成了他后半生的坎坷。正中了"文章憎命达"那句话，屈原的放逐促使他成为风流千古的诗人，成就了文学史上的一种文体——楚辞。

信而见疑，忠介被谤，一心为国，却遭流放，能不悲戚感伤？他从庙堂之高跌落到江湖之远，举步山野，满目荒凉，一腔委屈，向谁倾诉？孤身只影，凄风苦雨，江涛湖浪，历尽人间寒凉！在流放中，他目睹人民百姓的苦难，想起秦军的暴行，楚君的昏庸，奸臣的卑鄙，国家的灾难，他忧心如焚，愁云满面，望茫茫荆天楚地，问冥冥苍天，一腔悲愤，满怀忧怨，化为震撼千古的诗篇《天问》《离骚》《九章》《九歌》……

第二次屈原被放逐到洞庭湖畔，汨罗江岸，两次放逐长达十年。

一个消瘦的身影徘徊江湖之滨，破旧的衣衫挡不住寒意萧萧的北风，呜咽的江涛湖浪伴随他杜鹃带血的悲叹：

> 长太息以掩涕兮，哀民生之多艰。
> 余虽好修姱以鞿羁兮，謇朝谇而夕替。
> ……
> 路漫漫其修远兮，吾将上下而求索！

形容枯槁，一腔忧愤，满面憔悴的三闾大夫，苦吟洞庭湖畔。冷风吹乱一头蓄发，撕扯一袭寒衣，问苍天，苍天不语；问大地，大地缄默。

初冬，洞庭湖畔，一片寒波，我徘徊洞庭湖畔，多想掀开波涛的扉页，寻觅屈原泪吟荇藻的嗟伤，呼唤屈子的亡灵？其实在屈原那个时代，他完全可以去他国谋求富贵，朝秦暮楚，晋材楚用，并不为耻，犹如今天的大学生跳槽、明星走穴一样，是司空见惯的事。但屈原的伟大在于爱国爱这片生于斯长于斯的荆天楚地，爱这方土地上苦难的百姓人民，他宁可葬身故土，也不愿背叛自己的祖国，他用嘶哑的喉咙，行吟泽畔，激励民众，唤醒国魂，他一再慨叹"雍君之不昭"，饮恨终身。

> 宁溘死而流亡兮，不忍为此之常愁。
> 孰能思而不隐兮，昭彭咸之所闻。

屈原是浪漫主义大师，史诗般的作品，寄托了他的理想，他的情怀，他的信念，他的追求。随着他的笔触，上天入地，遨游青天碧落，"乘龙御风，云旗逶迤，鸾铃和鸣，周流于上下，浮游于六合。"（袁枚语）朝发天津，夕止西极，途经边地流沙，循行赤水之滨，取道不周山，直至归宿地——西海。值此飘然神游之际，又有"九歌""韶舞"以娱耳，心旷神怡，一时解脱自身痛苦。

屈原是一个失败的政治家，失败的原因就在于他耿介、正直，不媚上，敢说真话，忧国忧民。

暮冬的天空充满云的苍莽，暮冬的江水奏响凄凉的呜咽。问桃花港的烟波，问凤凰山的岩石，问三闾桥的流水，寻觅屈原的身影，它们或低首蹙眉，或哀叹低吟，或缄默不语，或用迷惘的眼睛注视着我，泪眼盈盈，情神戚戚。

追寻阜山苍茫的雨雾，拨开湘江沅水一页页波涛，挥手杨梅江的桂舫，浅水的钓舟，"朝发枉渚兮，昔宿辰阳"，我读遍辰阳斑斓的晨昏，依然听不到三闾大夫的苦吟嗟叹，屈原，你在哪里？

眼前是浩浩森森的洞庭湖。长江竖起来是一棵参天巨树，千条支流是它的枝干，那么洞庭湖是树上结出的巨大的果实。茫茫八百里的洞庭，衔远山，吞长江，浩浩荡荡，横无际涯。

屈原放逐洞庭湖畔，湖畔荒草萋萋，野鸟翔集，泥泞塞涩的小径上，留下三闾大夫多少跟跟跄跄的履痕，那层层叠叠的万顷波涛可曾录下三闾大夫的哀叹？当秦国大将王翦的六十万大军攻破楚国京城郢都时，屈原抱石沉入汨罗江以死殉国……

我在洞庭湖畔徘徊寻觅，两千三百年前，一个疯了的爱国诗人泪满眶，愁满面，怒满腔，满腹悲愤只好向天倾诉……

晨霞、落晖、断鸣孤雁，莽云荒鹜，乱荆披离，野草蔓延，屈原步履蹒跚，掬饮彩霞，采撷星斗，裁一方素云为纸盏，蘸洞庭万里碧波走笔飞虹，向天空和大地倾泻一腔忧愤，恨奸佞当道，怨君王昏庸，看故国江山破碎，念百姓生灵涂炭，一颗忧国忧民之心怎能不如焚如煮？

掬山泉而饮，撷野芹为食，挽雾而行，枕石而眠，风做伴，雨相随，风风雨雨里，山容你的爱怜，水伴你的歌吟；晨问呼云，夜里揽月，寄愁天文，埋忧地脉……

北风萧萧，寒意裹身，衣袂破旧，孤身只影，残阳斜晖，屈原悲怜的目光凝视楚国凄凉的黄昏，沉重的步履叩击楚国大地。他问天问地，问山问水，问树问草，问飞翔的鸥鸟，问盘桓的鹰雕，问瑟瑟的兼葭，问叠叠的洞庭寒波，这位能升天入地跨越古今的神人，他深感人间痛苦的遭遇，上下求索的种种挫折，一次次飞升，遨游，最终还是跌落在肮脏龌龊的现实土壤上。他为客死他乡的楚怀王招魂，他为大厦将倾、国之将亡的楚国招魂，其词激荡淋漓，其情殷切，到头来只是"目极千里兮伤春心，魂兮归来哀江南"。屈原瘦若秋风的躯体战栗寒风中……楚怀王已魂断异乡，而顷襄王既不反思，又不接受先王的教训，依然重用小人佞臣，不思报国复仇，反而整日依红偎翠荒淫无度，靡费奢华，这怎能不亡国？

屈原所处的时代是"众人皆醉，举世混浊"的时代，是"朋比为奸，佞小入堂"的时代，是"蝉翼为重，千钧为轻；黄钟毁弃，瓦釜雷鸣；谗人高张，贤士无名"的时代，屈原的抗争，屈原的忠君爱国，这就注定了他人生的悲剧性。这老夫子很自信，认为自幼禀赋优异，志节高洁，清雅丰仪，并且认为自己有匡时济世之才，做楚怀王的引路人，非他莫属。然而事与愿违，在黑白颠倒、是非混淆的大背景下，他的清白、端直、嵚崎磊落，遗世独立，只能遭到贬逐。

屈原，凭着他的才干和智慧，凭着他的声望和地位，他完全可以弄一个"护照"，离国去乡，到其他诸侯国谋一高位。在那个礼崩乐坏的时代，良禽择木而栖，是一种时尚，何况春秋末期，战国初始，各诸侯国四处网罗人才，有称霸野心的诸侯国君，招贤纳士已蔚然成风。俗话说，人挪活，树挪死，你干吗非要一棵树上吊死？到了别的国家说不定弄个宰相当当，退一万步说，当个教书匠也能混碗饭吃呀！你老爷子太耿直，太倔强了，举国混浊，你为何独身清白？天下皆醉，你为何独自清醒？贪官污吏遍布朝野，你却一身清廉！这忧国忧民的责任，你一个人能担得起？死脑筋，老榆木疙瘩！三闾大夫眷恋故土，苦爱祖国（他把君主当作国家的象征，忠君爱国奉若高洁人格的圭臬），被楚怀王二次放逐，漂泊在荆天楚地。这老夫子披发行吟，踉跄湖畔，渴了喝口泉水，饿了采把野芹。他像啼血的杜鹃，吟咏着苦涩的诗章，倾吐着一腔爱国忠君的热血。洞庭湖的云，汨罗江上的风，伴着一个苦命的诗人度过多少血染泪裹的岁月！

八百里的洞庭，日月出没其中。楚汀芦白，荆渚蓼红，瑟瑟秋风，潇潇暮雨，一个衣衫褴褛的老爷子步履蹒跚，头发花白，面容消瘦，在这荒天野地里呼号悲叹？花天酒地里的顷襄王能听见吗？那些大腹便便的满朝朱紫能听见吗？问苍冥，苍冥缄默；问流水，流水不语。"长太息以掩涕兮，哀民生之多艰"，孤苦无告，屡谏不听，反遭贬逐，看故都烽火狼烟，虎贲之师践踏成废墟，怎能不"愁叹苦神，灵遥思兮"？然而"忧心不遂，斯言谁告兮"，这种凄婉悲绝的痛苦，只能向天倾诉，向风雨倾诉，向烟水苍茫的大地倾诉……

中华民族是个健忘的民族，也许是襟怀胸阔，也许是满不在乎，也许是风过云逝，旧梦无痕，但这个民族没有忘掉屈原。一年三百六十五天，竟然拿出一天来纪念一个诗人，而且是全民族的，这是浩浩荡荡二十五史中的奇例，千古风流人物都随着长江之水而逝，浪花淘尽英雄，唯有这个疯了的诗人成了民族魂的象征！

彩笔吐星霞，丹心昭日月。你如长江雄涛般的文思，化育了沧桑世界；是你峥嵘的巨笔，扶托着昼夜乾坤。在洞庭湖畔，芳草铺开绿茵，野花展开锦被，供你栖息；流云飘来为你做帐，青山耸立为你撑屏，茫茫万顷波涛化为你的瀚墨，星光霞辉点燃你万古诗情……

屈原啊，你用楚辞半部，启百代文心，给历史荒漠萌出文学的花卉，给古典的东方播放特异的芬芳，给阴霾密布的长空一道思想的闪电，给茫茫九州几滴精神的甘露……在这里，我寻到了中华民族精神史的源头！夸父追日，女娲补天，精卫填海，愚公移山，固然展示了一个民族的精神和意志，但那是反映人类与自然的抗争，而人类高尚的情操，尊贵的人格，圣洁的精神，晶莹的思想，则给一个民族浑浑噩噩的灵魂里注入一道光照千秋的闪电！

屈原，漂泊在这巫歌神语的大地，古老神秘的艺术滋养了他。

他不愿离开楚国，是于心不忍，他对祖国、对民族命运有着强烈的责任感，但面对"仆夫也凄怆欲绝，神驹也怀伤踟蹰"的残酷现实，他最终只能选择正直庄严的自殉。他为直道而生，为直道而死。

其实屈原死时很寂寞，那个时代很少有人知道他，那个时代是荒凉而阒寂的。在他的忌日，没有人会往汨罗江扔粽子，以求鱼虾不食屈原的尸首，老百姓也没有以划龙舟的形式来纪念一个疯了的诗人。老百姓根本不知道诗人的伟大，诗有什么价值？屈原的死，也很快被人忘掉了……事情过去一百四十多年，汉文帝时代有个叫贾谊的年轻博士被贬到长沙，赴任路上，路过湘江，误认为屈原投身的汨罗江是湘江支流，触景生情，借他人酒杯，抒发自己心中块垒，作《吊屈原赋》。"已矣哉！国无人兮，莫我知也。"惺惺相惜，两颗痛苦的灵魂相遇相撞在一起。又过了近百年，司马迁作《史记》想起了贾谊，进而想到屈原，那时司马迁因为李陵辩护遭到汉武帝的痛斥，人生坐标达到了最低点。屈原放逐，贾谊被贬，司马迁受辱，三个高级知识分子心灵巨大的悲痛穿越二百多年的时空会合在一起，发生了山呼海啸般的撞击。司马迁悲愤填膺，痛苦至极，写下了《屈原贾生列传》，从此屈原的名声雀噪开来。

屈原就是屈原，他对楚国充满了失望，却难以割舍对故国炽烈的赤子之情。屈原下定决心以身殉国，从而结束了他人生追求的最后一个乐章。

屈原的死与不死，都不能挽救楚国落日西沉的悲剧，但屈原的死却拯救了他自己，成了千古不朽的民族之魂。

《离骚》上天入地，跨越时空，想象力极其瑰丽，与天神共语，与神仙对话，《离骚》是神曲，比但丁的《神曲》还要早几百年的中华民族的一支神曲。

说来奇怪，长江文化并非像柔若无骨的水，但长江像淬铁为钢的水，偏偏培育了一代代傲骨如松、铁骨铮铮的文人。排头兵就是生长在长江岸边，饮着长江水长大的屈原，最后又溺水而死，质本洁来还洁去。屈原后面贾谊，年纪轻轻，满腹才华，一腔鸿鹄之志，他本应该是汉文帝的大红人，二十啷当岁，就当了五经博士，官运亨通，再说汉文帝又不是昏君，老臣周勃、灌婴又非奸佞，只要他"密切联系"上级，完全可以混到位极人臣之地步，可这小厮生就一副硬骨头，直肠子，浑身书生意气，不会融通，不会周旋，不会阿谀，不会奉承，不会逢人便说三分话。那么聪明透顶的人，偏偏不懂得官场的潜规则，硬要揭露统治者的弊端，表奏《陈政事疏》，最终被流放到长沙，留下的只有被鲁迅称赞的几篇伟大的"西汉鸿文"。

中国文学史，是一部血泪斑斑的苦难史，铁骨铮铮反叛史，弥漫着浩然正气，氤氲着凛然雄气。从屈原到鲁迅两千多年，尽管中间有司马迁遭到去势之耻，硬骨头文人并未断种，他们都有一副铁脖子，钢脊梁，不怕打，不怕压，不怕坐牢，不怕杀头，不怕鞭尸，不怕灭九族，动不动就与政府唱反调，挑刺说点风凉话，甚至敢与最高统治者叫板。魏晋南北朝时期，嵇康、阮籍、刘伶一班文人就不与你政府合作，整日诗酒风流，放浪形骸，独立特行；更有甚者，唐初四杰之一的骆宾王竟然发表檄文造起则天女皇的反，扯旗放炮地组织反政府武装力量！宋代的苏东坡，也是喝长江水长大的，一生坎坷，一生风流倜傥，一生潇洒，冷也忍得，热也承得，苦也耐得，一蓑风雨任平生！到了明末，更有一批不要脑袋的文人，偏与势焰熏天的阉党魏忠贤阮大铖之流展开了血淋淋的抗争。这些东林党人热血蒸腾，傲骨铮铮，视死如归，不亚于手执铁戈效命沙场的英烈！他们为了民族利益、国家利益，为了气节、操节、正义、真理，不怕惨遭屠戮！这正是中华民族五千年血脉不断、浩气长存的根本原因所在！

正如文天祥所言："天地有正气，杂然赋流形，下则为河岳，上则为日星。"谁言弱水三千？长江流水平静的涛汶如绢，但遇到顽石巉岩，却不惜粉身碎骨以生命开辟前进的道路！

这是长江的精神，这是长江文化的内涵！

烟波云影的洞庭，稳重而肃穆，把旋律般的涛韵播放在湖畔草地上，像屈老夫子的缓步微吟，轻轻的叹息。

风用咒语解释着这一切。

而冬天的风对这宏大的题材，繁复而芜杂的细节，删繁就简，三下五除二来了个艺术处理。天地间只剩下白茫茫的一湖寒波。我迎着初冬的冷风，寻觅一个民族的魂魄，哪里还有他的踪影？我想斟一杯苍凉，邀请屈原共饮，皇皇华夏因你而皇皇，泱泱中华因你而泱泱，古老璀璨的民族精神史因你古老而璀璨……

这时，只见一只水鸥拍水而起，直冲暮空，洁白的羽翼在苍茫的暮色里划下一道旋律般的曲线……

2005年8月

本文选入《2007中国散文年选》。

【赏析】

伫立于烟波浩渺的洞庭湖畔，你会想起谁？作者想到了屈原。

要想走近屈原，先要走进屈原的诗。

"这位能升天入地跨越古今的神人，他深感人间痛苦的遭遇，上下求索的种种挫折""他问天问地，问山问水，问树问草，问飞翔的鸥鸟，问盘桓的鹰雕，问瑟瑟的蒹葭，问叠叠的洞庭寒波……"在屈原的诗里，作者读到的是遗世独立的高洁与忧国忧民的愁苦。

想要理解屈原，必须了解当时的时代背景。

"屈原所处的时代是'众人皆醉，举世混浊'的时代，是'朋比为奸，佞小入堂'的时代，是'蝉翼为重，千钧为轻；黄钟毁弃，瓦釜雷鸣；谗人高张，贤士无名'的时代"……惟其如此，更能反衬屈原的高洁与坚贞。虽历尽苦难，仍不改其清白、端直；虽连遭放逐，仍坚持正道直行，这才是屈原。

"屈原啊，你用楚辞半部，启百代文心，给历史荒漠萌出文学的花卉，给古典的东方播放特异的芬芳，给阴霾密布的长空一道思想的闪电，给茫茫九州几滴精神的甘露……"

是的，屈原本不想做诗人，是放逐的命运成就了一个伟大的诗人。信而见疑，忠而被谤，无罪被放逐，还能怎样？只有写诗，只能写诗。命运留给屈原的，只剩下了诗！

虽然历史已过去了两千三百年，但是屈原并未走远。他就像万里碧空中那轮皎洁的明月，永远悬挂在那儿，照亮我们前行的路。

秋风悲歌乌江岸

一

寒露一过，秋就老了。风，是秋神的信使，一日一日地尖厉起来。凌厉的秋风嚣张地打着呼哨从天空从地面，全方位地拉开了纵横交织的阵线，疯狂地扫荡着辽阔复远的淮北平原。风掠过白杨林时，最初酷似秋雨潇潇，渐渐而成浩荡杀气，如剐如剿的残酷。树惊骇而惶悚，枝摇撼而战栗，那发黄而未干枯的叶子在风中战战兢兢地忽闪几下，便被掳掠而去，又被无情地抛在空中，扶摇、漂泊，最后又一任命运的驱遣，落在沟壕里，田垄下，陵冈旁，无声无息地化为沉默的泥土。

又一场肃杀的秋风来临了。风是从遥远的西北高原吹来，携带着北国的凛冽，排成方阵，凶焰腾腾，摧残着枯枝败叶，涤荡着烟霏云霭。这气势是一种决绝，一种刚烈，一种浩劫。我走在淮北大地上，感到秋的威严，感到秋风的悚然和惊悸。

田野上大部分庄稼收割了，没拔尽的棉花柴，叶子已脱光，光秃秃的枝杈瑟缩在寒风中。田埂上有几株向日葵，已收去沉重的花盘，像被砍去头颅的刑天，昂然而立，展示出那种超越生死的骨气。

大地裸露着莽莽苍苍的土黄，一切都失去了夏日生命燃烧的希冀，青春激情的诗意，显得沉寂而苍茫，天空也变得深旷邈远。我只觉得这天地间有一种拂都拂不去的阴郁和悲戚，像是弥漫着柴可夫斯基的《悲怆》，这旋律低沉，带有一种令人沮丧的悲哀，使人想起流血

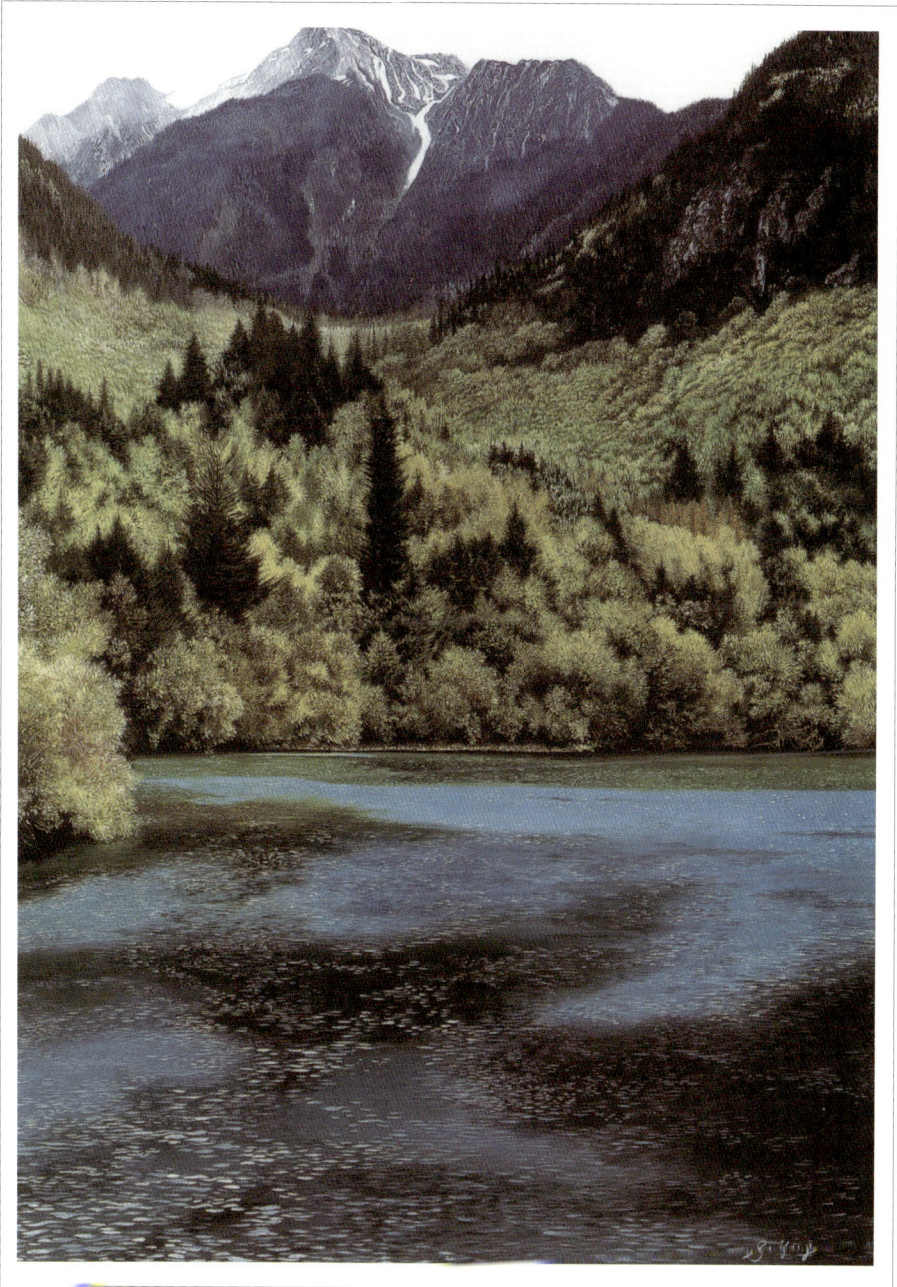

和死亡。

在这秋老风寒的时节，我来到灵璧县，雇了辆出租车去往城东五华里处虞姬墓，拜会两千二百年前的美人、一代霸王的宠姬。霸王别姬成了千古悲剧。在戏曲中，在诗词歌赋中，乃至今日的影视剧中，她总是以被同情，被惋惜，被赞美的角色出现。刚烈、温柔、美丽、坚贞。佳丽名姝，香消玉殒，成了英雄的殉葬品，成了楚汉相争的大舞台上一道悲壮而亮丽的风景。

在我的感觉中，墓地带给人的是荒凉、衰败、凄风、苦雨、枯草披离、古木森森的感觉，令人恐惧，令人惶惶避之不及。

然而虞姬墓，成了一座历史的坐标，一尊醒着的记忆。没有那种孤苦与阴冷，也没有那份温情和眷顾，只是给人落落寡合、神情凄凄的感觉。苍松翠柏，一片肃穆，满地斜阳，只有风吹起的白杨叶子在空中盘桓一阵，又纷纷落在坟冢四周，像是给亡人送去的冥钱。颓败。落寞。萧瑟。毕竟太遥远了。尽管在那个烈火、长剑、骏马、英雄的大时代，那个天崩地坼、腥风血雨的大时代，虞姬以拔剑自刎将如花的生命献给历史的祭坛，无疑是一种悲壮之美。但悠悠岁月，骎骎时光，一切都显得黯淡了。

公元前202年的一个秋夜，寒风在帐篷外呼啸，阴云密布。帐内烛泪淋漓，烛光摇曳，虞姬坐在帐中，项羽一杯接一杯地喝着闷酒，酒入愁肠愁更愁。项羽已兵寡粮尽，陷入汉军重重包围之中。项羽举起酒杯，将饮欲饮，帐篷外传来一阵阵楚歌，项羽心如刀绞，英雄末路，慷慨悲愤：力拔山兮气盖世，时不利兮骓不逝，骓不逝兮可奈何，虞兮虞兮奈若何？项羽歌罢，泪如雨下。虞姬知悉军情突变，哀叹大势已去。歌而和之：汉兵已略地，四方楚歌声。大王意气尽，贱妾何聊生！

低哑的歌声，凄婉的旋律，伴着呜咽，每一个音符都蕴含着泪水。英雄末路的哀叹，佳人将逝的苍凉，帐外风卷沙尘，木叶萧索，一片肃杀氛围。乌骓马突然嘶鸣，仿佛催促项羽突围，杀出一条血路。虞姬知道，自己是项王的累赘，不能拖累项王，歌罢，拔剑自列。一股如霞如霓的鲜血，腾空而起，渐渐又像桃花瓣似的纷纷落下来，一个柔弱的女子，在历史的长空像颗流星一样转瞬消失了！然而她生命的光辉却辐射到两千多年后的今天！

项羽突围，仓皇出走，途中将虞姬草草埋葬。

虞姬墓背靠一方田野，面对一条公路，墓园虽荒芜，并不冷落；殿庑虽油漆剥落，却不是时间的过错。车马喧阗使两千多年前名姝佳丽的芳魂不得安宁，但夜深人静时，满园松涛伴着四野清风，一庭芳草掩藏着冷艳的岁月，墓前洁白的菊花开得正盛，更将虞姬的冰清玉洁和墓地千年幽香，渲染成历史的绝唱。

灵璧县有了虞姬墓，也就埋下了一块文化的碎片，一部荡气回肠、千古经典的爱情悲剧至今仍令人心驰神往。

二

次日我又去和县游览了霸王祠。祠院坐落在凤凰山上，与其说是山，不如说是一座土丘，高不过百米。正门墙壁朱漆粉饰，庄严肃穆，是霸王祠的门楼，门两旁是一对石狮，雕法凌厉，气势威严，凛然一种霸气。殿门木柱有一副楹联：

> 犹听叱咤之声，外黄未坑，能存孺念，壮哉心鄙秦皇帝；
> 忍见风云变色，虞姬自刎，专为报恩，败已头抛吕马童。

这副楹联是近人邓力群撰，书法大师林散之书。

步入殿中，有青铜铸像，高二点六米，塑像两侧也有一副对联：

> 彼可取而代也，白眼视秦皇，一时气盖人世间；
> 汉皆已得楚乎，乌骓嗟不逝，千古悲风垓下歌。

　　两副楹联概括了项羽叱咤风云、纵马天地的一生。他是英雄，是战神，又是一代恶魔。他复杂的个性是造成其人生悲剧的渊薮，项羽不称帝，他推出楚国国君的后裔、一个叫花子、一个放羊娃面南称孤。他只想称雄称霸，像后世的曹操一样，挟天子以令诸侯。

　　他力能扛鼎，气盖山河，但又有妇人的仁慈；他有"白眼视秦皇""彼可取而代之"的雄心大志，气干云霄，却又有侠胆义骨的犹豫。鸿门宴的瞬间彷徨，历史改变了走向，造就了大汉四百年的基业。汉武帝开疆拓土，一个王朝的名字成了泱泱中华民族引以为自豪的称谓。他本可以取代秦始皇，但他却一把火烧掉了阿房宫，将七国之精华，价值连城的国之瑰宝付之一炬，留下千古骂名；他多勇少谋，有并吞八荒之心，却不能容人；他杀人如麻，不分忠奸，他中了张良的奸计，辞去范增，他对韩信弃之不用，化友为敌，韩信被萧何引荐，刘邦拜为大将军。正是这个忍胯下之辱的淮阴小子成了他的掘墓人。

　　走进霸王殿，只见霸王项羽的塑像栩栩如生，他剑眉凝云，重瞳戟髯，锋芒四射，震慑逼人，不仅没有穷途末路的悲哀，没有身陷重围的绝望，反而浑身上下渗露出横空出世，天下英雄，舍我其谁的霸气！这也是一种人格，一种使天地凛然的人格！

　　项羽却又是杀人不眨眼的恶魔，兵败垓下，犹如拿破仑兵败滑铁卢，一世英雄，如此悲剧！想当年，渡江北上，破釜沉舟，背水一战，那种决绝的气概，那种视死如归的大器识，大勇气，大胸怀，那种横扫千军，惊天地、泣鬼神的浩然之气哪里去了呢？"引兵渡河，皆沉船，破釜甑，烧庐舍，持三日粮，以示士卒必死，无一还心"，九战，终于战胜秦始皇的虎贲之师，杀秦将苏角，虏王离，在古代战争史上写下辉煌的一页！

　　巨鹿之战的大胜，让诸侯军人人惶恐。当项羽召见诸侯将领，入辕时，无不跪着爬行，不敢仰视这位叱咤风云的大将军，那是何等的霸气凛凛，势焰九大！

得道多助，失道寡助。项羽战略的失误，用人之疑，导致他事业的毁灭。项羽坑杀降卒二十万的残忍，激起历史的愤慨，人神共怒！

而刘邦入关，"财物无所取，妇女无所幸，此其志不在小。吾令人望其气，皆为龙虎，呈五采，此天子气也"。

更可笑的是，项羽并无当国君的胸怀，只是一匹夫之勇，当鸿门宴后，有人劝说："关中阻山河四塞，地肥饶，可都以霸"，但项羽却引兵西屠咸阳，杀降王子婴，烧阿房宫，大火三月不灭。抢掠财宝，霸占妇女，惨无人道，目不忍睹。项羽见秦都一片废墟，便思欲东归，且大言不惭地说："富贵不归故乡，如衣绣夜行，谁知之者！"一世英雄，真是鼠目寸光！但是，"衣锦还乡"却成了中国士大夫的情结。

三

风紧了，满院是一层层落叶，那是秋潮退去的岸。踩在上面发出沙沙的声响，像是历史的回声。院落里有几棵菊花像虞姬墓前的菊花一样洁白灿烂，只是更显得孤独。讲解员说，霸王祠里供有项羽，但没有虞姬的塑像，虞姬墓也只是孤零零的一丘，落寞，苍凉。他们生前英雄美人，伉俪恩爱，后人同情他们，爱怜他们，为何让他们尸处两地，天各一方，没有合葬？难道只有七夕之夜，两颗赤诚的爱心，两颗忠贞的灵魂，才能鹊桥相会？这是一幕荡气回肠、纯洁坚贞的爱情悲剧！

和县的项羽墓是衣冠冢。"冢"者，坟墓也，阴宅，把"家"上面一点移到下面，即故世人的"家"。可怜兮！一代霸王的坟冢只有衣冠，没有尸骸！叱咤风云纵马天地的大英雄，苍茫天地间，竟然魂无归处！既然没有尸骨，何必虞姬与其合葬呢？

项羽在虞姬自杀后，率八百精骑突围，分为四路向四面冲杀，一路狂啸，一路血肉迸溅，一路血雨飞扬，杀开一条血口，很快又合围了，到了和县只剩下二十八骑，而追兵几千人，项王很难脱身，就对身边的人说："此天之亡我，非战之罪也！"

汉兵追至乌江西岸，若项羽厚颜听取乌江亭长的话，涉过乌江，回到楚地，重整兵马，卷土东来，历史会改写，大汉王朝四百年的基业也许根本不会出现。贵族出身的项羽死要面子，当年随他征江东的八千子弟，如今几人生还？他无颜面见江东父老。于是把他心爱的乌骓马交给亭长，和二十几个随从杀入敌阵，砍杀汉兵数百人，自己也负伤几十处，最后终于寡不敌众，便对汉军骑司吕马童——自己以前的旧将说："我们不是老相识吗？你们悬千金买我的头颅，封邑一万户，现在我就给你！"说罢拔剑自刎。

一道血色风景！

这一刹那，历史惊呆了，天地间一片大宁静！

好一阵子过去，汉兵才蜂拥而上，分杀项羽的尸体。最后吕马童等五位郎中各得项羽尸体一部分，结果五人封侯。可叹，生前叱咤风云，纵横天下，死后被五小儿分尸，一抔黄土掩千古豪情。

面对着楚霸王项羽的塑像，我想起张爱玲的审美观点："我不喜欢壮烈。我是喜欢悲壮，更喜欢苍凉。壮烈只有力，没有美，似乎缺少人性。……苍凉是因为有更深长的回味。""悲壮是一种完成，而苍凉则是一种启示。"

历史定格楚霸王之死是"壮烈"，而不是悲壮，更缺乏苍凉的审美意蕴。美女与英雄，战争与爱情，刚烈与温柔，这种悲壮和苍凉在《霸王别姬》中演足演够了。其实，大部分中国人认识项羽是从这出戏剧开始的。美的凋零往往是苍凉的，撼人心魄的！而项羽的死却缺乏诗意，缺乏令人回味的深长！

但项羽用一腔热血点亮了一盏明灯，其光芒穿透了两千多年苍茫的时空，一波一波地辐射而来，后人早已忘却他火烧阿房宫、坑杀降卒二十万的罪孽，这一切都成了"灯下黑"，被遮蔽了。历史给他留下的是一剑封喉时大勇大烈、天崩地裂的人格造型。如此决绝，如此孤执，他的精神、他的气概、他的思想和人格在血花四溅中已铸成永恒。他赢得英雄的桂冠，也博得了后人的同情、惋惜，甚至不该属于他的尊崇。他的失败是他的最大成功，他的死造就了他生命的辉煌，这是中国传统悲剧的规律。不死怎能震撼人心？死得不壮烈，生命怎能如此辉煌？项羽的失败是个人意志在历史规则面前的失败，狂妄的人格，高傲的心性，有勇无谋狭隘的肚肠，这已注定了他的败局。将生命送上楚汉风云的祭坛，使得项羽的死重如山阿，傲然屹立于历史的画廊，他的热血赋予他阳刚和浩然之气。

死，是生命的一道程序。完成这道程序可以采用各种方式，项羽采取了拔剑自刎无疑是最正确的抉择。这种死惊星撼月，鬼泣神哭，使他由一个杀人恶魔升华为一尊战神。项羽拔剑自刎的瞬间造型，既透露出豪气干云的悲壮，又隐示了英雄末路的无奈。有人说虞姬成就了项羽，诚然，虞姬的出现无疑为这悲剧增添几抹诗意的凄美。我觉得是项羽的自杀成就了他，辉煌了他，如果项羽被汉兵乱箭射死，那倒成了历史的尴尬，一代霸王的难堪。

但无论从哪个层面上讲，项羽之死，标志着旧时代的落幕，新时代的粉墨登场。

其实历史总是有点偏心眼儿，希望不成功的英雄成功，掬一把同情之泪洒向失败者的遗骸上。如果项羽真的成功，历史会出现什么样的结果？凭项羽他嗜杀成性、狠毒决绝的秉性，也许会出现第二个秦始皇，甚至比秦始皇更残暴、更凶恶！历史将会出现更黑暗的年代！天地人心，刘邦的胜利是历史的必然，无论后人怎样臧否，这是新兴的地主阶级对传统君主贵族的胜利！

左厢房陈列着一些泥塑，造型栩栩如生，都是楚汉相争中经典的人物，这里浓缩着楚汉一场战争风云，腥风血雨，天崩地坼，巨鹿之战，彭城之争，垓下之围，鸿门宴上……这些闪烁在中国二十五史上的吉光片羽，依然透出两千二百多年前的悲壮和苍凉。历史不是墨写的，是干戈蘸着热血写成的，战争的惨烈，一将功成万骨枯，多少将士的白骨铺就皇皇宫殿的丹墀玉阶！

四

　　我走到祠外的山脚下。这山本来不高，山脚下，有一条河，便是当年的骓马河，自古便是长江的支流，流水汩汩，汇进长江滔滔。而今历经千年，已淤积成一条内河。河岸上松柏蠹翠，竹影婆娑。落日时分，斑驳的晚霞如同发暗的血污，是当年将士的血渍吗？霞光映照河水，河中立着一块怪石，传说是项羽的系马桩。乌骓马的嘶鸣声仿佛从遥远的历史深处传来，苍凉，悲戚。小河对岸便是"二十一骑士坡"，那是跟随项羽而死的二十一位江东子弟，驰骋沙场的勇士，历史没有记下他们的姓名，但他们的形象却又像汉白玉石雕般地蠹立在这经典故事中——这里正是将士们下马同汉军决一死战的地方。山坡上的乌江亭依然蠹立于江边。亭的附近，传说便是项羽自刎处。英雄的悲剧和壮举到此画上句号。两千年前的烽火终于熄灭在乌江岸边，楚汉战争的风烟已逝，历史上出现了奠定中华民族大一统而且统治时间最长的大汉王朝。

　　长江在这里被称为乌江，江流雄阔，状如奔马。太阳照耀的方式依然很古典，但和现实并无区别。斜阳脉脉，很有温情，也富有同情心地从树梢间穿过，照耀在林间空地。发黄的野草在晚风中窸窣有声，有点凄凄然、戚戚然。

　　乌江亭飞檐翘瓴，在夕阳中显得冷清和落魄。晚霞落在江面上，闪闪烁烁，浮浮沉沉，既有动感，又有质感。

　　风雨渗透历史，时空以凌厉的巨笔，涂抹着万物。杜牧有诗云："胜败兵家事不期，包羞忍耻是男儿；江东弟子多才俊，卷土重来未可知。"这位晚唐诗人只不过凭着诗人的浪漫和想象，发点历史的感慨而已。其实，卷土重来又怎样，还不是血河更加涌涨，尸山更加巍峨，战争的乌云更加磅礴！

　　游人很少，四周静谧无声。地上的落叶被风卷起，漫天飞舞。天风作歌，流水伴奏，阔野古木同悲，一曲垓下绝唱，仿佛从苍茫的历史深处传导而来，低回，悲怆。腥风血雨，马鸣萧萧，这是一道历史的大风景，是人类舞台上一幕悲壮的演出。项羽呀，你功盖天地，又恶贯满盈，你凭着力拔山兮的英雄气概推翻了一个暴政王朝，又给千万个生灵造成毁灭性的灾难。英雄与恶魔，光焰万丈的人格和凶残暴戾的性格，极不和谐地铸就了一尊历史的雕像。

　　我站在岸边，向历史深处眺望。我心里充满疑惑，为何千百年来人们把同情的目光掷给项羽？以哀怨的情思诉说西楚霸王？是项羽的人格的魅力，还是他的贵族身世？好像刘邦当了皇帝就违背天意，大逆不道？天下应属杀人恶魔？项羽有勇无谋，项羽骄横跋扈，项羽性暴，坑降卒，杀降帝，抢劫财宝，掳夺妇女，纵火焚烧人间瑰宝，心胸狭隘，容不得人。他不听范增之言，又中刘邦之计，结果美人江山全丢失，范增悲叹道："竖子不足以谋。"范增素知项羽秉性，为何不学管仲尽心辅佐齐桓公，一同创立"九合诸侯，一匡天下"的辉煌业绩？你倘若苦口婆心，像五百年后的诸葛亮鞠躬尽瘁，你们君臣风云际会，统率万里江山，何有垓下之围、乌江之恨？

　　历史远去了，留下许多谜团。项羽不肯回江东是否真的愧对江东父老、八千子弟？是否为了报答虞姬的千般柔情？是否因为"天下凶凶，皆苦于你我之争"？如果真的以"自刎"换取天下太平，换得百姓安居乐业，化干戈为玉帛，那么项羽真的是顶天立地的"失败英雄"。

　　长江东流无语，秋风萧瑟有声。岸边几棵樟树，并不年轻，叶子落光了，枝杈间留有巨大的空白，让你思索，让你想象。

2008年9月

【赏析】

　　此文的魅力不仅是其大开大合的行文结构，不仅是大气磅礴的语言风格，不仅是关于"美女与英雄，战争与爱情，刚烈与温柔"的描绘，更因其对这段引人瞩目、千古传唱的故事背后的思索。一个"大勇大烈，天崩地裂的人格造型"为什么能"赢得英雄的桂冠，也博得了后人的同情、惋惜，甚至不该属于他的尊崇"？过往的戏曲和电影，往往在渲染项羽死得悲壮，而此文在真实地填补一个空白——思索。思索这一幕历史剧是中国传统悲剧的规律？——"不死怎能震撼人心？死得不壮烈，生命怎能如此辉煌？"这个规律在两千年后的今天不也依然存在吗？

如作者所言"我站在岸边，向历史深处眺望"，这正是此文带给我们的最珍贵的信息。对于历史，今人喜好评说甚至戏说，那只是在历史面前浮光掠影；今人该做的应该是思索，这才是名副其实地"向历史深处眺望"，眺望将生命送上楚汉风云的祭坛，为什么使得项羽的死重如山阿，傲然屹立于历史的画廊？

千秋太史公

一

七月，是陕北高原万木葱茏、山川流翠的季节。太阳煌煌堂堂，照耀着千沟万壑、风骨峥嵘的黄土高原，渭河与泾河由于雨季变得丰腴而臃肿了。流水滔滔汹汹，澎湃奔腾注入黄河，浪峰嶙峋，怒涛丛簇，浑浊的浪涛拍打着黄土的堤岸，发出空洞而悲壮的声响，震山悚岳。黄河出龙门，变成一片汪洋，浩浩荡荡，洋洋沸沸。阳光溅在水面上，叠叠金涛，灼灼烁烁。中华民族的母亲河展示出一副壮美磅礴的气概。千秋太史公司马迁的故乡就坐落在黄河岸边，那时此地称夏阳郡，现在称韩城。

司马迁坟墓就在韩城北面的一座山上。山并不高峻，拔地而起，面临坦荡的田畴、滔滔黄河，就显得格外突兀挺拔。黄河浪涛不息，伴随着一个伟大的孤独的灵魂，无言地叙述着两千多年风雨沧桑的历史。

从山脚到山巅有九十九道台阶，台阶的石头凸凸凹凹，斑斑驳驳，似乎向人们讲述着墓主人坎坷蹇涩的生命经历。风雨沧桑，天地玄黄，两千多个春秋，怎能不留下悲壮苍老的褶皱呢？

九十九道台阶铸就了"高山仰止"的辉煌。

九十九道台阶铸就了"景行行止"的壮丽。

九十九道台阶铺就的全是苦难，每一道台阶垒砌的都是艰辛。

"把石块砌在一起，创造的是静默"，诗人如是说。

一层层巍峨，一层层静默。

游人不多，山是静寂的，只有风吹林木，传来萧萧的松涛声。我唯恐惊醒一个凝注的灵魂，唯恐扰乱太史公风云际会的思绪，把脚步放得轻轻，一步一步地攀登。

我想修建陵墓的设计师是很有头脑的，九十九，这是中国数字文化至高至尊的数字，再加一个数字就是"天"，那么对这位与天地同行、与日月同辉的千古英灵是当之无愧的了。

登上最后一级台阶，迎面便是太史公祠，并不显赫，也并不奢华，油漆已剥落，斑斑驳驳，碑碣的文字已漫漶。但那匾额和楹联依稀辨出："文史祖宗"高悬在上，两边楹联："刚正不阿留得正气凌霄汉，幽而发奋著成信史照尘寰"；另一副楹联是曾执鞭共和国文坛郭氏沫若的手迹："龙门有灵秀，钟毓人中龙。学殖空前富，文章旷代雄。怪才赝斧钺，吐气作霓虹。功业追尼父，千秋太史公。"笔迹雄健，题联也有气魄，句句道出司马迁伟岸的人格，傲骨嶙峋的风操。

太史祠里有一尊司马迁泥塑，面颊清癯，目光冷峻，凝眉聚神，手握竹笔，仿佛正在续写未竟之篇章。令人惊异的是，太史公受到宫刑，为何还长髯飘拂？我想，这是雕塑家踌躇再三而有意添加的，以此表示对司马迁的敬慕、尊崇、爱戴。堂堂天地一男子能没美髯一缕？把历史强泼到他身上的污水，重新洗刷殆尽；把冤狱屈辱雪清，还圣贤真面目，不是后人的期望吗？

太史祠后面就是司马迁墓。墓是圆形，用砖石垒砌。怪哉的是墓冢上长出五棵苍松，傲骨铮铮，直迫苍穹，黛绿的叶子，幽光闪烁，一派浩气、傲气、雄气。

司马迁是西汉王朝前太史令司马谈之子。司马谈学富五车，史坛泰斗，在朝中专管天文、历法和历史文献。他在职时，勤勉不息，收集大量文史资料，准备写一部记载"明主贤君忠臣义士"的史书。由于年老体衰，壮志未酬，只有遗托儿子司马迁。司马迁自幼聪慧，苦读史书，入朝后子承父业，也当了太史令。他发誓完成先父的遗愿，写一部像《春秋》一样的不朽之巨著。

青年时期，司马迁在父亲的支持和鼓励下，仗剑远游。竹杖芒鞋，一蓑烟雨，游江南，探禹穴，涉江河，入荒辄，进莽林；足迹遍及沅湘，履痕印满中原沃土、荆天楚地、齐鲁之邦，广采山川地貌，风土民情，历史人物，遗闻轶事；求贤哲，访黎庶，餐风饮露，忍饥耐寒；路漫漫，水迢迢，上下求索，九死不悔，搜集了丰富的典籍史料，采撷了浩瀚的原始素材，为写作《史记》做好了前期准备工作。

元封元年（前110），汉武帝为炫耀圣威，去泰山封禅，以震慑四夷，祈求福佑。车辚辚，马萧萧，十八万精骑护驾，阵势浩大；铁流滚滚，长达千里，可谓威加四海，气吞日月。作为太史令司马谈奉命随行，参与旷世难逢的盛典，深感荣幸。谁知天有不测之风云，到了洛阳，他老先生一病不起，危在旦夕。正在巴蜀民间采访的司马迁得悉，日夜兼程，赶到父亲病榻前，老先生已气息奄奄，只留下几句断断续续的遗嘱：

"我家先祖，远在周朝就当太史，更在虞舜、夏朝时还管过天官之事……你若继为太史，那就是继承祖业了。我死后，望吾儿能完成为父未竟之业。……自孔子之后四百年间，诸侯兼并，战乱连年，至今无一部像样历史书……"

司马迁听了，涕泪交流，心中却发出风雷激荡的誓言：定将完成先父之大业！

元封三年（前108），司马迁被任命为太史令。

二

我徘徊在墓前，天风浩浩，烈日腾空，望高原莽莽，看大河滔滔，山川秀丽，地貌形胜。这旷达的风景，必定造就出旷古奇才。

风云啸聚，政潮浮沉，谁知到了汉武帝天汉二年（前99），司马迁时年四十七岁，春秋正盛，一场血腥之灾从天而降。原因很简单，司马迁为孤军作战兵败匈奴的李陵辩白，激怒了圣威，再加小人杜周的谗言诽谤，汉武帝一怒之下，将司马迁判为"诬罪"——也就是杀头之罪。

李陵是前将军李广之孙，颇有先祖之风。他善骑射，有韬略，爱人下士，为军中难得之将才，连汉武帝也不得不称赞他"有李广之遗风"，可谓将门虎子。汉武帝命他率五千步兵去匈奴作战。时值暮秋，北国漠野已是风雪弥漫、草木枯衰了。由于敌众我寡，李陵被单于大军重重包围。李陵且战且退，虽然杀敌二千，但单于依仗兵多将广，穷追不舍。由于汉军无后援，粮草也接济不上，将士死亡甚众。汉军被单于大军追至一条山谷，李陵率众突围，每前进一步都要付出血的代价。李陵和他的部下左冲右突，前杀后砍，杀死不少匈奴兵将。正当突围有望之际，谁知，李陵刺杀匈奴一将领时枪杆折断，汉兵也已矢尽粮绝，四面全是匈奴军，矢镞如雨……李陵长啸悲叹："天绝我也!"终于被俘。李陵拔剑自刎而不能，英雄落难，悲啸苍天。

汉武帝闻悉，雷霆震怒，立即下旨将李陵母亲妻儿捕捉入狱，又召集群臣给李陵定罪。

性格孤傲、耿介而又鲠直的司马迁在这次"缺席审判会"上，为李陵辩白了几句："李陵率兵五千，抵杀敌人数万，也足以向天下交代了，最后矢尽粮绝，身陷敌阵，虽兵败被俘，但料他决不负陛下之恩，定会暗打主意，日后将功赎罪，报答皇上!"

而那些奸佞小人个个都是风向标，看汉武帝的脸色行事，见风使舵，随风扬沙，几日前还盛赞李陵，溢美之词不绝于耳，现在突然来了个一百八十度的大转弯，人人愤怒填膺，诽谤和攻击，诬蔑和斥责，滔滔而来。

汉武帝正在气头上，怎能允许一个小小史官充当李陵律师，为其辩白?汉武帝龙颜骤变，责问道："太史令如何知道李陵暗打主意?依你之言，岂非谁都可以降敌?这分明辩解，存心反对朝廷!"他怒喝一声，命卫士拿下，打入死牢!

当时汉朝刑律，可以以钱赎罪，即司马迁能拿出五十万钱即可免死；而交不上钱，即便从轻处罚，也要施以宫刑。

司马家世代为官，清正廉洁，凭着为官的俸禄，也就是作为国家公务员，工薪阶层，五十万钱，那简直是个天文数字，而且限期一个月。司马迁深感负累家庭，这笔巨款是不可能筹集到的。

汉武帝念在司马迁忠心耿耿，勤勉不怠，传下圣谕：免于死刑但须受宫刑。——这就是司马迁交不上五十万钱而遭受腐刑的原因。

腐刑即宫刑。这种惨无人道的刑罚，起源甚早，相传夏代就有了。"宫，淫刑也。男子割势，妇人幽闭。"宫刑对男子而言就是割掉生殖器，这不仅痛苦万分，也是一个男子汉的奇耻大辱。树高千丈靠根支撑，男子汉成家立业也靠阳根支撑，去掉阳根，虽生犹死！

司马迁被关在牢里不见天日，躺在草席上，彻夜难眠，心想不如一死了之，但先父临终的嘱托，自己大半生东奔西走，遍游神州采集史料，不是为了写出一部与《春秋》相媲美的巨著吗？现在这部著作刚刚有了提纲，更艰巨的劳作还在后面，如果死去，上违先父之遗愿，也枉费了自己大半生心血，生命诚可贵，事业价更高！

对于司马迁来说，写作是他生存的目的，是生命存在的唯一价值，是他的文化人格把他从面临崩溃的边缘，拉到展示生命顽强、坚韧、创造力极为壮烈的舞台上。天地造就山川的秀气，日月赋予人的灵气，高原厚土铸就他一身铮铮傲骨。

铁窗外是大夜弥天，星月失辉，风啸云怒！

一介净净之臣，谔谔之士，丹心耿耿，肝胆昭昭，将蒙受旷世奇耻，百代沉冤，有谁不万念俱灰？生命啊生命，何谓生，何谓死？世事啊世事，何谓是，何谓非？苍天啊苍天，何谓真，何谓假？人生啊人生，何谓忠，何谓奸？波诡云谲，他从辉煌的峰巅一下推到万丈深渊！肉体的苦疼，精神的摧残，灵魂的饿虐，再加上小人蛇芯般阴毒的目光，朋辈的冷漠和疏远……司马迁也曾反复想过宫刑时的惨景，撕肝裂肺、鬼哭狼嚎的惨叫，那是进了地狱，被小鬼们任意踩蹒……他真想一头撞死狱墙，但监守严密，生不得，死也不得。

草有茎，树有躯，人有骨。

天地苍莽间，一骨傲然。

三

司马迁宫刑后，便进了"蚕室"。蚕室，是养蚕的房间。这里是指一间暖房，既保持室内温度，又不能通风。受宫刑后在蚕室至少卧床一百天。司马迁昏迷了几天几夜，当他苏醒过来，只见妻子坐在床前。他泪流满面，羞辱难言，恸哭不已，劝妻子改嫁，妻子也大放悲声。妻子却表现得出奇地坚强、出奇地冷静，随即安慰鼓励司马迁不忘先父遗愿，不忘任重道远，更多的是向丈夫表示一片忠心：山可崩，海可枯，为妻的爱心不会变……

司马迁的妻子杨文卿最了解丈夫，丈夫性格刚直，光明磊落，不会阿谀奉承，不会见风使舵，不会落井坠石，不会变通周旋，不会世故圆融，不会弄虚作假，不会颠倒黑白，不会虚与委蛇，不会拍马溜须，不会藏锋敛锷，不会巧舌如簧，不会察言观色、两面三刀，不会趋炎附势、人云亦云……他固执、倔强、耿介、真诚，他常对自己说，写《史记》的准则，就是"其文直，其事核，不虚美，不隐恶"，秉笔直书。谁知为李陵说了几句真话，道了几句实情，却招来塌天大祸？

丈夫罹祸之前，作为贤妻良母的杨文卿总是为丈夫提心吊胆，担惊受怕，她知道伴君如伴虎，仕途险恶，官场黑暗，丈夫光明磊落，冰雪节操，说不定哪一句话得罪小人，千叮咛，万嘱咐，谁知山难移，性难改，丈夫依然我行我素……噩耗传来，如五雷轰顶，她当场昏厥休克，不省人事……丈夫被捕入狱，她更是彻夜难眠，泪水伴着噩梦，从昏到明，从冬到夏，度日如年，恐惧和悲痛折磨得她瘦若秋风，白发飘零……三年的牢狱，皇上终于开恩，免了死罪，却要缴五十万金，否则施以宫刑。杨文卿为了筹集这笔巨额赎金，拖着病体东奔西走，求亲告友，典卖家产、田土，仍然凑不够五十万，便自己在长安街头设画摊，为人绘像……世人得知司马迁罹难，每天都有很多人买画，生意也挺红火……限期已到，杨文卿将五十万金凑齐，然而丈夫怕拖累家庭，在期限到来的前三天主动接受宫刑，杨文卿的一切努力都枉费了……

当生命进入这种境界，不是灭亡，就会发生出排山倒海之伟力。司马迁便请妻子带些竹简来，病体稍稍好转便开始了伟大的创作。咬着牙，含着恨，他想到孙膑，想到韩非，想起孔丘……这些先贤先哲，哪个不是在悲痛中奋搏，在困厄中崛起？他搦管拈毫，奋笔疾书：

> 昔西伯拘羑里，演《周易》；孔子厄陈蔡，作《春秋》；屈原放逐，著《离骚》；左丘失明，厥有《国语》；孙子膑脚，而论兵法；不韦迁蜀，世传《吕览》；韩非囚秦，《说难》；《孤愤》；《诗》三百篇，大抵圣贤发愤之所为作也。

事业，只有这道永恒的光照耀他心灵的苍穹！……只要我的肉体还在，我的生命在延续，我还尚存一脉之息，就不会辍笔，我的思想会放射出辉耀千古的光芒。一个佝偻的身影挣扎着、晃动着，凌乱的头发像狂风中的野草飞扬着，两道浓眉，一双眼睛像乌云磅礴下的闪电，他的才华、学识、人格、藻彩、德器、气度，激活他文思的锋芒，他的热血在沸腾，内心燃起熊熊烈焰，他的生命被火光照亮，灵魂在火光中升华，奋笔疾书。他不能停下来，手中那支竹笔已化为利剑，划破夜幕的深沉，直插九重宫殿，直捣历史深处，惊魂动魄！他忍着肉体和精神的双重折磨，在炼狱中，书写那个风雨沧桑的大时代。他笑傲苦难，直面惨淡人生，一盏青灯，千卷竹简，满腹怨愤，化字如金，炼句成虹；他思与星河相通，情与神灵相息，古老的汉字，放射出璀璨的光辉。那一篇篇惊星撼月、同天地共存的皇皇华章，从笔端倾泻而出：《陈涉世家》《伯夷列传》《屈原贾生列传》《高祖本纪》……十二本纪、三十世家、七十列传……上下千年，纵横万里，三皇五帝，君臣将相，布衣豪杰，都化作一个个有血有肉的鲜活的形象。这独标高格的文风，开创了"究天人之际，通古今之变"的"一家之言"。

司马迁忍辱负重，昼夜不停，文思泉涌，笔墨纵横驰骋，狂风暴雨般的激情，潮涌浪奔般的力量，岩浆奔突般的冲撞和吐纳……那是一种超越生命自身的力量。司马迁秉笔直书，不扬不贬……这是人格力量的宣泄，是灵魂庄严的净化，是生命的伟大涅槃。

司马迁既有历史学家的冷峻，又兼哲学家的严肃、诗人的狂傲风流、艺术家的潇洒倜傥，落笔惊风雨，墨泼泣鬼神。

愤怒出诗人，绝望出天才。人在孤独痛苦之中，心灵能包容宇宙，悲愤之情能贯穿古今。

司马迁终于完成了千古之绝唱。

望着这砖砌的圆形坟墓上长出一棵巨松，分蘖出五根粗大的枝干，犹如五松俱荣，浩然、巍然，郁郁苍苍，直薄云天！那是太史公一吐满腹千年冤气，还是展示一个伟大灵魂的罡罡之正气？是造化之作，还是司马迁一身傲骨的物化？长风过耳，惊涛扑面，谁伫立墓前，灵魂不受到震撼？又怎能不激起后人的巨大悲剧感悟？

2003 年 9 月

本文选入学习辅助网等中学生语文学习网站、中考模拟试题。

【赏析】

这是一篇民族魂的颂歌。作者以刚健、清新、优雅的文笔写出一代太史公的伟大人格和光辉形象。司马迁刚正不阿，浩然正气，面对苦难，面对惨淡的人生，凭着坚强的信仰，崇高的追求，"事业，只有这道永恒的光照耀他心灵的苍穹"，在炼狱般中的煎熬下，以坚毅不拔的精神，饱蘸生命之液，写成惊天地、泣鬼神的皇皇巨著——《史记》。这是中华民族宝贵的文化遗产，巨大的精神财富。

作者确实是大手笔，触景生情，浮想联翩，拨开历史的尘埃，将一尊巍峨民族英魂展现在世人面前。

孤独的月光

一

我来采石矶是寻觅一千二百年前的月光。

一千二百年前的月光是李白的月光，是唐朝的月光。

李白的月光是满地夜霜，一片晶莹；李白的月光是孤月空悬，银河清澄，北斗参差，月下生天镜；李白的月光，一片冰心，银剑金壶，松风素辉。

但是月亮还未出来，一千二百年前的月光，还隐在山那边，水那边，唐诗那边。

采石矶旁的长江像大唐帝国的诗篇，浩瀚壮阔，气势雄浑，视野旷达。流水也有了章法，没有惊涛，没有骇浪，没有急流喧豗走惊雷的凶险，它稳健而沉着，磅礴而大度，意境恢弘，气格遒健，有跌宕迤逦的韵致和无与伦比的盛唐气象。长江，尽管它流经了天下绝景的三峡，流经了断岸千尺、江山如画的赤壁，流经了虎踞龙盘的金陵，但采石矶仍不失为这巨流大川的一页精美插图。

李白选在这里跳江捉月，的确有一种诗眼、慧眼，尽管醉眼蒙眬。一千二百年前采石矶的月光准是迷离凄美，恍恍惚惚，迷迷蒙蒙。那月光是诗，是酒，是一种仙境。李白经不住月光的诱惑，跳江捉月，愿乘缥缈月光，羽化成仙。李白浪漫得着实可爱，也荒唐得可笑，说白了，有点傻乎乎的。

此刻正是落暮时分，我站在采石矶上，期盼着一千二百年前的月光再度升起，愿那古老的月光、苍茫的月光泼我一身诗意。四月的长江没有夏季的浮躁和浑浊，一川浩浩，满江粼粼，夕阳西下，飞金点银，明晃晃的炫目耀眼。江风柔和温馨，岸柳彳亍，柳丝苒苒，水边荇藻袅娜。又有三两只水鸟，莺语燕喃，翩跹而去，挺诗意，挺古典。故垒西边的惊涛已不再唱苏东坡铜钹铁板的大江东韵；周郎赤壁的战火早已熄灭，风烟俱净的江面只闻得渔歌唱晚；曹公横槊赋诗已成为历史的断简残篇。唯有这采石矶下还漂荡着一千二百年前的诗魂。

二

李白二十五岁，仗剑去国，辞亲远游。一生浪迹江湖，最后魂断异乡，客死长江下游当涂县。他从上游走来，历经人生苦难坎坷，在长江下游画上生命的句号。

李白的人生就是一条大江，穿峡谷，撞绝壁，激流飞湍，裹雷夹电，呼啸奔腾，一腔怒吼化为不朽诗篇，那是生命的闪电。长江的激情，长江的狂放和九曲百折的执着和不羁，已化为李白生命的元素。

李白平生有两大嗜好：一是饮酒，一是醉月。酒和月是李白诗中的意象，又是李白诗中的具象。酒和月是李白诗的主旋律，是李白诗之魂。李白是酒中仙，也是月中仙。古老的月光，苍茫的月光，迷离的月光，凄美的月光，伴随他走过漫长的一生。他或借一脉素月，寄托对故乡的思恋；或牵引一缕清辉，扶摇而上，一夜飞渡镜湖月；或采撷一掬月华，装饰自己缤纷的乱梦，点缀荒凉的诗篇。李白一生存诗一千首，其中有四百首写到月。他的诗注满了月的素辉，月的晶莹，月光的缥缈和迷蒙，也渗透了月的孤寂和凄清。李白青年时期乍离故土，咏月怀乡，并无凄悲之感，"小时不识月，呼作白玉盘"，有点"为赋新诗强说愁"的味道。借满天霜月，挥洒青春意气。"俱怀逸兴壮思飞，欲上青天览明月"，那是李白豪情满怀、志存高远的月光，轻灵澄澈，正合意气飞扬的心境。人到中年，书剑飘零，半生谋官，却仕途蹭蹬，看到官场黑暗，人世浑浊，便产生激愤和抗争："三杯拂剑舞秋月，忽然高咏涕泗涟。"他壮怀激烈，孤愤难平，每至静夜，反思人生，烦恼，忧愁，满腹怨愤，油然生起。再看那轮孤月，心情更感到孤苦，青年时期的浩气、豪气都化为一杯苦涩的苍凉。

月光是空蒙的，迷离的，缥缈的，虚无的。越是虚无缥缈的东西，越能产生浪漫主义的想象，越能激发诗人"上天览月"的欲望。"酒能使人入梦幻，月能使人入仙道。"他背对龌龊的现实，放浪山水，啸傲江湖，皈依道家，寻仙悟真。"道真倍可娱，清洁有精神。"李白具有复杂的心态，矛盾的人格，他自诩具有管、晏之术和匡济天下的雄心大志，但又天真浪漫，无廊庙之才；他向往仕途，又蔑视皇权；他有儒家积极入仕的追求，又有浪迹山水、自由放纵的道家风骨。这是李白性格的悲剧。其实唐明皇并没有看错他，李白只能当诗人，不能胜任高官大吏。政治这玩意儿他玩不转。李白应召入京，原以为能施展抱负，他倾心酬主，急于披肝沥胆，抒写忠才。然而他卓尔不群、恃才傲岸的品格，就注定了他在朝廷不会受到重用，"君王虽爱娥眉好，无奈宫中妒杀人！"皇上只封了他翰林，且为供奉翰林。李白哪里受得这等窝囊气？自己虽拂剑击壶，慷慨悲歌，也终莫奈何！

当皇上赐金还山，李白仕途之梦破灭了，这是李白人生的第一道低谷。尽管他遭到如此的尴尬，但并没有熄灭他"人生得意须尽欢，莫使金樽空对月"的那天风海雨般的豪情，绝望的灰烬仍有希冀的火星，苦涩的心灵荒漠上仍有希望的花卉。

"安史之乱"期间，李白已进入人生的暮年。但他极想报效国家，以酬壮志。他不远千里投奔李璘平叛队伍。谁知，李璘这忤逆之徒打着平叛的旗号，扩大地盘，妄图分裂国家。唐肃宗戳穿其狼子野心，兵锋指处，灰飞烟灭。李白也因此获罪，身陷囹圄。在流放押解途中，又喜获特赦，真是天降喜讯，天佑英才。

李白又回到皖南，玩他的桃花水，看他的敬亭山，捉他的采石矶的月。但是时光易逝，红了樱桃，绿了芭蕉。李白老矣，青莲居士老矣，翰林老矣，西蜀才子、巴山剑客老矣！"旧国见秋月，长江流寒声。"孤独和凄苦折磨着一颗苍老的诗心。

三

我寻觅一千二百年前的月光：

一千二百年前的月光是清丽的、清澈的；

一千二百年前的月光是迷人的、醉人的；

一千二百年前的月光是不朽的、永恒的。

现在月亮还未从遥远的历史地平线上升起，只是暮色苍茫了，晚霞变得黯淡了，远处的山野田畴模糊了。天空变成一抹黛蓝。宏阔的江涛依然节奏分明地汹涌着，隐隐地闪烁着鱼肚白般的天光，但整个江面越发幽暗了。岸边的树木黑魆魆的、乱哄哄的枝条，高高地举在暮空。归鸟唧唧，寻找着自己的栖息之所。很静，只有晚风裹挟着一轮轮波涛撞击岸石，发出比白昼更空洞的闷响。

我坐在采石矶的青石上，期待着大江月出，愿采撷一掬清丽的月光，祭祀一位漂泊的诗魂。

长江无语东流。

李白晚年是在皖南度过的。是这山魂地魄吸摄了他一颗诗心？是这流泉飞瀑江水溪流萦系着他无限诗绪？是善酿的纪叟老汉新熟的白酒令他陶醉？还是采石矶的白璧素月让他流连？

安徽这方山水人杰地灵，古往今来吸引了多少文人墨客，又哺育了多少名垂千古的风流才俊？佛道圣地九华山、天柱山，山清水秀的敬亭山、琅琊山，更有风姿卓绝的黄山，令多少诗人如蛾逐光，诱发了他们多少诗的情愫？

李白不仅写了大量吟咏黄山的诗篇，他遍访谢朓遗迹，倾尽了对谢朓的崇拜和感怀。他更爱采石矶的月光。有一首诗堪称千古绝章：

……

俱怀逸兴壮思飞，欲上青天览明月。

抽刀断水水更流，举杯消愁愁更愁。

……

我想，这首诗应该是在采石矶写的，或者是写给采石矶的。李白面对浩浩大江，仰望皎皎明月，孤独地徘徊在江边，大发感慨，一吐胸中块垒。李白的豪气冲霄、汪洋恣肆的诗才，天子不能臣、诸侯不能制、王公大人不能凌辱的伟岸形象和独立人格，使他永远站在现实主义的对面，陷入孤绝的境地。他只能诗酒浇愁，借月抒怀，以明月为友，以山水为侣。他生性豪放，充满了酒神的进取精神。饮酒是追求一种精神的解放。在李白眼里，有了酒，有了月光，什么王侯，什么皇权，去他的吧！

李白是歌唱月亮的诗人。梦幻般的月光和醉人的美酒，伴随着他走过浪漫主义的一生。他诗里蒸腾着酒的芬芳，也弥漫着月光的凄清。正如诗人余光中所云：酒入豪肠，七分酿成了月光／余下的三分啸成剑气／绣口一开吐就半个盛唐！

李白独独钟情月光，大概是因为月光的冰清玉洁、纤尘不染和清丽高古。李白厌恶人世的龌龊、浑浊，多想飞上月空，遨游青天明月，与明月共语，与青天对话。他浪漫主义的情怀，只有清洌的月光才能相配他圣洁的精神。一千二百年前，人类对月球还处在神话传说的时代。传说，后羿的妻子嫦娥偷吃仙药，升天成仙；传说，蟾宫的庭院里，有一棵桂树，吴刚被罚，天天砍树，永远也砍不倒这棵仙树，犹如古希腊神话中西西弗斯推石上山，石头推上山头，又滚下来，周而复始，是永恒的劳苦。李白梦想成仙，只有寄托天上一轮明月。

李白晚年诗里常出现"孤月"："万里浮云卷碧山，青天中道流孤月。"更有代表性的是那首《月下独酌》，"举杯邀明月，对影成三人"。又是一轮孤月之下，又是花间独酌，那是何等的孤独啊！一颗踌踌满怀、诗情烈火的心灵经过人生的漫漫风雨，此时此地是何等的孤寂凄凉啊！

月亮是孤独的，天上只有一个月亮。

李白是孤独的，地上只有一个李白。

李白孤独的程度在于他独创性的深度。孤独并没减弱他与人间的血肉联系，他以自语的方式同人间交流，以默想作为精神的触须微微地伸出，探索生命的价值。任何一个生命个体都不可能摆脱孤独，这是生命的痛苦，又是自然赋予生命的尊严。

李白尽管生活在一个开放多元的大唐帝国，特别是盛唐时期，但它的社会制度毕竟是封建的。一个纵有天才、鬼才的诗人，没有政治权势作背景，单靠文学艺术自身的力量是微不足道的。他只能借助文学言情抒怀，用理想和梦幻来编织一缕温馨，抚慰孤独和幽寂的灵魂。一个孤独者在保持了他杰出的优点的同时，也保持了他深刻的缺点，方有大的成就和建树。李白一身道骨仙风，怎能得到儒家学说占统治地位的朝廷的重用？他又不懂得官场潜规则，更不懂得厚黑学，怎么能在官场上"吃得开"？

这是时代的悲剧，也是他性格的悲剧！他只能成为一个诗人，和清风明月相伴，与林泉烟霞相依。当他重返皖南时，已是生命的暮年，他心灰意冷了，对仕途彻底绝望了，身边依然是一把剑，一卷诗书。他的心灵更忧郁、孤寂、凄苦了！

四

夜色更浓了。空气里弥漫着草木萌发的清香味，野花初绽的芳菲，江南特有的泥土发酵般的醇香味，还有浓浓淡淡的水腥味。空气鲜冽、纯净，吸上一口，让人心肺尖尖打战。

我抬头向空中望去，天空布满一天星斗，像李白的诗句在历史的苍穹上闪闪烁烁。转瞬间，远处的江涛里腾地跳出一轮圆月，光芒先是发红，继而赭黄，由赭黄变成浅金，渐渐又变成银白。啊，一轮江月！烟光万顷，银鳞万顷，江水碧空是溅天而过的淋淋漓漓的光芒。这是张若虚的月光，这是李白的月光，这是大唐的月光！只有他们的月光才如此富有诗意，如此幽雅，如此撼人心魄！

岸上之清风，江上之明月。一千二百年前这样诗意的夜晚，李白来到江边，心头郁积的烦恼顷刻间风逝云散，一片空明。月光给人一种仙风道韵，它有一种魔力，使人摆脱人间的俗尘，梦一样迷离，情一样浓丽。月光，使人感到惊人的隐秘性、消融性、虚拟性，月光使人想入非非，仿佛进入一种虚幻的世界，一种禅意潜远的世界。

孤月悬空，银河清澄，北斗参差，一片晶莹明净。

李白一生寻道觅仙，月光给他创造了一种虚幻的意境，他怎能不如梦如幻。月亮在江水里跳跃，飘飘悠悠，忽隐忽没。李白醉眼蒙眬，看江水把月亮淹没了，扑腾跳进江水里捞月，又憨又痴的李白此时此地应该有这样的举动！嫦娥不是经不起月光的诱惑，偷吃灵药，轻舞长袖，飞到月亮上吗？那是一个至善至美的境界，在青天碧海写下一个美丽的神话！

其实，李白并没有跳江捉月，更不会酒后跳江捉月，那不以身饲鱼了吗？他来到采石矶上赏月倒是真的，这里的江月的确迷人，令人遐思，诗情喷涌。后人根据他的性格，编撰了这荒诞美丽的故事，附会在李白身上，为李白制造一种神秘和传奇。李白独坐敬亭山，李白独酌花间酒，李白哭晁卿衡，孤独的晚年，贫困交加的生活，郁郁不悦的心情，一生素志未酬的积愤，他到哪里倾泻？他临终还忘不了酒和月，为宣城一位已故的善酿的纪老头写了一首诗："纪叟黄泉里，还应酿老春。夜台无李白，沽酒与何人？"这是他酒后的豪语。纪叟，你在冥世黄泉还酿老春酒吗？夜台没有李白，你酿的酒卖给谁呢？李白声声发问，问得天地悚栗，草木流泪。真是沧桑一世，风尘人生！李白悲痛欲绝，在空明的月夜，酹酒长江，还整整哭了三天三夜。豪放与天真在这里得到和谐的统一。

李白呀，你虽然仕途蹭蹬塞涩，但你千首诗胜过万户侯，你战胜了所有的帝王将相。不信，试试看，浩浩荡荡的二十五史，你删去某一个皇帝，历史似乎没有什么反响，你若删去李白，那历史疼得会大哭，会暴跳如雷，会怒吼狂啸！李白呀，你傲岸的身影，高贵的头颅，风流千古的诗章，永远屹立在岁月的长河里。你是历史的浮标，民族永恒的辉煌！

月亮越升越高，整个天空大地是一片空明迷离的世界，长江浩浩东流，涛声汩汩，浪语呢喃。

2008年5月

本文选入湖北省《高中语文读本》及多种中学生读物、多省市中高考模拟试卷。

【赏析】

李白是一个经典，也像谜一样令人咀嚼不尽。李白一生怀才不遇，由于他的理想在现实生活中无法实现，因此，经常突发浪漫主义的奇想，把人生的舞台跟天上的仙境搭建在一起，以此来抒发自己的情感，表达自己的理想，也表现了他豪放的特点。

郭保林的这篇散文以优美的文笔探讨了李白孤独的原因。作者具有驾驭语言的卓越才能，以大写意的笔法，揭示出李白狂放不羁的性格背后所包含的孤独、心酸与无奈，给读者带来了文化散文所应有的文质兼美的艺术享受。

孤独者的绝唱

一

南昌是一座风景秀丽的南国名城，城外青山雄翠，城内湖泊斑驳，赣江如同一匹绿绸绕城飘逸，湖在城中，城在湖中，而驰名遐迩的滕王阁又临江而筑。唐初才子王勃一记使南昌啸傲天下，风流千古。滕王阁毁弃二十八次，重建二十九次，这足以说明，滕王阁对南昌的意义。

我来南昌本想"会见"王勃，同他谈诗论文，聆听他一番教诲，谁知这里游人如蚁，拥挤不堪，连上下楼梯都极其艰难，我被拥上最高层，匆匆照了张相，便逃难般地离开这"繁华"之地。到哪里去呢？南昌是英雄的城，金戈铁马，腥风血雨，历史留下的诗意不多，到哪里寻觅一缕缠绵的诗情，犹豫间，人们告诉我，青云谱是一去处。

啊，我蓦然想起，余秋雨写过青云谱，我再来涂鸦，岂不有拾人牙慧之嫌？有朋友告诉我：文章各有各的路数，况乎还有许多同题作文呢？李白写过月，难道苏东坡就不能写月吗？这么一想，确实有必要去"拜访"八大山人老先生。

青云谱原来是一座公园，位于南昌东郊。这里十分清静，几乎不见人影，半湖碧波，满目香樟、枫杨、垂柳，浓郁重重，绿意幽幽，甬道两旁是夹竹桃，正是盛花期，红白花朵团团簇簇。百无聊赖的蝴蝶，轻浮地飞来飞去，几只大白鹅在湖水里悠闲地游弋，芦苇丛中传来啾啾鸟鸣。

这里和滕王阁的喧嚣简直有天壤之别。也好,八大山人非常喜欢寂寞和清静。这会儿怕是正在聚精会神地伏案作画,笔下该是孤山野水,一鸟独占枝头吧?按照指示牌,我寻找"八大山人纪念馆"。门敞开,没有一个游客干扰他,老先生正作壁上观,静静地埋头创作。寂寞青云谱,苍凉青云谱,孤独青云谱。八大山人一生都在寂寞和孤独中度过,在贫穷和饥饿煎熬中,守望着精神的田野。他没有灯红酒绿的热闹,没有歌舞蹁跹的欢快,在幽静、幽暗中,在聚光灯照不到的一隅,度过苦难的一生。

二

众所周知,八大山人姓朱,名耷,明宗室朱元璋第十七子宁献王朱权的后裔。明末,应举中秀才,十九岁(1644)明亡,遂奉母携弟避难南昌之西一个小山村。顺治五年(1648),落发为僧,后又为道士,入青云谱道院,为自己起许多法名、道号,其中有朱月朗、良月,月朗不是"明"吗?显然这些道号是对故国的眷恋,是对大明朝的怀念。但他作画时从不署这法名、道号,只署"八大山人"。这意思是:山人为高僧,尝持《八大人觉经》。也有人解释,"八大者四方四隅,皆我为大,而无大于我也"。又说"余每见山人书画款题'八大'二字,必连缀其画,'山人'二字亦然。类哭之笑之,字意盖有在焉"(见陈鼎《八大山人传》)。他一生佯狂装疯,借酒浇愁,时而仰天大笑,时而放声痛哭,长啸短吟,舞笔泼墨,国破之痛,家亡之苦,一腔忧愤随之倾泻而出。

八大山人生于末世,他的童年和少年正是国事蜩螗,大明王朝已是落日黄昏。他长于兵荒马乱腥风血雨的动荡年代,刚成年时,便遭到社稷倾覆,江山易主,一代皇裔贵胄沦为亡国奴。他和母亲隐姓埋名,躲避清军的追捕,惶惶不可终日。原来的锦衣华服、钟鸣鼎食之家,书香氤氲、墨香缭绕的簪缨之族,已落魄到绳床瓦灶、三餐难继的不堪境地。

八大山人的祖父和父亲都是诗人、艺术家，能诗能画，家庭的熏陶，个人的禀赋，使他"八岁能诗，善书法，工篆刻，尤精绘事"。

人是环境的产物。朝代的更迭，生活的巨大落差，改变了他的性格，一个天真聪慧的少年顿时变得孤独、孤清、悄悒，神色默然，目含忧愤，嘴巴闭得紧紧的，一副冷漠的面孔。他不满现实，更不会背叛家族，效命新的王朝，只能躲进生活最幽暗的一角，倾心翰墨，泪洒素盏，洁白的宣纸上经常出现残山剩水，枯树老藤，残阳夕照，荒村野水，孤鸟枝头，哀鸣啾啾。

我想象得出，那秋风萧瑟的黄昏，或朔风凛冽雪花狂舞的冬夜，一豆灯火，叠印出瘦削的身影，墨随笔舞，情融笔端，一腔愤懑，满腹孤傲之气，倾泻在画面上。一介前朝的书生怎一个"愁"字了得？山水苍茫，人生苍茫，命运苍茫，对故国的思念，对家世的悲哀，"横涂竖抹千千幅，墨点无多泪点多"（郑板桥语），那是一种多么凄楚悲凉的情怀啊！

八大山人大半生就是在亦哭亦笑中度过的。他哭得凄惨，笑得更加悲哀，是一种比哭更难堪的笑。他面前一片苍茫凄楚、荒芜寂寞的世界。

我对中国画没有什么研究，但喜欢阅读，尤其是在寂静的夜晚，或雨雪天气，打开名家水墨画册，一页页地认真阅览，仿佛走进一种寥廓丰富的大千世界。那墨色的枯润浓淡，点线的粗疏细长，一幅幅惟妙惟肖神态仙姿的山水风景，或雄浑苍茫，或清秀细腻，或风格醇厚，萧条疏散、气韵高迈，或闲静雅逸，流露一种淡定禅意的境界……他们把艺术看成一种单纯的笔墨表现，把笔墨气韵的追求看成是艺术修养的最高境界。

展室的门敞开着，西斜的阳光穿过木格窗棂射进来，室内明亮而空廓，没有游客，倒有两只大土蜂在屋里嗡嗡地飞来飞去，更渲染出展室的寂寞。满壁是八大山人的山水画、花鸟画，书法篆刻，以及历代画论家的评论文字。八大山人的手迹画稿虽是复制品，但其气韵神采完全可以乱真。它们悬挂在墙壁上，是悬挂在时间之上，是悬浮在漫长的历史之中。你和它们相逢，就像和一个朝代相逢，和一段苦难的人生、苦难的历史相逢。我觉得这是一种"暗物质"，是一种精神的物质。

一幅幅水墨丹青，枯树老藤，落日晚照，孤鸟枝头，荒水野渡，风竹残荷……这哪里是水墨画卷？分明是一个孤苦的前朝遗子悲凄命运的细微迹象和种种经历，是一个苦命画家的暗物质的极其微弱的闪光，通过这细节可联想整体的形象。谁看了都不由得大哭一场，但又似有一种解脱和超然，那种强忍的感情是很折磨人的。

八大山人在南昌经历了流落街头的漂泊期，他举目无亲，穷困潦倒，似疯似癫，"独身徜徉市肆间，戴布帽，曳长衫"，履穿草鞋，郁郁踮行，市井小儿观之笑骂，或往其身上投掷泥巴、石子，追逐、嬉戏。八大山人的生活可以想象。

晚上八大山人回到道观青云谱，借一豆屡弱的灯光，纵横翰墨，他如疯如痴般地将一腔愤懑和郁垒倾泻而出。只有智慧的光才能照亮生活，他要这股气不败在生活上，要倾泻在艺术上。他的山水画、花鸟画最突出的特点，就是孤独、孤愤、孤清。他和这些孤鸟、孤鸡、孤树、孤独的菌苔、孤独的小花、孤独的小舟对话。那些孤鸟、孤树、孤花，是有灵性的，有血肉情感的。它们用无声的语言，温存的语言，抚慰一颗伤痕累累的画魂。鸟解语，花解语，一花一草一鸟皆朋友。他与它们共同创造生存的空间，他已忘却窗外那个凄风苦雨的世界，这是充满哲学和诗意的人生。

三

阅览八大山人的画展，我发觉他的绘画艺术中，成就最卓著者为花鸟画。题材极广，他笔下出现花卉、蔬果、虫蝶、鱼虾、畜兽、禽鸟等数十种。八大山人既汲取古代画家的营养，又有自己的创造，不囿古人，挣脱古人的羁绊，开拓自己的天地，创造独特的花鸟画的意境，他缘物寄情，赋花鸟以精神。画家都有自己的思想，自己的审美意味，自己的美学追求。艺术个性往往是画家个性的外在反映，思想、情感、意趣、心绪都渗透溶解在那点线之中。八大山人的花鸟画意境清奇幽冷，构图和用笔极简，巨大的留白中只有一棵孤独的草，长长的草茎亭亭地直指蓝天，草茎上有一只孤独的鸟，寒风夌起羽毛，能听到鸟的哀鸣，一种孤凄楚楚的可怜状，又渗透着独立寒秋傲视天地的孤介情操。画如其人。他写生花鸟，点染数笔，精神毕具。即使画巨幅，也不过花朵几片，萧条冷落，给人不是繁华、热烈，而是凄寒的意境。他人生里没有欢乐，他的绘画作品更无繁荣和生机勃勃的气象。

他画树，不是些畸曲仄倒，就是老干枯枝，一副饱经风霜历尽沧桑的疲惫感、憔悴感，苍老的形象，给人以颓败的绝望之感。后人说，他画山水、竹木、花鸟，笔墨简洁、凝练、苍劲、冷峭、灵奇。寄托不肯妥协不甘屈辱的感情和顽强的生命力，画上的题诗多含隐晦、冷嘲热讽之意。试想故国不在，家乡何处？生不如死，死又奈何？终日蹀躞寺庙道观，和泥胎雕塑相处，僧道不语，泥胎无言，清冷的环境，清苦的日子，只得将诗心画意来展示。

八大山人的画作，并不一味地抒发自己的孤凄寂苦的情感，也有冷眼观世的孤傲精神。他有一幅《墨荷图》便是这傲勃于世情绪的反映。画面荷梗清劲挺拔，长短参差，荷叶纵放舒展，繁缛密集，交错有致，脉络清新，浓淡相映，而一枝孤独的荷花傲然挺立，奔放怒绽，清秀明媚。画的右隅，山石耸立，苔痕点点，山石之下，水波潋滟，萍藻浮动。整幅画墨色淋漓，蓊郁恣媚，给人一种行云流水生机勃勃的感觉。有人说，这是他怀念大明王朝的富贵繁华，其实八大山人虽生于贵胄，但已处于末世，明王朝乱云飞渡，烽火烛天，李闯王已搅得大明帝国支离破碎，明王朝人厦倾圮已进入倒计时，他何有"繁华盛世"之体验？

给我留下印象最深的是一幅《鱼图》，是写意画，又是写真，鱼体肥硕，鳍、尾形象逼真、自然。尾不翘，鳍不张，浑身鳞片安详地排列着。只是那鱼眼令人瞠目：眼圈似浓墨勾画，上方绘一浓圆点，以示眼珠，呈现出"白眼向上"之状，既生动传神，又寓意深刻。世人有"画龙点睛"之说，八大山人却有"画鱼点睛"之术。那鱼眼里闪射着凄婉而孤独、睥视和高傲的冷笑。一个贵胄飘零子弟的傲岸心态，跃然纸上，表现出不肯妥协不甘屈辱的感情和顽强的生命力。

八大山人在他画页上的题诗更是孤傲不世，多冷嘲热讽，含沙射影，透出他胸中愤怒悲怆的情感。他的花鸟画比他的山水画更富有思想意义。他画梅，疏枝劲干，高逸之致，傲骨凛然，不仅表现出他贵胄的清高，更表现他前朝遗少藐视当今世界的孤傲，同时也流露出他道士仙人、高僧法师的那种萧散情怀和仙风道骨的雅致。

八大山人从不为清廷权贵画一石一鸟。五十三岁那年，清临川县令胡亦堂听说他的画名，便宴请他到临川官会做客。他十分郁愤，来到官会便装疯癫，撕裂僧服，胡县令宴请他，他拒不入座。后来，独自回到南昌，对统治者的愤懑，大气磅礴，震撼人心。他亲手书写"净明真境"，悬挂门楣，并在方丈堂书写对联："谈吐趣中皆合道，文词妙处不离禅"，一再展示他倔强傲岸的性格。八大山人有古贤伯夷、叔齐以身殉道的典范，伯夷、叔齐不食周粟，饿死首阳山，而八大山人食清粟而不为清朝做事，一样千古流芳。何也？固然八大山人以画艺名噪四海，更重要的是知识分子的气节和人格。伯夷、叔齐生前并无什么伟业受人尊重，只是自己的意见没有被周武王接纳，而采取了与周朝不合作的态度，这是他们执拗的性格和独立意识酿成的苦果。而八大山人是国破家亡之恨，是骨子里的抗争，是命运的叛逆。

八大山人被联合国教科文组织评为"中国十大文化艺术名人"。

四

文章写到这里，我不禁想起与八山人同宗同源的兄弟苦瓜和尚石

涛。石涛比八大山人小十六岁，按辈分八大山人应是其叔辈。石涛是明藩靖江王朱守谦十世孙。父亲被南明王朝所害，自幼失怙。朝代更迭，江山易主，小小年纪的石涛便隐姓埋名，落发为僧，躲进社会最幽暗的一角，苟且活命，他的法名原济，号石涛，又名苦瓜和尚。他身世飘零，苦难重重，如同八大山人，早年旅居安徽敬亭山，晚年定居扬州。

石涛不同于八大山人，他自号苦瓜和尚，却"安贫守道"，乐于做满清的降臣，在南京、扬州，他两次见到南巡的康熙皇帝。大明王朝的后裔面对死敌、异族统治者，却行三拜九叩大礼，甘当顺民，更有甚者，他还去北京住过一段时间，结交了满清的权贵辅国将军博尔都，他名为和尚，却长就一身媚骨，俯首贴耳，这一点儿终身受到正直文人的睥睨。石涛和八大山人一样，擅长于绘画山水、花果、兰竹，特别是山水、兰竹最负盛名。他主张"搜尽奇峰打草稿"，深得元代画家倪瓒、明代画家董其昌意趣，反对泥古、囿古，提倡创新，外师造化，形成自己风神独具、新奇多姿的新画风。同样画荷，八大山人的孤傲，茕茕孑立，高迈清俊，到了石涛笔下，则迥然不同，虽然荷茎错落秀拔，茎直亭亭，但荷叶叠叠，舒展有致。荷花或竞相开放，或含苞而立，绰约多姿，妩媚雅逸，野趣盎然。那是画家心态的流露，精神世界的表现。"苦瓜和尚"心灵并不那么苦，至少不像八大山人那样孤寂清苦。我想这和他们的人生经历和生命记忆相关，明朝灭亡那年（公元1644年）石涛才两岁，明王朝的福泽还未来得及辐射到他身上，严格地说他是清王朝的子民，所以他没有家破国亡的切身悲痛，而八大山人已满十八岁，成年了，是真真实实的前朝遗民了。石涛晚年居住的扬州，想当年"清军屠城十日"，他只能从老人茶余饭后的谈论中得悉一星半点。家族的衰败，清军的残暴，在他年幼的心灵里仍是一片空白。他睁眼看世界时，满街已是长辫子、马蹄袖的大清王朝的子民，明月已不在，清风却绕膝。石涛哪有那种孤清的情感？八大山人的画幅上常常出现一座孤峰，无草无树，一峰傲立，直薄云天。孤峰是禅宗的意象，"独坐孤峰顶，常伴白云闲"，是禅门的重要境界。

孤峰又是艺术家孤介情怀的再现，是诗人和艺术家特别喜欢的具象。

八大山人的孤独意识，不仅是这位皇胄飘零子弟悲戚情感的流露，更展示了作者强烈的自尊思想和睥视尘世的凛然的生命尊严。

这种孤独还有强烈的张力，这是八大山人创作的心态，也是他艺术创作的形式，他把孤独作为生命展示的一种过程。可怜兮兮的命运，他已经视为淡淡流水，渺渺行云，平静而自然。

我在展室里流连徘徊，眼前总幻出一种意象：一块巨石下有一株小花，轻柔芊绵，这是极不和谐的现象。但小花不因环境的恶劣而惶恐，畏惧，它依然自由自在地开放，从容自在地展蕊舒瓣，无言地绽放着生命的张力和强健。生命自有存在的理由，一朵小花也有存在的因缘，这是一个圆融的世界，外界的风刀霜剑凄风苦雨是可以超越的，而花开花落自由生命的因缘所决定。所谓沧海横流，方显英雄本色，一个人可以向世界挑战，一豆灯火可以向弥天暗夜抗争，更炫耀着生命高贵，生命意志的强化。

大明朝灭亡了。

大明朝之魂，还在这个世界飘荡游弋。

八大山人，高标独立，脱凡超俗，独守贞正，就其人格而言，一直得到后世文人的首肯，为世人称赞，他那种"独立大雄峰"的精神，对孤鸟盘空、孤峰突起、冷月孤悬等意境如此偏爱，正是源于他心中隐藏的"孤"的精神。

同样，八大山人的山水画，也放肆着他不满现实的独立不倚的孤傲个性，形成一种豪迈雄健的笔墨，旨在抒发强烈的身世之感。生命如寄。生命就是一趟独立的旅行。他无可救赎，无枝可依，只有艺术收养他。八大山人笔下的山水都表现了"零碎山河颠倒树，不成图画更伤心"的情怀。他创造的山水形象既不修润简洁，温静娴雅，更无山川清丽、林木翁郁的生机，是一片苍茫、凄楚、残山剩水的苍凉。他在一幅《孤鸟图》题诗云："绿阴重重鸟间关，野鸟花香窗雨残。天遣浮云都散尽，教人一路看青山。"他的世界是悲惨世界。

我徘徊在纪念馆里，只觉得四面化为回音壁，从那画幅里隐隐传来历史的回声，低沉、喑哑、悲戚，那是孤独者的灵魂在歌唱。

时代造就一代艺术大师。

命运铸成一尊叛逆者的雕像。

他长寿八十岁，一身骨气仍然属于大明王朝。

2015年1月

本文选入《中华文学选刊》（2016年第7期）；《中国最佳散文》（2016年卷）（王蒙主编、王必胜执行主编）；荣获首届山东文学奖（2017年5月）

【赏析】

文章题目为"孤独者的绝唱"，此文更为一篇绝唱——为孤独者而唱，为桀骜不驯、冷眼观世的孤傲精神而唱，为不肯妥协不甘屈辱的感情和顽强的生命力而唱——为一个不朽的灵魂而唱。这是一首令人难忘、令人荡气回肠的诗歌。

这首绝唱，首先美在情感的厚重。它不似一般的轻飘散文对一个末世皇族的惋惜，更不是高高在上、无病呻吟地掬一捧同情之泪，乃是对一个不合世俗的"自尊思想和睥视尘世的凛然的生命尊严"的崇敬，是对一颗不忘故国的赤胆忠心的敬重，是对炫耀着高贵的生命和强化的生命意志的歌颂。因其情感的厚重，使得读者也和作者一起击缶和鸣，胸中如重鼓在敲，慨叹、落泪、仰望，这是我们民族精神的田野。

这首绝唱，美在形神完美的结合。像一首散文诗，韵律整齐，句式骈散结合，四字一句，句句温婉凄楚，全文俯拾皆是，使整篇文章的感情基调不疾不徐，"没有灯红酒绿的热闹，没有歌舞蹁跹的欢快"，只有寂静，只有苍茫，只有孤傲……

这首绝唱，美在对比的妙用。文章伊始便将南昌著名的滕王阁游人如织与"青云谱"冷清寂静相对比，文中又将八大山人孤傲的灵魂与同宗石涛的媚骨相对比，其字里行间所流露出的意蕴怎不令人深思？

诗城（节选）

一

凡文化名城，大都有名楼古塔、残碑断碣，也应该有荒寺古刹，斜阳一抹，衰草蔓烟。走近它，一股苍凉的意蕴扑面而来，使你顿然感到时光的幽邃，岁月的悠远。读读石碑上被风雨侵蚀而漫漶的字迹，再翻一翻纸页发黄的地方志，你眼前总会幻化出几个文化名人的身影来，飘然的衣衫、浪漫的诗情，使你感到小城文化底蕴的丰厚。

宣城是一座诗城，它浑身上下都挂满古代诗人的残句断章。

皖南是一朵花，宣城是花之蕊，妍丽、芳香，引得唐宋诗人纷至沓来。把满腔的诗情、哀怨、喜怒哀乐倾泻给这片山环水复的土地，无意间还弄出些许千古绝唱，使这片山水扬名于世，人称之"自古宣城诗人地"。

从南齐至明清的文人雅士游历羁旅宣城者不下三百人，或览胜怀古，斗酒赋诗；或寄情山水，低吟浅唱；或相互酬答，挥毫泼墨；或寻访旧踪，发思古之幽情，留下诗篇数以百计。试问复复华夏，有几处山水能使这些风流人物如此心驰神往？有几处风光能使文人雅士如此缠绵迷恋？

终于来到宣城。

一走进这座皖南小城就隐隐听到苍老的吟哦之声："江路西南永，归流东北骛。天际识归舟，云中辨江树……"这是谢朓的声音，沙哑、低缓，透出一种淡淡的苍凉，长期压抑后得到释放的舒畅啸然之气。

　　谢朓是宣城最老的诗魂，他在南齐明帝建武年间来宣城任太守，政绩卓著，为官清廉，世称"谢宣城"。谢朓留下的诗不多，薄薄的一本《谢宣城集》，其中四分之一的诗篇写于宣城。他的诗被认为有"继汉开唐"之风，他的同代人沈约赞扬道："三百年来无此作也"；连诗仙李白也佩服得五体投地："一生低首谢宣城。"宣城因谢朓而辉煌，历代名士贤达，慕名纷然而至，因此也诗化了宣城，宣城的山山水水也成了他们诗词歌赋的载体。

　　谢朓"高斋视事"成为宣城一带的佳话。谢朓在宣城任太守时期，在治所之北自建一室，取名"高斋"，为起居理事之用。后人将高斋改建，取名"谢朓楼"，成了流韵千古的一大景观。

　　谢朓公余闲暇就在高斋吟诗弄文。登楼远眺，临风抒怀，首先扑入眼帘的是敬亭山，"兹山亘百里，合沓与云齐"。在观山观水中，在与大自然对接中，他超越了时空，生命也超越了自我，因此成为这座城市的文化符号。自谢朓以来，先后直接写宣城的诗歌有六百多篇。无论你的视线在何处停落，都有一页清纯的风景。脚下的宛溪水，吸收了多少幽谷兰露，接纳了多少桃花流水，碧波潋潋，山花落水时，鱼鹰惊梦；青鸟点足处，尺水兴波。紫燕掠过楼头，洒一天呢喃；柳絮飞落槛格，敷一方清雪。远眺山景白云悠悠，丘壑中雾岚袅袅，从深山峪谷的寺庙禅院传来的晨钟暮鼓，穿过葱茏林木，深深白云，一声一声，悠长而深远，带来清新和宁静。

　　中国官场有个奇怪的现象，古代诗人都曾经雄心万丈，自诩有经天纬地之才，一旦仕途蹇涩，官场不得意，便寄怀山水，放浪江湖，而且似乎越不得意，诗越写得好。

　　而谢朓的老叔谢灵运正是这种山水诗的开山鼻祖。他不同于陶渊明吟咏在自己一亩三分田，"结庐在人境，而无车马喧""孟夏草木长，绕屋树扶疏"。他的视野一直囿围在自家的房前屋后，瓜田秧圃，栖身垄土，日出而作，日入而息。这是典型的耕读人家，是封建农业经济社会最完整的一个细胞。人生归道，以求自安，这是陶渊明隐居之后，能够抵御世俗的诱惑，安于贫困，与田园相伴终身的人格之源。"暧暧远人村，依依墟里烟。"充满这一画面的是宁静与自满自足，而这一切皆来自诗人超然的情怀。

谢灵运则不然，这与他是纨绔子弟、贵族出身有关。他生于东晋王、谢两大门阀世族的谢家，曾叔祖是东晋宰相谢安，祖父是名将、淝水之战的总指挥谢玄。十八岁的谢灵运就袭封康乐公，食邑三千户，从小就养成一种放浪、奢靡的生活习性。谢家的庄园也相当恢弘壮观，且不说丹阶玉墀，琼楼高阁，舞台水榭，一应俱全，而且风景极佳："左湖右江，往渚还汀。面山背阜，东阻西倾。抱含汲吐，款跨纤萦"。"山纵横以布护，水回沉而萦涠"，这是一座极富匠心的园林。园内园外之景相连在一起，构成深远、苍茫、缥缈之境，他从小生活在这种诗天画地之中，能不与物俯仰，神思焕发，诗潮澎湃？可以说既有士族居住之地必有的园林，也有文人生存的人工之境，所以谢家旺族，不仅出宰相、将军，也必然出诗人作家。

王、谢两族是东晋王朝门阀世族的领袖，谢灵运处在门阀、军阀激烈的矛盾冲突中，官运时起时伏，再加上他本人的门第优越感和个性的特别强烈，一生仕途迍邅，后来外放永嘉做了太守。

这位风流太守童仆成群，婢妾簇拥，常常不事政务，浪迹山水，染上一种狂热的山水癖。每次外出，"四人挈衣裙，三人捉坐席"，恃才傲物，臧否人物，指点江山，狎山戏水，达到嚣张的地步。有一次，他为游玩竟然从上虞始宁的南山伐木开道，一直到达临海，所带奴仆达数百人之多。临海太守王绣起初以为是山贼抢劫，大为惊恐，后来知道是谢灵运，才放下心来。谢灵运一玩起来，往往几十天不归，既不报告，不请假，也不怕弹劾。他到处探奇访胜，排遣政治上的不满情绪。他还发明了一种"谢公屐"，为防登山打滑，上山去其前齿，下山去其后齿。

谢朓虽不及他叔叔放诞，但山水诗却继承了他叔叔的衣钵，青出于蓝而胜于蓝。谢朓生活的时代是山水诗走向成熟的时代，也是最狂热的时代，玄学思潮弥漫士林，人们对世界乃至宇宙的思考出现了质的飞跃，诗歌作为"哲学的表象"自然承受了这种辉煌，也就是说进入了哲理的时代。谢朓的《始之宣城郡》《游山》《游敬亭山》等明显地带有这种痕迹。但是谢朓的诗又超脱了山水加情理的模式，把山水诗写得更加"流转圆美"，熔景情于一炉，开拓了山水诗雅致淡远、引人遐思的审美空间。所以李白对小谢极其崇拜，"蓬莱文章建安骨，中间小谢又清发"，他常自比小谢，更流露出对自己才华的自信。

我去谢朓楼正遇雨天。江南的春雨，霏霏、沥沥、淅淅，如烟似雾，扑朔迷离，如梦似幻，勾人魂魄。公园正在维修，因雨又停工，没有游人，也没施工的工人，一片静寂。谢朓楼不知何时修建，已破败不堪，油漆剥落，木质皲裂，瓦当也有破碎。冷落，萧条。

一个谢宣城引来三百多位诗文大家前来吟山咏水，这是一种人格的魅力，还是一种艺术的魅力？李白是心绪烦苦、忧愤悒郁来到宣城，寻找前贤倾泻心中块垒，倘若谢朓地下有知，也该出来会见一下这位后世大名鼎鼎的诗仙，痛饮三百杯，一浇万古愁！

二

我穿行在宣城"九街十八巷"，小城四月，到处弥漫着青春的朝气，生命的元气。街道旁古樟新桐，青翠欲滴，家家庭院竹影斑斑，绿意惹人；水阳江犹如一匹绿绸束在宣城的腰部，又如一枚银簪插入小城的云鬟雾鬓。城郊是逶迤蜿蜒的山浪。山苍苍，水茫茫；树苍苍，云茫茫。莽莽苍苍茫茫，一种寥廓、深远、缥缈的意境。走在这大街小巷，在高楼大厦林立的罅隙里依然露出徽派建筑粉墙黛瓦马头墙的一角，显示出小城很古典很沧桑，也很文化。我走遍大街小巷除了雷同化的店铺、酒肆、茶坊，还有歌舞厅、咖啡馆，但却不见大唐帝国诗人们的踪影，连宋朝文人骚客的衣袂也难寻觅！我茫然四顾，恍恍惚惚，觉得李白就应该在前面的小酒馆狂饮浪醉，嘴里念念叨叨："江城如画里，山晚望晴空。两水夹明镜，双桥落彩虹。"还有那浪荡公子杜牧，像是刚从哪家秦楼楚馆走出来似的，衣衫不整，步子趔趄，一脸酒气，也是这烟雨四月，嘴里不经意地吟道："千里莺啼绿映红，山水村郭酒旗风。南朝四百八十寺，多少楼台烟雨中。"这小子作风不怎么的，倒是有点歪才，寥寥几句，把江南的风光写得如此淋漓，成了千古华章！

唐朝的诗人最先追寻谢朓足迹来宣城的当数孟浩然。孟浩然也是李白最尊崇的诗人，他曾称赞："吾爱孟夫子，风流天下闻。"孟浩然一生不仕，是唐朝为数不多的几个不拿工资的专业诗人。四十岁前，他隐逸故乡，吟山咏水，四十岁进京科考，结果名落孙山，铩羽而归，从此心境更加灰黯，仕途更加渺茫，这就注定了他只能放浪山水、浪迹江湖。孟浩然于开元年间有吴越之游，曾来宣城。那正是大唐盛世年华，诗化的大唐帝国，往往一首好诗能使大地抖颤，朝野震惊。他认识李白时已是名满天下的山水诗人，他长李白十二岁。李白赠诗孟浩然，最有名的是那首"故人西辞黄鹤楼，烟花三月下扬州。孤帆远影碧空尽，唯见长江天际流"。太平盛世，又是物阜繁华的扬州，又是烟花三月，从黄鹤楼到扬州，必定一路繁花似锦。孟浩然沉浸在"烟花三月"扬州的春色里，一时拔不出腿来去浪游宣城，他只到过宣城边界便匆匆而回。随后便是李白，接着大唐帝国"国家一级作家"纷沓而至。连那爱写边塞诗的高适，那位放浪不检、以山水诗见长的"韦苏州"——韦应物，唐宋八大家之一的韩愈，以写竹枝词而名著于世的刘禹锡，还有白老爷子乐天先生，放浪不羁的杜牧。唐以后，历代诗人络绎不绝，欧阳修、王安石、曾巩、梅尧臣，词国皇帝李煜也驾临宣城，极言赞叹这里的乱山、烟江、浩浪、轻舸。光荣啊，宣城，华山夏水，有几处引得如此众多的文学大师们的青睐？

这是一片充满灵性的土地。

山是宣城的主体化。

水是宣城的液态化。

万物的排列，有序，整体，跌宕有致，一轴苏醒的大地和山水的感性画卷。

你走进宣城的山山水水、村村巷巷，处处都是一片令人动情的风景：远山雾岚，近水烟村，村野山径，断桥残垣，蛩鸣鸟语，落日夕照，风丝雨片，山泉的鸣咽，溪流的歌吟，还有雨落草叶令人悸动的一阵阵战栗，风过林梢小鸟一声声让人心疼的叹息，一切都蒸腾出一缕诗意，令你沉思，令你想象，让你心驰；你若将耳朵贴近大地山野，你会感到温热的气息，听到大地血管热烈的脉跳，听到无穷无尽的诉说。

水阳江是长江的一条小小的支流，虽然平静、安详，当你俯耳静听，汩汩的涛韵依然传导着大江巨澜的轰鸣声，一种神秘性，一种私密性。这平静的土地依然蕴涵着灵性的骚动，丰沛的激情。

在这里，阳光会晒干你心灵的霉斑，雨露会打湿你的梦呓，风会启开你的心扉，时间在这里已改弦更张，消失而又生长无限。

宣城，是诗人的伊甸园。李白写宣城诗七十余首，杜牧写宣城诗四十余首，许浑二十二首……一个个诗人把这么多的感情倾泻给了一个小城，可见这里的艺术魅力了。这正中了王国维那句话："因大诗人所造之境，必合乎自然，所写之境，亦必邻于理想故也。"

纯真来自天道自然。

宣城是视觉的抽象，是艺术和诗的具象。宣城，已经成为诗性的文本。

三

春雨洗过的树、草、竹格外鲜绿，像涂了油彩，使这个古老的文化名城格外年轻。我在一个古色古香的茶坊里品茗，碧翠翠的茶叶在杯子里缓缓舒展，悠然飘落，使人生出由躁到静、由俗到雅的感觉。

我脑海里随意翻阅着宣城这部线装的古书，许多人物从书页走出来，或唐或宋，或明或清，衣着异样，脸靥不同，但却有着文人落拓不羁的浪漫、潇洒。

李白年轻时期，裘马轻狂，纵酒狎妓，结交僧道，浪迹江湖。到了晚年定居皖南。他七次来宣城，七次登上谢公楼，临风长啸；他七次走进敬亭山，相看两不厌；他七次来到开元寺，聆听晨钟梵音；七次过五溪游历新安江，观赏江山美景，赋诗言情。皖南大地留下他重重叠叠的脚印，皖南的山山水水收藏了他多少散落的残页断章。

李白一生尊崇的是谢朓，向往的是魏晋风度、建安风骨。魏晋风度中最富于美丽诗意的就是审美精神。魏晋时代是人性解放、个性张扬、文学走向自觉的时代。任性不羁，高扬自我人格，追求个性自由，正是那个时代文人高擎的旗帜。《世说新语》说嵇康"风度卓卓""岩岩若孤松之独立"，随之而来的是山水诗的蓬勃兴起，纯粹老庄玄言逐渐转变为借助山水的得意忘形，哲思开始向审美感悟转化。

游山玩水已经积淀为诗人们获得永恒自由的愿望，消释对现实的不满情绪。

李白愤世嫉俗，恃才傲物，对现实生活中为常人所习惯、适应的一切，均投以不屑和迥然不同的眼光，决意追求一种与世态人情相悖的超越。他选择宣城，其重要原因是这里的青山秀水。这里山温水暖，这里竹风樵雨，这里佳木繁荫，这里泉声溪韵，很像他的故乡四川绵州昌隆县。"蜀国曾闻子规鸟，宣城还见杜鹃花。一叫一回肠一断，三春三月忆三巴。"看到满山遍野的杜鹃花，怎能不思念巴山蜀水？

李白对一座山如此钟情，在他大量诗作里实属罕见。是敬亭山那苍苍松柏亭亭竹篁撩拨着他缠绵的情思？是那汩汩山泉溪流滋润他灵感的原野？是那山峰一缕孤云袅娜在他的诗心？

敬亭山因李白"看不厌"而雀噪于世，名扬天下。

大诗人白居易在宣城度过最浪漫的青春时期。白居易二十八岁时，在他大哥幼文和叔父季康（宣城溧水县令）引荐下来到宣城拜见了时任宣歙观察史的崔衍。崔衍很赏识他的才华，对他很器重，于是白居易便居宣城。当年秋季，崔衍举荐白居易参加了宣城州试，不想，这小子一举应贡进士。宣城是白居易人生的转折点，是他命运飞黄腾达的起点，是他走向仕途的跳板。他非常怀念宣城，直到他六十九岁任太子少傅时，还写诗怀念宣城："再喜宣城章句动，飞觞遥贺敬亭山。"

白居易从水阳江乘舟拔锚启碇，开始了他人生的远航，京官、地方官，做了一大堆，偏偏没有到宣城来做官，也未曾再来冶游宣城山水，一去音信杳无。

唐宋时期诗人来宣城吟山咏水的文人墨客如过江之鲫。诗人们云集名山胜水，放歌咏唱，并不为奇，中国文学史有一半的章节是山水赋予的，中国文人，特别是那些仕途蹭蹬、官场侘傺，在政治舞台上经不起狂风骤雨吹打的凋零者，往往来到宣城，神交古人，放浪山水，汲清风，餐明月，在这风光旖旎的地方，一吐胸中块垒。虽然得到短暂的喜悦，却是生命的超越，他们的灵魂得到自然之光、天光、云光、化境之光的烛照，分泌出一些很美但很伤感，甚至带有病态的诗。

这些人官没做好，却点化了名山大川，使之名垂千古。

杜牧与宣城缘分很深，感情也笃，他写宣城的诗就多达四十余首，仅次于李白。大和四年（830）九月，他随江西观察使沈传师来到宣州。这是杜牧第一次来宣州。这期间，杜牧文学创作年表上的头等大事是给李贺诗集作序。在《李贺集序》里，他一连用了九个比喻称赞李贺的诗，最后指出李贺的诗辞采有独到之处，但内容不足。

杜牧刚直有节，敢论大事，但行为放达，风情不节为当世不容。一生壮志飘零，人才落魄，只得以空文自见。杜牧作诗不依傍古人，也不矜于时尚，而是独辟蹊径，善于用拗峭之笔，见俊爽之致，创造出一种清新峻拔的艺术风格。他题宣城开元寺："六朝文物草连空，天淡云闲今古同。鸟去鸟来山色里，人歌人哭水声中。深秋帘幕千家雨，落日楼台一笛风。"又题道："溪声入僧梦，月色晖粉堵，阅景无旦夕，凭栏有今古。留我酒一樽，前山看春雨。"

杜牧十年幕府生涯，在宣城就长达六年。

我来寻觅撷拾唐宋诗人的踪迹，不见了李白的狂放恣肆、诗酒风流，不见了白居易的忧郁愤懑，不见了边塞诗人高适的豪放雄旷，山水田园诗人韦应物的诗情细腻、含蕴幽远，更不见刘禹锡的气骨高迈。连许浑那小子醉卧谢朓楼的狼藉醉态也不见了，他本来设宴谢公亭为友送别，客人走了，他还酒醉如泥，鼾声如雷，当酒醒后才发觉"日暮酒醒人已远，满天风雨下西楼"……历史远去了，唐风宋雨里只留一些断韵残章，一串珠玑华赡的诗文，这就是文化，这就是人文精神。没有文人墨客的诗词、歌赋、题咏，再美的山水也是野性的山水，纯自然的山水。注入了文化流韵，山才显得巍峨，水才显得丰盈；山有诗的晨夕，水有书的春秋。

我漫步在敬亭山山野里，徜徉诗山画水中，不管视线扫描到何处，都是一片清纯的风景：云雾起幽谷，如梦如幻；风吹松涛声，如箫声琴韵；古树千章，沉静如神；白云一卷，息于潭心。悠悠。幽幽。禅意顿生。

走近一条山溪，我掬水洗尘，坐在石头上，忽感清凉沁人，清风绕膝，仿佛进了陶渊明的桃花源。这里只有诗，没有长剑和战火；这里只有画，没有杀戮和奴役；这里只有美，人世间的丑恶和肮脏，都得到水的过滤和山的隔绝，所以李白对敬亭山"相看两不厌"。

宣城，这里锦山秀水丰腴了多少诗人骚客的精神，点燃了他们灵感的火光，激起了他们才情的惊涛狂澜，他们激扬文字，长歌当啸，临风抒怀，留下了大量的诗词、歌赋、绘画，璀璨辉煌，光照千古，为逶迤跌宕的中国文学、艺术史增添了多少熠熠闪光的篇章！

2008 年 8 月

本文选入高中语文教辅《语文地图》（江苏教育出版社）和高考模拟试题。

【赏析】

宣城古称宣州，位于安徽省东南部，东临苏浙，地近沪杭，为安徽之东南门户。范晔、谢朓、沈括、文天祥等先后出守于此，李白、韩愈、白居易、杜牧等也曾相继来此寓居。众多的人文遗迹、优美的自然风光，使得这座古城不仅赢得"上江人文之盛首宣城"的赞词，更享有"宣城自古诗人地"的美誉。宣城人文胜迹遍布，有与黄鹤楼、岳阳楼、滕王阁并称"江南四大名楼"的谢朓楼，还有被三百多位文人当作赋诗作画对象的"江南诗山"敬亭山，宣纸、宣笔、徽墨和绩溪古建筑更是代表"徽文化"的精彩篇章。

苏州夕阳又西斜（节选）

烟雨四月天，我来叩访苏州，简直像一头扎进一幅水墨氤氲的山水画中。这是第几次来苏州？早在上世纪八十年代初我来到过苏州，那流水、那小桥，那粉墙黛瓦的屋舍，那古樟老藤，那窄窄的小巷，给我留下镌刻在心的印象。后来又两次去苏州，彼时，苏州高楼多了，街道宽了，大运河御用码头修葺得漂亮气派了，但小桥还是那时的小桥，流水还似那时的流水，寒山寺的钟声还是那样悠扬、清古，夜泊的小船不见了，只闻涛声依旧，一首流行歌曲却风行华夏大地："带走一盏渔火，让它温暖我的双眼；留下一段真情，让它停泊在枫桥边……"诗意的苏州，古典的苏州，历经沧桑的苏州，依然散发着浓浓的唐诗味、宋词味、昆曲味。走进那幽长幽长的小巷，再撑一把油纸伞，顶着满天的霏霏潇潇的冷雨，你会疑惑走进唐朝、宋朝，迷失在梦里、幻里？

第一次去苏州，首选的景点儿，当然是寒山寺，我是在唐诗里结识这座名刹古寺的。张继的一首诗，成了"千古不朽的失眠"，正因为这位落魄士子的失眠，这古刹才名扬天下，为苏州这座江南古城中添了如许诗意。寒山寺门前，古运河蜿蜒而去，河上几座石砌的拱桥，彩虹般的动人，岸边古樟旧桐，老柳新杨，把河岸涂抹得绿意腾腾。寒山寺门口的桥就是枫桥，而对面的山叫孤山，又名愁眠山。这些物象、具象构成了张继的诗的元素。这是一幅情味隽永、幽静诱人的江南水乡的风景画。当霜月满天、寒意料峭的夜阑时，科考落榜的士子张继失眠，走出船舱，站在甲板上，怎能不诗潮涌动，怨悱丛生？那是凄清的秋夜，残月西沉，万籁俱寂，幽暗的河水闪烁着天上的星光月辉，天空是一片灰蒙蒙的光影，栖在枫树上的乌鸦像是受了什么惊，发出几声啼鸣。月落乌啼，霜天寒夜，江枫渔火，孤舟羁旅，又传来夜半寒山寺的钟声，这本身就构成一首悱怨诗的物象。这首诗的意境达到典型化至高地步，后人以此题写诗句，但无人企及。

我想象得出，那时寒山寺虽然香火很盛，但寺庙破旧，斑驳的墙壁，长满厚厚的苔藓，一地衰败的枯叶，寒山和尚袈裟破旧，面容清癯，眉目疏朗，长髯隆鼻，一副谦和模样。张继这次"夜泊"之前准来过寒山寺，说不定还见过寒山、拾得二位释家大师！

这诗意的物象，都散发着彻骨的孤寒，再加上夜半钟声，也渗透着宗教的清音，一种古雅庄严意绪便荡漾其中了。

张继存诗不多，《唐诗鉴赏辞典》中选其一首。怪哉，许多诗人只有一首诗便传之千古，张若虚的《春江花月夜》、王翰的《凉州词》、崔护的《题都城南庄》、王湾的《次北固山下》、徐凝的《忆扬州》，都以千古绝唱奏响在文学史上。看来诗不在多，而贵乎精。还有一个妓女——武昌妓的诗《续韦蟾句》，也赫然选进历代唐诗选本里。诗是生命的感悟，心灵的震颤，是天籁，"诗意本天成，妙手偶得之"。

苏州老辈子是吴国国都，春秋战国时代吴王夫差和越王勾践，在这里导演了一场腥风血雨、剑戈铿锵的战争，而西施在这场历史巨幕中扮演了一个极其重要的角色，范蠡又是推手，使得越王勾践最终灭吴，拿去吴王夫差的皇冠，苏州从此再也没有扮演过王都的角色。但近代以来，苏州的地理位置使它成为南京与上海间重要的棋子。或者说，它一肩挑着上海、南京两大都市。上海洋里洋气、霸道、纵横无忌，南京则是端庄肃穆、谨言慎行。你能一眼看透上海，但你难一眼看透金陵。上海咄咄逼人，南京浑厚蕴藉，神龙见首不见尾。苏州小巧玲珑，小家碧玉，"既可做上海的情人，又能当南京的小妾"。姑苏的斜阳使她温馨而温存，缠绵且悱恻。

苏州功底远比上海深得多，两千五百年的古都什么没见过？什么事没经历过？俗话说，她走过的桥比上海走过的路长，她吃的盐比上海吃的粮食都多。且不说春秋战国烽火烛天的岁月，就是唐、宋两大王朝，江南名城已是人间天堂了。上海呢，唐时是荒凉的海滩，直到宋朝才出现一座荒凉的小渔村，用海草搭建的小茅屋，屋外竹竿上搭着渔网。一张破旧的芦席上晒着鱼干儿，几个衣服褴褛的渔人忙活着……早它几百年，刘禹锡就知苏州，堂堂的大诗人任苏州一把手，苏州的文化能不丰厚吗？

苏州是江南的经典。江南是个湿淋淋的水词。幽长而逼仄的小巷，如虹的小桥，浮屠寺院、园林曲槛、木雕刺绣、卵石街道，娇小秀气的美女……白居易的山塘，唐伯虎的桃花坞，在这里尽显旖旎、婉约、素雅、浪漫，云情至美，风物至胜，水影花香，山光树色，轿从门前进，船在家中过，撑篙的汉子，浣衣的女人，更是风景里的人物。如诗如梦，真是《红楼梦》中所云："一等宝贵风流之地。"

那雨很柔，很清馨，绿了杨柳，清了湖水，揉蓝了山峰，洗净了砂石小径。那堆雪的梨花，铺金的菜花，灿烂了山野，妩媚了城池，真是"春光如酒"。

"江南好，风景旧曾谙，日出江花红胜火，春来江水绿如蓝，能不忆江南？"我走进深深小巷，寻觅唐宋诗人的踪迹。

韦应物出生于唐玄宗开元二十五年（737），那正是盛世之年，大唐帝国的诗章葱茏华茂时期，一个诗化的时代，诗星璀璨，光耀九州。他出生之年，孟浩然四十七岁，王维、李白同庚，年方三十七岁，杜甫二十六岁，青年诗人岑参二十三岁，元结十九岁，尚为"小荷才露尖尖角"的萌动状态，这是唐代诗坛上的黄金时代。

韦应物出身宰相之后，关中望族，世代簪缨，唐朝三百年一门出了十四位宰相，可谓势焰熏天。

韦应物——人称韦苏州，他知苏州是唐德宗贞元四年（788）九月以后。他来到苏州，江南山水，风光秀丽，兴奋地写诗道："始见吴都大，十里郁苍苍，山川表明丽，湖海吞大荒。"

按照当时惯例，因苏州管辖州数较多，最多共计十州，一般派往苏州任刺史的往往是节度使，或观察使。江南诸州，苏州最大，不像一般的州，苏州是江南最富最大的州，是朝廷的粮仓，韦应物任苏州刺史是受重用的。

韦应物任苏州刺史期间，经常交往一些诗人、作家，往来频繁，常举行"热烈、隆重、朴素、高雅的作家宴会"。

顾况、孟郊都是他交往很密的诗友，诗俦酒侣，以至无迹失态，"神欢体自轻，意欲凌风翔"，那种欢忻之情，兴奋至致，是何等愉悦啊！后来，白居易任苏州刺史时，也对韦应物表现了"歆慕与尊敬"。韦应物本是个纨绔子弟，花花公子出身，但一当上官，便痛改前非，一本正经。他与诗僧也有交往，据说有一位姓谢的诗僧，是南北朝诗人谢灵运的后人，他二人常常泛舟游览湖光山色中，品茗赋诗，吟山咏水。韦应物对这位大诗人的后人非常仰慕，竟然受这位诗僧诗风影响。有诗为证："茂苑文华地，流水古僧居。何当一游咏，倚阁吟踌躇。"这位诗僧离开苏州，到湖州做住持，他又去湖州拜访。

韦应物还结交了丘丹、秦系、章八元、崔峒等诗人。他厌倦官场庸俗的迎迓，灯红酒绿的宴会，虚伪的周旋，甚至感到烦闷、痛苦，一天官场生涯结束，夜间常常失眠。他许多诗是夜间写成的："空山松子落，幽人应未眠""幽涧人夜汲，深林鸟长啼""夜半鸟惊栖，窗间人独宿"。

韦应物晚年诗作中很少有歌舞声色的描写，这一点与白居易恰恰相反，四十岁以前的白居易，以讽喻诗闻名诗坛，大胆抨击社会的黑暗，鞭笞权贵的蛮横，关注民瘼，而到了晚年却沉溺声色，追逐安逸、颓废、奢靡的生活。

韦应物是名副其实的清官，这在《答故人见谕》诗中有反映："常负交亲责，且为一官累。况本濩落人，归无置锥地。"当了三年苏州刺史，罢官交印后，居然没有旅费，长安有家归不得，只好在苏州城外一个偏僻的永定寺寄居下来，这可是大唐诗人的"奇事"。

四十二年后，又一位大诗人刘禹锡来苏州任刺史，这已是中晚唐时期，大唐的太阳已西下。刘禹锡实际上出生在苏州，是伴着寒山寺的晨钟暮鼓、大运河的涛声浪韵长大的。刘禹锡祖上是匈奴人，后来随着魏文帝拓跋宏迁徙洛阳，后来又移居苏州嘉兴。

上海是喝咖啡、跳迪斯科的世界，苏州是摇着蒲扇品茶、听昆曲的世俗社会；上海是花花公子、摩登女郎的十里洋场，苏州是潇湘女子、绣幌佳人幻境之地。一个张扬，一个内敛，一个热烈奔放，一个内秀矜持。大和五年（831）十月，唐文宗派刘禹锡赴任苏州刺史。刘禹锡初到苏州和韦应物大不相同，苏州正发大水，一片汪洋，庄稼、村舍、道路全淹没汪洋之中。"饥寒殒仆，相枕于野"。刘禹锡因参与王叔文改革，得罪了朝野权贵，被贬逐京城。当时朝廷牛、李两党斗争激烈，他虽未介入两党争斗之中，但他与裴度关系较好，而受到牛党排挤。

刘禹锡到任后，风尘未抖落，便深入民间，走村串乡，划一条小船，到重灾区，访询疾苦，了解灾情，并奏皇上，开仓赈饥，宣布豁免赋税、徭役。这两条措施，使得灾民人心安定下来，他带领灾民自救，挖沟开渠，排灌积水，抢种晚秋作物，将水灾损失降到最低点。刘禹锡还亲自跳到泥水里和灾民一起挥锹挖沟，使苏州人感动不已。农业生产很快得到恢复和发展，刘禹锡博得苏州百姓的爱戴。

其实，刘禹锡不甘心当一介文人，志在政治上有一番作为，但他奋斗一生，未骋素志，是很痛苦。仕途的风狂雨骤，命运的多舛蹇涩，在长期的挫折中，更磨砺了他坚毅顽强的气质。

白居易任苏州刺史是唐敬宗宝历元年（825）三月，那时白居易还有"秉国权，治天下"的宏志，他提出一套全面的政治改革策略，同样受到当权者的排挤，一直得不到中央政权的要职，在苏州任职三年，倒也兢兢业业为百姓办了实事。他也游山玩水，参禅、学道、饮酒、逐色，沉溺秦楼楚馆，想尽一切办法来平息内心的痛苦，麻木几根醒着的神经。但来去匆匆，短短三年，也很难改变一个地区的面貌，做出重大政绩。苏州刺史以后白居易已步入人生的秋天，他的人生观发生了巨大的裂变，乐天知命，颓唐消极，诗酒奢靡，追逐声色，追求安逸享乐，他的讽喻诗换成闲适、感伤的情调，而且大量的诗作是艳诗、淫诗，他的诗自此以后，丧失了战斗性和光芒。

苏州是诗城。唐朝的三人诗人，在此地任职，更添了苏州诗城的光彩。

2014年10月

本文被《嘉兴日报》（2016年11月29日）整版推介。

【赏析】

本文作者怀着浓浓的诗情，既向读者描绘了苏州的诗情画意、温婉典雅；又叙述了韦应物、刘禹锡、白居易三位诗人与苏州的渊源，突出了"苏州是诗城"这一中心，充分体现了散文"形散神聚"的特点。文笔清新、雅丽、悠然、浪漫。文中多处对比手法的运用，更突出了苏州独特的气质与不俗的景致。作者以诗写景，大量诗句的引用，把眼前景与诗中境巧妙融合，如梦似幻。既赏景又品诗，拉伸了景物描写的景深和广度，平添了景象的悠远神韵。诗化生动的语言特色，增强了文章的阅读性与鉴赏性，细细品读，令人唇齿留香、流连忘返。本文作者情感的处理非常巧妙，苏州与诗完美融合。对苏州的喜爱和对诗歌的喜爱也完美融合在一起。或者可以说正因苏州应和了作者心中对诗的所有感觉，所以作者通过写苏州的美、婉、润、雅而来表达自己对唐诗的理解，继而抒发自己对诗词和诗城苏州的喜爱之情。

千秋纸墨是精神

茫茫神州,物华天宝。每一个地域都以自己鲜明而富有特色的文化瑰宝,热情地、踊跃地奉献于华夏文明的发展,为此做出积极的贡献。皖地表现得更为突出。

这就是笔墨纸砚,这也是皖地的名牌,享誉海内外。

几千年来,中华民族几经以夷变夏的风狂雨骤,却没有改变华山夏水的基因——古老的象形文字。大江南北,尽管方言口音相异,但仓颉创造的古老的文字把中华各民族紧紧地凝聚在一起。欧洲蛮夷南侵,古罗马文明一蹶不振的主要原因便是拉丁语文被肢解了。一代天骄成吉思汗和他的子孙们,高举上帝之鞭,裹雷挟电,纵横驰骋,欧亚四十国衮衮王公,王冠落地,身首异处。成吉思汗建立了横跨欧亚大蒙古帝国,版图之辽阔前空千古。后来,当他的孙子忽必烈定鼎中原,狼烟俱净,烽火熄灭,以胜利者的姿态威风凛凛地站在大都城头上,欣欣然、陶陶然之时,他的目光触及华山夏水,蓦然间倒抽了口冷气:乖乖,茫茫中原大地,到处浸满了儒家文化的汁液,甩不掉,洗不净。他心怵了,胆怯了,南宋可灭,古老的方块字不可灭!这横平竖直、一撇一捺,简直像魔方似的弄得你神魂颠倒。无可奈何,他只好乖乖地洗去手上的血垢,恭恭敬敬请来汉族太傅太师,教子孙从小学生启蒙开始,老老实实地坐在案前,规规矩矩地一笔一画地描起红来。

　　大清帝国的金戈铁马，踏破长城雄关，推翻了庞大的大明王朝，最后把南明的小皇帝赶进大海，溺水而死，但却赶不走一个方块字，文房四宝，他动不得一宝。同样遇到麻烦，爱新觉罗氏的子孙们那双握长剑、拉强弩的手，十分笨拙地握起一管小小竹笔，面对洁白如雪的宣纸，两眼茫然，不知所措，不得不在汉族大臣指点下，歪歪扭扭地批示奏章。于是放下架子，年年月月磨炼。笔磨人，人磨笔。笔墨纸砚终于征服了这喝马奶子酒、吃手抓肉的北方强悍民族，使他们在横平竖直中规矩起来。由浮躁变得沉静，由蛮野变得文雅。他们尊崇儒学，师承汉典，苦读线装书，护荫翰林院，诗才书艺，风骚朝野。他们的野性被象形文字束缚起来，他们的悍气被笔墨纸砚收敛起来。一个漂泊的民族秉性发生变异，白山黑水间女真人后裔的生命和灵魂得到了洗礼和升华。

　　笔墨纸砚代替战刀和长剑。一个疆域辽阔的大清帝国成了汉字纵横、笔墨驰骋的天下，诗书经史成了这个风雪里出生在马背上长大的民族的启蒙课本。

　　楚辞、汉赋、唐诗、宋词、元曲、明清小说，汹涌澎湃的二十五史，中华文化发展史，灿若群星的文人骚客，哪个不是用笔墨纸砚创造的辉煌？他们笔飞墨舞，满纸烟云，写下震撼千古的华章，完成了光照千秋的人格造型。

　　甲骨文不说，自竹简绢帛（这是纸的前身）以来，五千年的汉语文字就用一管竹笔一砚墨汁，写出千秋华章。莽莽大野，荒荒大漠，皇皇戈壁，到处都眠着用笔墨纸砚书写的古老故事。

　　笔墨纸砚写下了风雨苍茫的千古春秋。老子、庄子、孔子一代圣贤圣哲，君子好述的《诗经》，魂兮归来的《楚辞》，半部《论语》治天下，渺渺的汉宫秋月，高山流水的琴韵，魏武的老骥伏枥之志，无韵离骚的《史记》，书圣王羲之的《兰亭序》，草圣张旭的狂草，李太白"天生我材必有用"的自信，苏东坡"大江东去"的豪情，岳武穆面对潇潇江雨的仰天长啸，文天祥的丹心汗青，名垂青史的《永乐大典》，前空百代的《四库全书》，还有十年寒窗苦、一把辛酸泪的红楼梦痕……哪一部不是笔墨纸砚的歌飞色舞，淋漓尽致的疯笑癫哭！

再看那一幅幅书画，开拓了精神世界的广阔空间：滴露研朱点《周易》的冷哲庄严；风雨痛饮《离骚》的激烈浪漫；三百篇《关雎》之唱孕育化衍出诗的狂想，诗的天真，诗的激情；文人雅士"度白雪以方洁，干青云而直上"的飘逸和悠远，将诗心托付于翰墨，寄兴肝肠于纨素。笔锋在撇捺之中、横平竖直之间纵横驰骋，孕育出炎汉盛唐文化的璀璨，隆宋治明的华彩乐章，为古今开万世之繁华，为泱泱中华赓续五千年绵绵之烟篆。

浩浩翰墨铸就了一个民族的心灵史，文化史。

唐代女诗人薛涛曾吟咏笔墨纸砚："磨扪虱先生之腹，濡藏锋都尉之头，引书媒而默默，入文庙以休休。"

浓墨塑铸的风景，矗立地球东海岸的古大陆上，托起华夏一轮皇皇的精神的太阳。与其说笔墨纸砚是书写文化的工具，不如说笔墨纸砚是一种精神，是它的涵养培育了一个民族儒雅、大气、刚毅、庄严而蓬勃向上的精神，中华民族正是凭着这精神，开掘了复复华夏文明之巨流，汹涌澎湃，涛飞浪卷。东方古大陆不沉，方块文字不老，笔墨纸砚将伴随一个民族走向永远。

二

我走进宣城，走进笔墨纸砚的故乡。

宣城造纸业历史悠久。早在唐代就用檀树皮和稻草捣制纸浆，制成宣纸。所谓青檀，是一种落叶乔木，系榆科，只在皖南的泾县（古属宣州）、宣城等地区生长。

在进入五代后，宣纸纸质比起蜀纸尚有差距。南唐二主李璟李煜父子，酷爱诗词书画，自然酷爱笔墨纸砚，刻意书画工具的精良，便派纸工去蜀学习，或请蜀地纸工来皖南传经送宝。这种"走出去，请进来"的方法，大大提高了宣纸的质量。"既得蜀工，使行境内，而六合之水与蜀同,遂于扬州置物。"经过改良的宣纸,纸质有了很大的变化,光洁柔软,极富有弹性、韧性、吸水性,顿时声名鹊起,成了市场的名牌,抢手货。李后主倍加喜爱,每当宣纸进贡,他都用手细细抚摸,仔细辨识,爱不释手,赞不绝口。李煜是个风流才子,读书很多,擅长诗词歌赋,琴棋书画,不是同和尚道士谈诗说文,就是沉溺后宫,与嫔妃吟诗作画,歌舞朝暮。

看到这洁白如雪、柔软如帛的宣纸,我眼前总幻出一千多年前的一些镜头:在红烛高照、暗香浮动的宫殿里,李后主散发着一身才气、灵气和帝王的潇洒之气,似乎还染有一身江南文人雅士孱弱阴柔之气,握一支御笔,饱润徽墨,任情挥洒。得意之时,吟哦出声,立在两旁的太监、宫女用赞美之音、阿谀之词把个李大才子搔得美滋滋的。春宵之夜,良辰美景,或玉兔在天,满庭清辉,或烟雨霏霏,雨打梧桐,更富有一番诗情。李煜纵情任性,一首首艳词丽诗,随着兔毫宣笔倾泻在如云似雪的宣纸上:"一曲清歌,暂引樱桃破""花明月暗笼轻雾,今朝好向郎边去""晚妆初了明肌雪,春殿嫔娥鱼贯列"。全是艳冶、喝香醪、敷檀香粉的风流丽人。李后主偎红倚翠,沉醉翰墨,什么百姓死活,什么军国大事,什么赵匡胤屯兵江北、鹰瞵鹗视的目光,投鞭断流的雄势,早就置若罔闻。

李后主《书评》云:"善书法者,各得右军之一体,若虞世南得其美韵而失其俊迈,欧阳询得其力而失其蕴秀,褚遂良得其意而失其变化,薛稷得其清而失于拘窘,颜真卿得其筋而失于粗鲁,柳公权得其骨而失于犷,徐浩得其肉而失于俗,李邕得其气而失于体格,张旭得其法而失于狂,独献之俱得之而失惊急无蕴藉态度。"

可见李后主书法的艺术鉴赏力。在国家生死存亡之际,他仍然陶醉在艺术如梦如幻、美丽的氛围中。

古史记载仓颉造字,而"天雨粟,夜鬼哭",可谓惊天动地而泣鬼神。

中国的象形文字,有许多文字从结构上看来,匠心独具,本身就是一种超绝的艺术品,这是千年古国的国粹。譬如"静"就是极美的字,一旁是"青",一旁是"争"。"青"者蕴含着激情洋溢的生命力,

"争"又体现出夸父追日、刑天舞干戚的奋斗精神。"静虚""静能致远",阐述了天地间一个大哲理,似乎自然和人生充满了催人奋进、腾天跃地又不事张扬的神秘力量:奋斗和超越,希冀和信念所凝结成的感悟,一种庄严肃穆的精神,崇高的诗意。

宣纸上燃烧着诗人的灵感。

宣纸上奔腾着艺术家的激情。

宣纸上有着皇帝老儿威严的圣旨。

宣纸上有封疆大吏六百里的"加急"。

……

画之神韵,诗之灵性,民族之文采,古国之风貌,皆现于尺素。

千秋纸墨,是中华民族有声有色的历史,从汉魏两晋时代"博哉四庚,茂矣六郗,三谢之盛,八王之奇"的壮观场面开始,无论浪漫的风流雅士,狂放的文章俊彦,落魄的士子,还有失意的皇帝,漂泊的隐者,得道的高僧……都借助纸墨,释放他们的才情,驰骋他们的灵感,放牧他们的思想。思接千载,神游八极,昭示他们内心世界的高远和幽深。这是中华民族文化发展史上永恒的风景。大汉的朴拙粗犷,两晋时代的典雅秀逸,盛唐的放浪任性,宋朝的潇洒风流……他们的得意和失落,怪诞和卓荦,悲歌和欢欣,或生与死,苦与难,沉与浮,意志和信念,曲曲折折,蹀蹀躞躞,一路走来,形成一个民族的精神财富和生命符号。

纸墨铸就了一个民族灵魂的伟岸和庄严。

李后主将宣纸命名为"澄心堂纸",这怕是中国商业史上比较早的商品注册。

而宣笔又是宣城一大瑰宝,是宣城人超越时空的骄傲。

这是上帝的恩赐还是天地之造化?正是一管兔毫笔,柔软如泥,又坚硬如铁,是它驱石鼓、钟鼎、甲骨、秦权、诏服,刀币文字,或刚毅奔放,或妩媚婀娜,或朴拙雄健,那一个个汉字因它们而精神了,潇洒了,灵性了,有了生命和灵魂!

宣笔产于泾县境内，迄今已有两千多年历史，被历代誉为"硬软适人手，百管不差一"而驰名中外。中国的历史是毛笔书写的历史。毛笔原比欧洲的鹅翎笔不知先进多少倍。当欧几里得在羊皮上演算几何习题时，当塞万提斯用鹅翎笔描绘堂吉诃德挥动着骄傲的长矛，为梦中情人，同风车大战的故事时，当莎翁用鹅翎笔写出罗密欧与朱丽叶经典的爱情悲剧时，中国已用精制的狼毫笔、兔毫笔书写山河了。宣笔与宣纸一样成为宣城值得骄傲的名牌。宣笔的制作迄今已有两千五百多年历史了。据韩愈《毛颖传》记载，公元前230年，秦大将蒙恬南下时，途经中山（今泾县一带山区），发现这里兔肥毛长，便以竹为管，在原始的竹笔上改良毛笔。到了大唐帝国，泾县成了全国制笔中心，自然皇上用的御笔也产自这里。泾县就是被李白称为"桃花潭水深千尺，不及汪伦送我情"的皖南小县，属宣城郡，也就取名宣笔。

毛笔在中国古代称谓不一，说法各异。据史记载：战国时期，楚国称笔为"聿"，吴国称笔为"律"，燕国称笔为"弗"，直至秦始皇统一中国后才统称为笔。史称"恬笔伦纸"，即蒙恬造笔、蔡伦造纸。笔字拆开，上头为竹，下头为毛，秦定为笔，这是中国造笔史上一大革命，它奠定了中国毛笔生产的根基。毛笔文化从此揭开了辉煌的篇章。

中国宣笔传至汉代，制作技艺得到进一步发展，笔身装饰十分讲究，据清代唐秉均《文房肆考图说》："汉制笔，雕以黄金，饰以和璧，缀以隋珠，文以翡翠，管非文犀，必以象牙，极为华丽矣。"魏晋时期，中国宣笔制作工艺又有所改进，此时对名家制笔取毫、制管、镶饰均有严格要求。主要是采秋毫之颖，削文竹为管，从而达到"写文象于纨素，动应手而从心"之奇特效果。

宣笔，那么一绺平平庸庸、纤细柔弱的兔毫，当它们化为不足盈寸的笔锋时，便能落笔起风雷，墨泼润天机；便能书写千秋文章，一管小小的竹笔能卷起万重巨澜，能搅起九天狂飙，能点燃狼烟滚滚，战火纷飞，能使万家墨面没蒿莱，能使大江东去浪淘尽千古风流人物。一管弱笔能胜十万戈矛，能运筹帷幄，决胜千里。笔伴丝竹舞，意随翰墨香。它以摇曳的千姿百态、浓墨重彩地绘出东方古大陆的历史大风景，这是人类文明的奇迹！

墨的发明大约要晚于笔。史前的彩陶纹饰、商周的甲骨文、竹木简牍、绵帛书画等到处留下原始用墨的遗迹。文献记载：古代的墨刑（黥面）、墨绳、墨龟（占卜）也均曾用墨。经过漫长的岁月，终于出现了人工墨品。这种墨大多是松烟和水胶的混合物。据史料记载，早在汉代就有人用松煤制墨，到了唐代制墨水平有了很大提高。色泽黑亮有光泽，以纸墨为载体的中国独具特色的古老书画，从汉代就覆盖了两千多年来中国文化发展史。文人书画把东方哲理、人文、诗学精神涵盖其中，在中国漫长的农业社会条件下，这种文化精神涵养并滋润了一个民族的灵魂，这是一种古老的文明，一种严谨优雅的人生。书画家利用笔墨纸砚挥洒自己的激情，他们的笔墨造型、情趣、笔线的力感和韵味，墨色的层次和变化，在洒脱与豪放中，在婉约与细腻中，在点、擦、皴、染中，尽显自己的真性情。

唐朝末年，战乱频仍，狼烟弥漫大地。河北易州一位著名墨工奚超携子廷珪徙居歙地，南唐李后主见他们制造的墨"坚如玉"，兴奋之余，赐姓李氏。李廷珪的墨顿时名噪江南。

据记载李廷珪墨的配方是："松烟一斛，珍珠三两，玉屑一两，龙脑一两，和以生漆，捣十万杵，故置水中三年不坏"，所以"坚如玉"。

李廷珪墨被视为珍品、国宝，能得一方廷珪墨，往往是文人的幸事，束之高阁，舍不得用，只有文朋诗友来时，才一瞻其容。自然李廷珪的墨作为贡品源源不断地送进李煜的澄心堂。南唐散骑常徐铉"尝得李超墨一挺，长不过尺，细才如筋，与弟锴，其用之，日书五千字，十年乃尽"。可谓"惜墨如金"！

到了宋代，李墨益发难得，秦少游得其半锭，质如金石，潘谷见之而拜。有称"至宣和年，黄金可得，李氏墨不可得也"。

我想，那位书画大师，自创瘦金体的宋徽宗是怎样以闲雅的心情在金碧辉煌的皇宫里作书绘画，萧散雅正，"不徒素练画秋鹰，笔态冲融似永兴。善鉴工书俱第一，宣和天子太多能。"（清王文治《论书绝句》）他的行、楷、草书，笔势挺劲飘逸，瘦硬通神，有如切玉，世称瘦金书也。所谓瘦金书，是美其书为金，取富贵义，亦以挺劲自诩，与李后主诩其书为"金错刀"同一义。宋徽宗和李后主一样，用宣纸、宣笔、徽墨、徽砚作诗赋词，书法绘画，游弋在艺术的海洋，沉醉在梦幻般的世界里，结果丢了江山，一个死在宋徽宗的祖宗手中，一个父子双双被俘，魂断在北国的冰天雪地。翰墨本是文人的立世之根本，而以"治天下为己任"的天子皇上过于沉浸其中，必然会误国误天下。

南唐李后主、北宋徽宗，是中国历史上最尴尬的皇帝，一个宋词开山鼻祖，一个书画艺术大师，一生和翰墨打交道，结果如出一辙，这是命运的巧合，还是历史的嘲讽？

南唐李廷珪之后出现了很多制墨名家。但由于宋代文化教育事业的蓬勃发展，李墨自然供不应求。我国制墨代有人才，北宋有潘谷，元代有胡文忠，明代有程君房、方于鲁，清代制墨名家更多了，曹素功、汪近圣、汪节庵、胡开文等四大制墨名家，但都视李廷珪墨为墨中极品，难有超越者。他们各有绝技，各执牛耳，各领风骚，驰名大江南北，冠压九州。胡开文墨成了徽墨的代名词。

我去胡适故乡上庄采访，一进村便有路标指示：胡开文纪念馆。便有乡人向我推销胡开文墨。

到了清末民初，胡开文墨参加巴拿马万国博览会以后，更是盛名天下。胡开文墨独步天下，尽开徽墨制造销售风气之先。

胡开文墨制作工艺和包装设计都十分精良，要求十分严格，配料一丝不苟。其墨坚如玉，纹如犀，色如漆，落纸不晕，余香满纸，万载存真，是中华一大瑰宝。

徽州多山多水，"水墨徽州"四个字最能概括徽州人文地理，风物民情。徽州不仅产名纸、名笔、名墨，还生产名砚。天公有偏爱，造化独钟情，一股脑儿把文房四宝都赐给这方水土。这不能不令人惊异，一部浩瀚的二十五史，楚辞汉赋，唐诗宋词，千古绝唱，锦绣华章，都是借徽州四宝书写下来的，小小徽州，为中华民族文化的传承，文化的发展，贡献何其大哉！

据史料记载，唐开元年间，玄宗赐给宰相张文蔚、杨沙等人的"龙鳞月砚"，就是歙县所产的一种名贵的"金星砚"。龙尾砚原产于皖南婺源（今属江西）的龙尾山，"其石坚劲，大抵多发墨，故前世多用之，以金星为贵"。由于歙砚石包青莹，纹理缜密，坚润如玉，磨墨无声，深得南唐元宗喜爱，在歙州专设砚务官，负责开采石料，精工制作砚台，称为官砚。

古代文人钟情于文房四宝，视之为生命。书圣王羲之的坟墓在浙东兰渚山下，这里不仅埋葬着王氏家族，还有个"退笔冢"。那是王羲之的后人智永法师平生用过的毛笔堆积处。笔成冢，墨成池，据说智永和尚用过的毛笔头就有五箩筐。那种勤奋，那种孜孜不倦的精神，真是感天动地，泣鬼惊神。宋代书画大师米芾酷爱名砚，见一方名贵砚台抱之三日不松手，由此而发展为见石头必衣冠整洁，行三叩九拜大礼，称之"石兄"。人称米癫。文化史上这样的逸闻趣事不胜枚举。

南唐是江南经济发展的黄金时期，徽州堪称南唐的经济特区，地位特殊，是徽商发展链条上一个十分重要的环节。

徽州山多田土少且瘠薄，但造物主并不薄这方百姓，给他们带来这么多特产，供以养家糊口。这是一片神奇的土地，这里每一撮泥土，每一块岩石，每一棵树木，都为民族的发展、国家的兴旺，争先恐后地做出自己的奉献。

走进宣城，走进徽州，漫步城镇街巷，穿行山野村乡，我仿佛走进诗里画里，吮吸着艺术的芳菲、翰墨的幽香，心中激荡着一种文化的潮涌，诗情的浪涛。"水墨徽州"，确实道出皖南这块风光宝地的精髓和神韵！

三

泾县的朋友邀请我去泾县，我提出要参观制笔厂、造纸车间，泾县的朋友却谢绝了：这是国家一级保密单位，绝不许外人进去。见我不解，朋友只好介绍了制笔造纸的几道工序，以释我的尴尬。我并没有怨艾，只是对宣纸宣笔增添了一种神秘感，还有一份神圣感。比如毛笔吧，一管兔毫，笔锋至柔，怎能抒写出浩然大气千古春秋？怎能笔下出现雷惊电闪，惊天地、泣鬼神的华章绝唱？又怎能寥寥几笔能使山河壮色，江山易主？刚则易碎，柔则难摧。寓刚于柔，刚柔相济，乃创造出至仁至义至诚至信至怨至敬的民族道德。

小小竹笔消磨了一江南北多少英雄豪杰？

笔墨纸砚足以令愚者为智，蠢者为聪，弱者为强，懦者立志，器小者为大胸怀，短视者为高瞻远瞩，扭转乾坤，抟扶宇宙。足以动亿万芸芸之众生，化乖为和，化粗野为文明。

我一度认为，五四运动取消了文言文，硬笔书法取代了毛笔文化。而今电脑泛滥，网络风靡，硬笔面对小小鼠标，如临大敌，瑟瑟缩缩，惶恐不安，一副甘拜下风的萎靡。是的，鼠标一点，苏东坡的一轮明月腾空而起，千里共婵娟了；杜甫的家书连八分钱的邮资也不值了，有谁用毛笔小楷书写情书，对方不把你当作堂吉诃德，也视为冬烘先生，信没看完便拜拜了。笔墨纸砚老了。笔墨纸砚是农业经济的产物，它会否像犁耙锨锄一样，陈列于博物馆里成为"农耕文化"的废墟？

我下榻的宾馆坐落在青弋江岸畔。涛声拍窗，我辗转难眠，披衣出室，独倚江南千顷月色，看月笼烟纱，听涛声浪语。青弋江是长江的支流，夜阑更深，从远处隐隐传来大江的雄韵。我凭栏放眼四野，月色下群山逶迤，对岸的丛林黑魆魆的，若隐若现，若即若离，朦胧迷离。我心中也迷惑不解，面对后工业文明的滔滔之势，面对着传统文化遭到风狂雨骤的摧残，我真想大声呼叫：问群山，问江河，问天上的星月，问千年列圣列贤的魂灵，笔墨纸砚作为中华文明史的承载者、传承者，真的衰老了吗？

山河缄默，星月不语。

青弋江本来性情闲雅，由于一连几场春雨，江水激情四溢，涛飞浪卷。我想，我们的民族五千年文明史，江河日夜浪淘而始终无法漂白，难道又有什么能淘尽中国传统文化的日月精华？

不信你问问：《老子》老了吗？《庄子》老了吗？《论语》老了吗？孔孟的仁义礼智信老了吗？《春秋》《史记》那些褒贬抑扬的故事老了吗？《离骚》一腔忠愤老了吗？唐诗宋词华章绝唱老了吗？韩柳欧苏的人格才华老了吗？……恰恰相反，即使在商品经济甚嚣尘上的今天，在后工业文明势焰炽盛的时代，无论繁华的都市，或是偏僻的乡村，无论在雅斋，或是陋室，不时时出现笔走龙蛇、墨色飞舞吗？行草篆隶，竹兰菊梅，连竹篱茅舍都悬挂着"无欲则刚""宁静致远"，与文人雅士的"铁肩担道义，妙手著文章"。这些已组合成一曲磅礴的乐章，激荡于九州天涯之浦，回响在海峡高山流水之津……

笔墨纸砚铸就了中华文化精神。中华文化精神的内涵显著的两大元素，就是创造精神和批判精神。纸墨精神恰恰蕴含着这两种元素的精华：既有披荆斩棘的创造精神，又有刀劈斧斫的批判精神。笔墨纸砚既书写了一个民族的历史，又升华了一个民族的灵魂；既承载着东方哲学，又承载着既古老又新颖、既传统又现代的人文和诗学审美意蕴。秦篆汉隶，魏行唐草，如同唐诗宋词一样成为中华民族超越时空的骄傲。当张旭以头濡墨书写"天书"时，你不感到一种叱咤风云、飞龙在天的磅礴之魂吗？当怀素挥笔之前，痛饮百杯，酩酊大醉，卧床短憩，然后跃身而起，狂呼长啸，在准备好的宣纸或绢帛上，如旋风般的横涂竖抹，那不是一种热情、狂躁的酒神精神吗？当你面对着《清明上河图》巨幅画卷时，不感到中华民族的泱泱大度、融融和气吗？几千年来，人们用笔墨纸砚创造了中国传统文化，也塑造了中国文人的人格形象。

　　笔墨纸砚是小农经济时代的产物，随着小农经济的终结，也必然完成它的历史使命，归于衰弱。

　　但中国文化的根基并未断脉，笔墨纸砚的实用功能渐行渐远，但它的艺术审美功能依然顽强地生存着。只要中华民族存在，汉语言的浩瀚大海不枯，古老的方块字不死，这种审美价值就不会消失。因为，笔墨纸砚的灵性已融进中华民族的肌体，而纸墨精神从根本意义上揭示了人类对宇宙大生命的认识，在抚慰着后工业文明对人类文化资源带来的伤害。

　　我在宣城书画展厅里逡巡浏览，看到陈列的宣笔、宣纸、宣墨、歙砚，感到书法和水墨画是永恒的艺术，一个民族的审美取向的精神仍如圣火熠熠不熄地燃烧着，它可以超越时空。千秋纸墨是精神。当我触摸这些笔墨纸砚时，也触摸到了一个民族的灵魂。

2007 年 11 月

【赏析】

　　文章洋洋洒洒，以轩昂之墨，淋漓之笔，抒写了汉字之美不仅美在形体，美在风骨，美在精髓，还美在它有着完美的载体——笔墨纸砚。这一切，缺一不可。文字带给人类的特有美感，非汉字莫属。这不由得让人想起了张爱玲的一段话："我眼前的汉字仿佛一朵朵开放在宣纸上的素梅，姿态万千；又好似一个个摇曳在晨风中的响铃，明亮悦耳。"正是因为汉字这种夺人心魄的魅力，再加上注入汉字里面的民族精神，才使得汉字溢彩流光，熠火不息，"千秋纸墨是精神。"是的，还有什么，比传承一个民族的精神更为强大？"只要仓颉的灵感不灭美丽的中文不老，那形象，那磁石一般的向心力当必然长在！"

黄河狂飙曲

是李白遇到黄河，黄河之水才流进他的千载华章，
是黄河遇到冼星海才把自己的吼声化为历史绝唱？

——小序

一

诗人站在河岸上。

黄河从莽原奔来，浑浊的波涛弧度很大，一轮轮的弓着身向前奔涌着，油画染料般浓稠的流水，在夕阳下泛着光斑。风吹动着岸上的荒草，索索有声。黄河在这里被山峡截成两截，宽有二三里的黄河，被挤在几丈宽的峡谷里，人称"壶口"，河水以雷霆万钧之势往下倾泻。波涛喧嚣着、呼啸着，冲下来了，一帘气势豪壮的大瀑布，是流动的莽原，浪峰峥嵘，漩涡狰狞，追逐、撞击，船被缓缓托上波峰，又呼地被掷进深渊……

这是 1939 年早春。冼星海去延安医院看望因骑马摔伤住院的张光年。他们是老搭挡。张光年兴奋地向冼星海讲述着两次横渡黄河，目击船夫搏风击浪的英勇气概。老艄公，赤脚裸背，肌腱绷起，两眼喷火，双臂紧摇着棹柄，一尊青铜般的雕像，伴着苍凉悲壮的号子，更让诗人心灵受到震撼。

冼星海听罢心情异常激动："面对民族的灾难，我心里有着不可遏止的冲动，真想创作一部反映民族气派鼓舞民族士气的大作品。"

张光年也激动地抓住冼星海的手，连连说道："心同此感！"张光年欠身坐起，靠在床头，从枕旁取出一沓稿纸："这是我过黄河行军时的一些感受，新创作的长诗《黄河吟》。"冼星海看后提议改成《黄河大合唱》歌词。张光年点头同意，连夜创作，几天后，在西北旅舍比

较大的一间窑洞，请来冼星海，开了个朗诵会。

> 朋友！你到过黄河吗？
> 你渡过黄河吗？
> 你还记得河上的船夫，
> 拼着性命和惊涛骇浪搏战的情景吗？……

"太好啦，光年！"冼星海凝神听完后，霍地站起来："我有把握写好它！"一把拿过诗稿："我要写一曲表现民族意志，民族血性正气，和侵略者血战到底的战歌。黄河，母亲河，是我们民族的象征！"

"好，好啊！"张光年紧紧握着冼星海的手，"我们一定要成功！"

第二天，曾和张光年在宜川壶口瀑布横渡黄河的女演员小田，向冼星海详细讲述了渡河的情景。冼星海被小田的讲述震惊了，只觉得热血沸腾，他激动地说："你讲得太生动了，生活本身就是一幅画卷啊！"

一连几天，冼星海彻夜难眠，思绪翻腾。他深知一首鼓舞士气的歌曲能改变一场战争的胜负，能改变一个民族的命运，它的巨大意义，能唤醒民众，重铸民族之魂，产生排山倒海的力量！在中国历史上，楚汉相争，四面楚歌不是瓦解了项羽的军心，最终一代势焰熏天、力拔山兮的霸王饮恨乌江，只落得霸王别姬的悲惨下场吗？一首《敕勒歌》，使高欢的败军为之动容，军心为之振奋，凭借这支歌曲激发士气，高欢重整兵马，浴血厮杀，终于消灭了敌人。世界史上这样的例子更多，贝多芬的《英雄》，就是表现英雄与大自然、英雄与敌人、英雄与自己内心世界进行斗争的壮丽史诗。《英雄》体现了一个民族的意志，复仇的火焰，哀恸的力量，在乐曲中能听到军鼓和军号声，是一曲展示英雄气概和英雄形象的伟大乐章。还有《马赛曲》，原名《莱茵团战歌》，柏辽兹作曲。法国大革命期间，资产阶级高唱这首战歌，同封建专制、封建贵族进行斗争，鼓舞民众斗志，最终成为法国国歌。这些歌曲都以寥廓深沉的音乐思维，绚丽多彩的音乐语言，狂风暴雨般的豪情，歌颂了英雄主义的伟大胜利。

诗言志，歌抒情。"只有民族性的壮气，才能启发整个民族的兴奋。歌声愈激昂悲壮，民族的前途就可以肯定愈有光明。"（冼星海语）

窑洞外传来鸡的叫声，窗纸朦胧发白了，冼星海还辗转没有睡意。他望着黑黝黝的洞顶，脑海里翻腾着中国近百年的苦难史、屈辱史、血泪史，尸骨如山，血流成河，中华民族面临着亡国灭种的危机，四万万同胞该苏醒了！黄河，我的母亲河该怒吼了！

张光年的歌词分为八个乐章，最后是《怒吼吧！黄河！》。冼星海反复阅读，不住地称赞："这真是中华民族的史诗啊！"

冼星海虽未体验壶口瀑布的腾天动地之气势，黄河的刚烈，黄河的风骨，恢弘磅礴之势，早在河南黄河岸采风时已有领略。冼星海把自己关在窑洞，闭门不出，酝酿构思，捕捉主题音调。他青春的激情，坚忍不拔的毅力，高度紧张的神经，摧毁一切的热力，伴着黄河狂澜的澎湃之声，涌动着，奔腾着。他眼前常常出现幻景：时而站在黄河岸边，看一河金涛东去，而自己仿佛是一位船工，驾船在风浪中搏击；时而身边又传来黄河岸边妇女凄婉的哭泣，悲怆的倾诉，无边无际的苦难压来，令人窒息；时而又仿佛听到老乡在岸边的对话，九一八、九一八，我的家乡在哪里……那悲愤的呼号，仇恨的烈火，若地下岩浆般呼啸；瞬间他又奔波在万山丛中，青纱帐里，英雄健儿纵横驰骋，刀光剑影的闪动，枪声炮火的轰鸣……

黄土高原的早春是非常寒冷的，塞北的风如刀割般刺人，寒窑如冰窟。夜里，冼星海脚蹬一双毡靴，裹着一件厚厚的灰布旧大衣，高耸着领子，棉帽耳朵翻垂下来，纵笔谱曲。冼星海伏在临窗的小桌上，堆满纷乱的五线谱纸，小油灯忽闪着火苗，地上有个陶盆，几粒火炭有气无力地明灭着。张光年知道冼星海爱吃糖，延安买不到水果糖，便买了两包白糖送去。糖放在小桌子上，冼星海一手不时抓一小撮白糖，填到嘴里，一手不停地在五线谱上划动。他乐思汹涌，灵感飞扬，那两包白糖也化为音符流泻在五线谱上。

冼星海为人谦和，对作品要求却非常严格。初稿完成后，其中

《黄河颂》《黄河怨》两个独唱曲，演出队挑剔较多，他立即全部推翻，连夜修改，第二天交出新稿。张光年说："当别人又提出个别乐句尚须改动，他又撕掉重写。"那种顽强的精益求精的精神，深受大家称赞。

二

冼星海出身澳门贫寒渔家，母亲生他在船上，头顶满天星星，船在大海波涛里摇荡，母亲给他起名星海。父早亡。孤儿寡母流落到广州，后又辗转到上海，母亲做佣工抚养他。他的童年和少年沐浴着椰风海韵，深受澳门浓郁的"观音文化"的熏陶，从小就生成一颗善良虔诚的心。但亚热带的阳光并没有亏待他，南国的热风风人，热雨雨人，身子骨发育得像一棵高大的红棉树，而南国的如画风光孕育了他的审美意蕴，又赋予他丰富细腻的情感。

他喜欢唱歌，是在渔家歌谣里长大的。

1929年，一贫如洗的冼星海靠朋友凑够的10元钱，漂洋过海去法国留学。10元钱怎能购买一张船票？简直荒唐！又是朋友为他在轮船上找了个杂役差事，既免了船票，又有了食宿保障。

巴黎音乐学院是世界上影响最大的音乐学府、"音乐圣地"。他不是官费生，又没有高等学历，要取得"入场券"比登天还难。他只身来到巴黎，举目茫茫，语言不通，身无分文，首先要解决吃饭问题，只得寻找一些体力活干，给餐馆当杂役，给人家照看孩子，守候电话，在理发店当小工，在澡堂帮人剪指甲，在西餐厅做侍者，帮人喂鸡养羊……几乎天天为填饱肚皮奔命。

这个勤奋的青年感动了上帝，他认识了马思聪，马是巴黎音乐学院中国第一位官费留学生，又是广东老乡。马思聪把冼星海推荐给自己的老师"奥别多菲尔"。这位"奥"老师是个很严刻的音乐家，觉得冼星海年龄大，音乐造诣不会有好的前途，不想收他为徒。但又被这个中国小伙的坚强意志、理想和抱负所感动，再加上马思聪的苦苦恳求，"奥"老师决定收留他，却提出每个月要付200法郎学费。天呐！自己连肚子都填不饱，从哪里弄得200法郎？

这位"奥"老师了解他的艰难处境，大发慈悲说："从今天起你是我的学生。在你有足够的收入以前，我不收你的学费。"

他常常饿着肚子练琴。成名作《风》在他的"蜗居"里诞生了。一间很小的房子，四面全是玻璃窗，玻璃有的破损，巴黎的冬天十分寒冷，寒风在窗外呼啸，渗入屋内，冼星海冻得浑身发抖。他便裹着大衣在小油灯下创作，怕小油灯被窗缝钻来的风吹灭，他一手捂着灯，一手用笔在五线谱上划动。冼星海乐思汹涌，想起狂风巨浪中颠簸的渔船，想起母亲瘦削的脸庞，孱弱的身体在甲板上摇摇晃晃，被海风吹乱的花发，一切人生的辛酸、不幸、苦难……涌上心头，五线谱上铺开一曲悲愤苦难的旋律，他用乐曲抚慰痛楚的心灵。"风啊！暴烈的风！残酷的风！"这首《风》震动了巴黎音乐学院，高级作曲班接受了他。

1935年，冼星海回到苦难的祖国。他很快投入了左翼文化宣传阵营，并结识了吕骥、任光、贺绿汀等著名音乐家，成为"新音乐运动"左翼战线上的新兵。这期间他写了大量的抗战救亡歌曲。流传最广的经典歌曲《在太行山上》便是这时期作品："红日照遍了东方/自由之神在纵情歌唱/看吧！千山万壑，铜壁铁墙/抗日的烽火，燃烧在太行山上。……听吧/母亲叫儿打东洋/妻子送郎上战场/我们在太行山上/山高林又密/兵强马又壮/敌人从哪里进攻/我们就要它在哪里灭亡。"这首歌曲，旋律从低音开始，几经起伏，如风卷波涛，又渐渐像海啸奔腾……雄壮的旋律中，仿佛一轮红日冉冉升起，磅礴的朝霞映红了山峦，映红天空、大地。进而，使你展开辽阔的想象，群山苍茫，万木苍莽，一群抗战英雄纵横在千沟万壑间……中华民族像山一样刚强，像山一样傲然耸立，那深沉的爱国情怀和奔放的激情有着法兰西风格的自然交融。

1938年10月，冼星海和妻子钱韵玲告别武汉国民政府政治部第三厅，在周恩来的安排下，乘坐华侨捐赠的汽车，扮作侨商，躲过敌人的盘查，穿过封锁线，投奔隐蔽在黄土高原褶皱中的延安。

钱韵玲与冼星海相识于武汉，钱韵玲对冼星海留下美好的印象，说他朴素、诚恳、热情。冼星海对钱韵玲也颇有好感："我觉得她心地很好，不仅纯真可爱，而且外表美，又能处处表现出来。"1938年1月2日钱韵玲的父亲钱亦石去世，武汉各界为这位爱国知名人士举行隆重的追悼会，冼星海为钱先生送来挽联："不灭的火，永生的石，同垂不朽，亦血亦铁"，并谱成曲，成为一支挽歌。钱韵玲深受感动。从此，身为小学教员的她，便参与"星海歌咏队"，向冼星海学习抗日救亡歌曲。相处久了，两人产生了爱慕之情，于同年7月20日在武汉举行婚礼。

暮秋的黄土高原并不显得荒寒，窑洞前、沟壑涧有松树、柳树、榆树，绿腾腾的，枣儿已经收摘，凉在坝上，一片红霞似的，窑洞门旁挂着成嘟噜的金灿灿玉米，像画儿一样，煞是好看。几头小毛驴在山坡上蠕动，赶驴人信腔野调，山岭间盘旋着飞扬着信天游和"蓝花花"。黄土高原的天空特别高远，云也白，没有南国的燠热、阴湿，空气清爽干燥，一切都那么宁静、深沉。

但延安物质条件极差。"鲁艺"精心为冼星海夫妇准备了窑洞，却也简陋狭小，除了土炕，一张小桌，连脸盆架、衣架都没有。窑洞外便是空旷的清凉山、凤凰山，沟壑纵横，童山秃岭，连绵逶迤，荒凉贫瘠。那时延安对知识分子政策还是宽容的，待遇也高，冼星海除了稿费收入，还有十五元津贴。当时朱德才五元，在中共算是享受"高薪"待遇了。稿费也不菲，冼星海一首歌曲发表能拿到十元、二十元，甚至几十元。有时不发钞票，以酒、茶、盐、火柴、糖等代替。

延安物质生活很苦，平时能吃上一个鸡蛋算是最大的享受。钱韵玲养了几只母鸡，每天还能保障冼星海一只鸡蛋，但常常有客人来访，这鸡蛋成了招待客人的佳肴。延安的晚会多，演出活动也多，冼星海白天上课，晚上又要组织音乐活动。他是乐队教练，又是指挥，一天到晚忙得饭都顾不得吃，晚会结束后，又要给演出队做总结，常常半夜方归。

白天他给鲁艺学生上课，也和同志们一块上山开荒。山野上到处是歌声、笑声，自己动手，丰衣足食，一派朝气蓬勃的景象。冼星海年富力强，浑身有使不完的劲。他不知疲倦，夜间在窑洞幽暗的油灯下创作歌曲，激情如火焰，灵感像喷泉，一写就是通宵，还时不时地敲着桌子，哼出声来，把熟睡的妻子惊醒。

延安的冬天，滴水成冰。风在窗外呼啸，摇撼着窑洞前的老榆树，拍打着窗户，发出啪啪的声响，使他想起当年在巴黎创作《风》的情景。

他还常常下乡搜集民歌，有时走在路上，听到老乡唱陕北民歌，就迅速记下来，两年间记满了七个笔记本。陕北人的声道是在唱信天游和蓝花花的过程中形成的、完善的。信天游宽阔、高亢，蓝花花柔婉、凄楚、苦涩。信天游属于辽阔的大地，空旷的天空，缥缈的云，流逸的风，疏野得很，粗狂得很；蓝花花属于凹下的沟壑、深邃的山涧、滞涩的流水。这些民歌民谣敦厚、朴野、苍凉，还带有烟火气、黄土高原的土腥味。这片土地因干燥而饥渴，因风沙而粗糙，歌声从来未填饱过他们的精神空间，信天游、蓝花花是黄土的心，是高原的魂。白杨沙柳老疙瘩榆树，山丹丹花红枣林，没有南国美人蕉合欢树的高大健美，没有紫荆花含羞草的风姿绰约，但却也有爱的曼妙、情的缠绻。

这里的山塬和沟壑，大气磅礴，一轮轮像海啸凝固的造型，空旷的高原足以拓展人的心灵和胸襟。它包容你吸纳你融汇你，只要你住进它的窑洞，吃上它的小米、红枣，你的生命就会出现"转基因"，你就会成为一棵沙柳、一棵白杨。你的审美视野变得寥廓、宏大，精神也会变得雄悍、豁朗、高远、深沉，这一切都是裸露的黄土和苍茫的大塬赋予了你、再造了你。

不到两年间，冼星海就创作数十首民间抒情小调，还有四部大合唱，两部歌剧，两部《民族解放交响曲》。奔放的情感，优美的旋律，丰富的想象，曲调像流水般洋溢着人性的温馨，也负载着生命的苦难，以及对新鲜事物的赞美。这是他创作的丰收季节，风格既有南国的热烈，又有北国的雄沉；既有西洋曲调的潇洒，又有民族气派、民间曲调、黄土高原的朴实。

三

冼星海在窑洞里连续奋战了六天六夜，一口气完成《黄河大合唱》八部乐章，这六天六夜他只睡了十三个小时。他的眼睛布满血丝，依然闪烁着青春的激情；脸颊瘦削了，精神却是焕发的。

冼星海的创作态度十分严谨，他深深体悟到黄河这天来之水的磅礴气势，浑转回荡的壮观气象，奔流到海的顽强气概，和摧枯拉朽的决绝意志，每一个细节都反复推敲，每个音符都认真琢磨。他每天都沉浸在创作的兴奋中，激情奔放，乐思汹涌，像海浪拍打着堤岸。冼星海脑海里始终活跃着三个主题：一是外族侵略给中国人民带来的沉重灾难；二是中国人民不屈不挠的斗争意志；再就是人民群众保卫黄河保卫祖国同仇敌忾的壮烈场景。

八部乐章气魄宏大，壮烈时，犹如万马奔腾，爆炸的轰鸣，冲锋的呐喊，冼星海将壶口瀑布的排山倒海之势，雷霆万钧之力谱进乐曲，展示出倒海翻江卷巨澜的壮观气象；酸辛处，又如蓝花花的如泣如诉，如怨如怒；悲壮时，又把人带进热血偾张、于无声处听惊雷的境界。

《黄河大合唱》只能产生在黄土高原。大汉时代热烈的八部乐章，盛唐时期庞大的九部乐章，都诞生在这片高原厚土。伴着安塞腰鼓、威风锣鼓的强烈节奏，黄河的吼声已化为中华民族雄狮般的怒吼！这是岩浆的奔突！是天火的燃烧！这是震撼人心的神曲！艰苦卓绝、英勇顽强的战斗精神把人带入激昂、庄严、崇高、虔诚、奋发的精神空间，那火一样的情感，霎时会把人带进与惊涛骇浪搏斗的情景中。

《黄河大合唱》包括了独唱、朗诵、齐唱、轮唱、合唱，采用了民歌、民谣、颂歌等多种情调和表现方式。始终如一的结构使庞大的史诗，在逐章演出时具有各自风格，又浑然一体。

首演开始了，五百壮士的演出阵容是延安时期前所未有的，雄壮、庞大、豪强，充分地展示着力和美，一道不可战胜的铜墙铁壁，一座新的长城！

当年延安演出条件极差，要组织一支完备的乐队伴奏根本不可能。演奏队除了三把小提琴，再就是二胡、笛子、吉他、口琴，没有谱架，没有低音乐器，他们用洋铁桶改造成低音胡琴，用搪瓷茶缸子，用吃饭的勺子作打击乐器……冼星海亲任指挥，手臂一挥，这些新式乐器，噼里啪啦的响声和锣鼓管弦吹打声，雄壮的歌声，形成强大的共鸣，造成排山倒海的宏伟气势。《黄河大合唱》气势雄壮，把人们带入黄河源远流长、曲折婉转、奔腾呼啸宏大的艺术磁场。它使你的灵魂震颤，热血沸腾，逼迫着你，顿时浑身涨溢出山呼海啸般的力量！风在吼，马在叫，黄河在咆哮！强烈的和声语言，复杂的音调跌宕，热烈急促的节奏，醉如狂风的激情，这是黄河的力量，滔滔黄河已化为浩浩荡荡一往直前的大军，整个民族唰地挺立起来！这是山，是海，是民族情绪宗教般的兴奋！它的思想性、艺术性、民族性达到完美的统一；深沉、悲壮、宏伟、雄浑的旋律，奏响大时代的最强音！

冼星海身着灰色上衣、长裤，脚蹬草鞋，挥动着有力的双臂，表情激昂，犹如军事艺术家，指挥千军万马鏖战沙场。这是一幅震撼人心的场面！他魁梧的身躯跃动，俯仰，随着乐章的节奏变化，始终处于高亢的投入状态，有时达到白热化的程度，感到自己就像一团烈火。他的身子不时最大限度地探向乐队，夸张的表情，简短的语言，生动的手势，将史诗的丰富内涵传导给乐队演奏中。在这里你可以领略到艺术创造的神秘、神奇，一串音符竟能调动人们的情绪和生命活力，异常饱满，异常热烈。小小指挥棒像魔棒，往上一挑是山立海垂，云水激荡；往下一劈又似惊涛裂岸，天崩地坼，巨浪化为剑戟铿锵的厮杀……

演出结束，会场响起长时间暴风骤雨般的掌声……

黄河在咆哮！延安在咆哮！全中国在咆哮！

2015 年 4 月

本文选入《中国文学年鉴》2016 年卷。

【赏析】

黄河奔腾东向海，一曲狂飙开天地。文章把时空溯回到 1939 年的延安，巨笔如椽，再现了《黄河大合唱》的创作过程。《黄河大合唱》的词作者张光年来自长江之畔，曲作者冼星海生在南海渔村。长江给诗人奔腾豪放的情怀，大海给了作曲家宽容博大的胸襟，而黄河船夫的英勇气概、黄土高原的大气深沉、圣地延安的朝气蓬勃带给了他们新的感觉、新的激情。面对民族的灾难，"创作一部反映民族气派鼓舞民族士气的大作品"是冼星海和张光年的共同愿望。

黄河是伟大的河流，是民族的母亲河。她哺育亿万儿女，记载无尽岁月，奔腾澎湃，冲开一切障碍，无视任何阻挡，汹涌向前，直向东方。黄河狂飙正是中华民族艰苦奋斗、勇敢勤劳、百折不回、一往无前的力量。这力量在诗人和作曲家的心中激荡，孕育成一组磅礴雄浑、气壮山河的《黄河大合唱》。

文章用气势恢弘的文字展现了一幅史诗般的画卷，把我们带回到那峥嵘岁月，"风在吼，马在叫，黄河在咆哮，黄河在咆哮……"读罢本文，心中一定激荡着黄河不屈的狂飙！

天堂之水天上来

　　粗大而肃穆的线条，若隐若现在海水般的青蓝之中，冰川雪峰道道白光凌空腾起，和辐射而来的阳光迅速交配，很快分娩出一种惊心动魄的透明物来……那是雪山之父的精液吗？点点滴滴的，窾坎镗鞳之声，在涅槃般巨大的静寂中显得厚实深沉。这是在为大地撰写的历史，还是为人类谱写的力量之歌？那滴滴点点汇成流苏般的小溪，向荒旷的大地寻找他生命的乐园。干涸的大地上腾起股股沙烟，宛若飘浮的世纪的衣袂。

　　这景象使我惊呆了，我的大脑一片空白，记忆消逝了，时间凝固了，甚至连我身边的季节也僵枯了。空旷的四野只有风不时发出几声战栗的凄惨的啸叫，像被什么野物咬了一口。好半天，我的大脑才开始启动思维的齿轮，缓缓地转动。我冷静地打量着，睁大眼睛扫描着眼前这阔大的冷漠的雕刻：刀法粗犷，棱角尖锐，雄健苍劲，山顶上凝固着白云，白云上面是冷漠的蓝天，高渺深远。从眼缝到我连成一体的那线雪峰，我听到白色透明的液体在大放厥词："我是欲望之神，今晚谁敢为它划定疆界！我是哲人心里的暴力，今晚谁敢为它圈定范围！"尽管它出言不逊，但一条河流还处在子宫发育期，它还没有资格嚣张。它的生命是孱弱的，它的梦还是缥缈的。

　　一条条小溪像放大的精子，蠕动着，寻找大地的子宫。

　　蓝天、白云、冰川、雪峰、草甸、荒原，还有古老的太阳、苍茫的风，一切都显得肃穆、庄重、坚实，而又透出点虚幻。

　　这就是大江之源吗？这就是诞生我们民族第一条大河的格拉丹冬

雪峰吗？哦，巍巍然，一尊天神；峨峨然，一柄倚天长剑。这种大气象大境界，必然会由大手笔大造就。我站在雪峰冰川脚下，只觉得晕眩、心悸、惶恐，又有点木木然。西部的盛夏，原始的太阳，很古典，但依然充满激情，阳光辐射在冰山雪峰上，闪烁着冷漠和孤寂；风用很陈旧的方式摇撼着荒原，荒原沉默不语。我站在高原的阳光和风里，心里涌动着一种生命的苍茫感和精神的孤独感。我突然感到人类是何等卑微，改天换地，让高山低头，让河水让路，人类发出此等狂嚣是多么荒谬，面对渺渺上天，茫茫大地，人，你只能感到敬畏！

万籁俱寂。

天地间是一种涅槃般的静寂。

听到了吗？那万古荒凉的静寂里，有簌簌的声响，微弱缥缈，像疲惫的贝多芬有意无意间抛下的一个个透明的音符，像黑格尔一粒粒"精神的种子"，晶莹剔亮，那是阳光之父和雪山之母交媾分娩出来的……那是千万年梦幻，千万年憧憬，千万年积累和创造啊！

冰川、冰塔、冰窟、冰舌、冰柱、冰碛、冰笋，千姿万态，娉娉然，婷婷然，巍巍然，如剑如戟，它吮吸天地之灵气，日月之精华，博大宏丽中渗透出一种凛然之寒气。

这里是一片原始的鸿蒙，一片野性而又冷酷的土地，是一片雄悍而又孤寂的土地。偶有稀稀落落的牦牛草、羊草，星星点点，斑斑驳驳，点缀着万古荒凉。寥廓。旷博。夐远。高古。还有令人觳觫的肃穆。巨大的静，气势磅礴的静，富有质感的静，笼罩在天地间。这静给人一种悲壮感，恐惧感。仿佛走进时间的童年、历史的开端，你根本想象不到，一条驰骋万里、雄涛澎湃的大江巨川的根竟然扎得这么深远，这么高危。

在这寂天寞地里，你会体验到什么叫时间。时间是一部幽深博奥的哲学。时间有声有色，有角有棱，有质量，有重量。时间，你看不见，摸不着，但时间就在你身边，你必相信时间，依偎时间，时间有着巨大无比的创造力，时间能造就一切，毁灭一切，又包容一切。谁都无法逃脱时间的爱抚和追捕。

走进这赤裸裸的大自然，夕阳中，我站在一座高埠上，驰骋视线，环视这冰山、雪峰、流水、荒原：天之遥，地之远，山之高，水之长，我一下子流出泪来……

苍山如海，残阳如血，这大风景、大地貌、大空间是我精神之旅的一种超越，且被各种窘迫所困苦，被各种因素所囿圄，被各种庸俗所缠绕，我能走进这风光博大宏丽之境，我觉得我的灵智像"开光"一样——不见佛光，是天光、云光，是大自然之光。这里的"奶酪"还未被人挪动。一切都处在原生态，原始态。凡是人类涉足的地方，大自然都会感到讨厌。人类的聪明和强大既是大自然的悲剧，更是人类自身的悲剧。

在这里云自飞翔水自流，花自开落草自荣，没有遭到人类的染指，大自然显得很纯净、很天真。小草是天真的，小花是天真的，草叶花瓣儿上的水珠是天真的，鸟儿的鸣叫，水的流韵，天真得没掺进一丝杂音，连流淌的时间也是天真的。

天真是童年的代名词。

来到这里，你仿佛感到时间正处在童年。

童年，总是快乐的，天真无邪的，童年最富有天性，没有被陈规陋习制约，没有被名缰利索束缚，没有被世俗红尘所污染，没有被灯红酒绿所诱惑……童年是生命中最纯净、最灿烂、最富有生机的时段，是花的季节，是诗的年华。

格拉丹冬，藏语，意为尖尖的山。

格拉丹冬的西南侧是大型冰川，冰川的冰舌由阳光和风雕塑成壮观的冰塔林。晶莹，空明，清丽……那细细的冰牙，倒挂的冰凌，壁立的冰墙，蘑菇状的冰崮，幽深的冰窟，鬼斧神工，是一个冰雕玉琢的世界。那是西王母苍苍白发凝结的冰封？是伏羲的白髯飘逸而凝固的冰川？千丝万缕的寒光和太阳金线交织成灵光弥漫的冰川。

有生于无。此时你真正体悟到这种大哲学的真谛。原来，这条莽莽苍苍的大江巨川竟然是在这里发育、生长出来的。这一切都没有规

则，那晶莹的水珠犹如夜露镀亮的黎明，像玫瑰花映红的爱情，圣洁，华贵，幽美，令人心旌摇曳，在这天地间巨大的宁静里，呈现出

一种生命的萌动，撞击命运之门的声响，从空宇浩渺中传来……是一曲气势磅礴、雄浑宏大的乐章的前奏。

上天赐予的最初的一粒粒水珠，是按照神祇的旨意，汇聚在一起的，抛掉自身的渺小、卑琐、单薄和孱弱。当它们的躯体赋予了一种精神，赋予了一种信念，它们的灵魂开始升腾了，它们的血液开始了喧哗和骚动，它们自由地碰撞，融洽，你拥我抱，你牵我扯，于是它们形成一个集体，或者是一个小小的部落，于是荒原上出现一条条银蛇般的小溪，自由自在，无拘无束……

我静静地倾听着生命临盆的那种美妙的乐章，白色的精灵是从冰山母体上脱落，蓝色的梦在荒芜的土地上撒欢歌唱……

金灿灿的阳光把一切都变成发光体，肉眼不敢看。那锋利的光芒犹如钢针，会把眼睛扎瞎，会把皮肤刺伤。在这里阳光不是虚无，是物质的、有形的。这里一切与生存有关的事体，甚至养育人类的大自然也变得邈远、空幻。

天地无言，冰川不语。只有浮动的梦，一枚透明的初恋，羞涩而又异样的执着，异样的坚韧……

那是个充血的白昼，阳光狂欢的夏日，太阳雄健而狂妄，气势磅礴而又大度豁然。阳光下的草甸是一片偌大的沼泽，斑驳的水洼，构成了一幅畸形的图案，闪闪烁烁，光怪陆离。是一种怪异的和谐，冷漠的明媚。那水洼像写满了明亮的颂辞、晶莹的祝福，随着欲望的膨胀、灵魂的躁动，使水面产生了眩晕的舞蹈。于是大地的沉默破裂了，它们用透明的触须探寻新的世界，蹒跚地寻找生命的通道。

于是最初的水滴，终于成了领队，率领着它用天文数字排列的兄弟姐妹形成一条条河流，一条条阳光下野性的自由自在的河流，孤独的跫音渐渐远行，清澈的浪花自言自语，向冰川雪峰举行最庄严的告别仪式……

但是这些野性的河流，严格地说是溪流，它们还未形成真正意义

上的河流，但它们本能地知道团结的力量，集体的功能，下意识地汇聚在一起，形成最初的河流。

这就是沱沱河，这就是长江伟大而平凡的童年。

2005年10月

本文选入《中国散文年选》，选为（高中生）文学作品阅读能力考查试题。

【赏析】

这篇散文节选自郭保林的一部长篇散文，在这部作品中，作者站在穿越时空的宏大背景上，以汉大赋的结构，散文诗式的抒情笔调，交错描绘"自然"与"人文"两条长江，向读者展现了苍茫雄浑的大江巨川以及辉煌璀璨的华夏文明。在作者的笔下，苍茫雄浑的大江巨川浩浩荡荡奔涌而来，变幻着日月，交错着时空，叱咤着风云，呈现给我们的是旖旎的景观、多彩的风情、丰赡的故事，让我们领略的是天地之大美，日月之轮回，人文之沧桑。《天堂之水天上来》是写长江源的自然风光，长江由格拉丹冬雪峰冰川融化的一滴滴而汇成流苏般的溪流，在荒旷的大地上，寻找生命的乐园，并开始起草宏大的人类史和自然史的篇章——这就是长江。

作者笔墨纵横，大气磅礴，激情滔滔，以诗意的笔触，灿烂的文采，描绘出大江之源的雄伟气势和壮丽景观。这里是长江大梦的起点。

感悟天山

一

我对山有一种特殊的感情，不仅仅是它的海拔高度，不仅仅是它的雄伟和像脑回纹一样的深沟巨壑，我觉得山是地球上的一尊伟大的神，伟大的圣哲。它拔地而起，巍峨于平庸，耸立于俗尘，傲然于苍穹，那是地球的一种精神。至于山上有无奇卉佳木、珍禽异兽、流泉飞瀑，都无关紧要，重要的是突兀峻拔、超凡脱俗，便值得我仰慕、折服。何况这气宇磅礴、蜿蜒蟠势的天山呢？

"明月出天山，苍茫云海间。"只有李白的雄韵，才配得上这雄伟的天山。遗憾的是，李白赞叹的是祁连山。祁连，蒙语，天的意思。李白虽然出生于中亚细亚的碎叶城，但他五岁时，便随父亲迁居巴蜀锦州的彰明县。以后他仗剑去国，遨游天下名川大山，但足履并未触及天山，至于纵贯河西走廊的祁连山，在他的笔下也只是浪漫主义的想象。

自古以来，骚客文人都喜欢咏山、写山、画山、诵山、唱山，把这些诗、词、歌、赋、曲、画铺展开来，几乎能把天下的大山都包裹起来了。尤其是像天山这气势磅礴的"天赐之山"，本身就是一部横亘天地间的史卷，是宇宙之神撰写的一部大书，波澜壮阔，高潮迭起，情节层出，你想读懂，探得其精神之深邃，难矣哉！诗圣杜甫登上海拔不足两千米的泰山之顶，便发出"一览众山小"的浩叹。杜甫的视野只囿于泰山裙裾边的丘陵，以此作参照物，那自然是"众山小"了，倘若他老人家光顾一下天山，岂不瞠目结舌，而为自己在泰山的

"感叹"而脸红吗？而我的老乡孟子说："孔子登东山而小鲁，登泰山而小天下。"我们这位老祖宗视野小得实在可怜，怕老人家活了一辈子只囿于中原弹丸之地。

苏东坡是"稀世之才"，宋神宗称赞李白有苏轼之才，却没有苏轼之学。这位雄踞文学史的一位大文豪，面对小小匡庐，左看右看横看侧看不是岭就是峰，只是远近高低各不相同，于是产生了困惑，发出无可奈何的喟叹："不识庐山真面目，只缘身在此山中"。其实，不在此山中，更难以了解庐山真面目，你说是不，东坡夫子？至于那些画家，诸如范宽者流，是满纸云雾，墨彩蓊然，只不过画出"雄浑峻厚"山之外在气势；那位山水画家兼画论家郭熙，对山可谓"饱游饫看"，也只得出结论："一山而兼数十百山之意态""一山而兼数十百山之形状"，那不过是对山的情感的宣泄，并未道出山的精神、山的灵魂。

山，是地球上的不解之谜。

其实，我逗留在乌鲁木齐的日子里就隐约看到了天山雄峰博格达。早晨，我拉开窗帘，凭窗遥望，只见一座雄伟奇丽的巨峰依天而立；沐朝晖，迎晨风，头戴银冠，身着白甲战袍，威风凛凛，像一尊古代伟大的战神！仰视长天流云、俯视人寰春秋，孤独而高傲，旷达而雄浑，那是宇宙之神顶天立地的一尊伟大雕塑。我惊得眼睛发呆，连感叹都发不出。一时间我忽然钦慕起那些登山家来，我想，世界上最伟大的职业莫过于此，他们可以凭着超人的意志和强健的体魄，登上地球的制高点，对话天神，共语苍天，站在山巅上一任神驰八极，思接千载，与浩浩宇宙眉目传情，悠悠天、地、人，那该多么潇洒而惬意啊！

二

现代化的交通工具比起古典的马蹄少了许多韵味，也失去了浪漫的诗意。没有办法，我只能乘丰田吉普去感悟天山。

315国道用长长的诱惑引导着我们的车向远方驶去。一出乌鲁木齐城区，眼前的风景立即变得粗犷而蛮野，没有树，没有草，满目是荒旷的戈壁滩。四野八荒都铺满大大小小雷同化的砾石、沙石。偶尔有几棵梭梭柴、骆驼刺，力不从心地点缀着戈壁滩的荒凉和寂寞。

远处的蓝天下出现一道灰褐色的风景线，曲曲折折，跌跌宕宕。那线条缥缈、虚幻，像一缕梦痕，仿佛一阵风就会飘然而去。可是随着车轮疯狂般地旋转，随着戈壁滩大幅大幅敛起，那线条变得越发粗重、雄阔，仿佛天地间竖起的一道屏障。

不知奔驰了多长时间，眼前的线条突然变成一道巨大的立体的山脉，同车的塔里木石油天然气开发公司的朋友说：前面是天山，我们就要穿越天山了！

啊，天山，天赐之山！这道崛起于帕米尔高原、长达两千四百多公里的巨大山脉，气宇磅礴，并吞八荒。雄浑苍莽的大山就在眼前了！

我对天山心仪已久，一是我灵魂深处的"大山情结"所致，更多的是受汉唐边塞诗人的诗句所感染："五月天山雪，无花只有寒""轮台东门送君去，去时雪满天山路""莫遣只轮归海窟，仍留一箭定天山"等等。诗人笔下悲怆壮烈的画面，给我留下"天地英雄气，千秋尚凛然"的氛围。"大雪满弓刀"的警句从这里写起，边塞诗的主题从这里得到升华。如果失去天山这阔大的背景，古代战争的舞台怕小了许多。

我让车子放慢速度，取出望远镜，摇开车窗，尽情地扫描天山整体风貌：那山石呈土黄色，灰褐色，赭红色，庄严肃穆，而又不乏狂躁和喧嚣；山峰重重叠叠，涌涌荡荡，如洪涛巨浪，一阵紧似一阵，一阵高过一阵，迫天而来，遏云而去。仔细看，乱石缤纷，群峰争雄，或锋芒毕露，咄咄逼人，或气势雄健，昂首云外；走近看，峰峰相扯，山山相交，如同一群巨兽，盘桓撕咬，争斗得你我不分，各不相让。那是力量的角逐，生命的较量，展示出挣扎的艰辛，竞争的惨烈。我似乎还能听到愤怒的呐喊，鏖战的狂啸　　天风浪浪，云山苍苍，这是一种大境界。

然而这山是沉默的。永恒的沉默。那是一种冷峻而热烈的沉默，是一种昂首天宇气吞万里而又麻木愀然的沉默，是一种钢铁般铮铮的沉默。

走进大山的腹部，我才感到这沉默包含着极其丰富的内涵。我感悟得出：那山岩暴动时的呐喊，那如海潮海啸涌动时的吼叫，那从大地崛起时撞击天庭时的怒号，那炽热的岩浆奔突涌动而发出的天崩地坼的狂欢……都凝固在和它秉性反差极大的沉默中。

这山充溢着西部的血性，北国的阳刚。

太阳，亚细亚酷热的阳光蒸烤着裸体的岩石，那焦渴的灰褐色的岩石木然地忍受着阳光的曝晒，飘出一缕缕腥气。层层断崖，道道沟壑，条条裂隙，那是雷霆的造像，还是风雨的刀痕？那褶皱纵横的山峰，扭曲变形的躯体，是大自然炼狱留下的痛苦的标志？险峰巉岩，猖狂恣睢，奇危挺拔，交错纠纷，没有伤感，没有唏嘘。但也透出一种情绪，惊恐和痛楚，愤怒与战栗。强烈的兴奋，郁闷的环境，抑郁的色调所形成的紧张、恐怖的氛围，更展示出它的世界——充满着一种苦难意识。

没有苦难意识是不行的，苦难造就世界，造就生命，也造就人类：为了追求智慧和光明甘愿忍辱负重的痛苦，为了追求人生答案而苦苦思索的痛苦；在理性和欲望的对抗矛盾中挣扎跋涉的痛苦。但丁的《神曲》是在痛苦中分娩的，贝多芬的音乐是在痛苦中诞生的，至于张骞出使西域，玄奘西天取经，岑参依马天山而写出大量辉映千古的诗篇，都是苦难的产物。苦难对于个人是不幸的，但对人类、对历史都是创造之母，是人性美的集中显现。

看到这苦难中的山，我忽然想起一位印度哲人面对耶稣的感觉："我对他(耶稣)有很深的同情。我愿意跟他一起受苦，我愿意在他身边帮他背一会儿十字架。……他那么悲伤，那么沉重——他背负着整个人类的痛苦。他不能笑。如果你跟他一起待得太久了，你就会变得悲伤，你会失去欢笑。有一种忧郁笼罩着他。"

天山，就是耶稣，就是一部苦难的史诗。

阳光依然煌煌地照耀着莽莽苍山，厉厉长风以纵横捭阖的气势扫荡着大山。那山依然沉默不语，高高挺立着，风和太阳把它雕刻得粗糙、粗粝、粗犷，甚至有点丑陋。是彻骨的荒凉，惊心动魄的荒凉，是一种不堪入目、难以忍受的荒凉。如果那位喜欢荒凉的法国十九世纪画家德拉克洛瓦看到这种情景，也许会高兴得手舞足蹈，但我心中却油然生起一种揪心的悲哀：虽已时值九月，山上没有松涛的澎湃，没有枫叶如丹的艳丽，没有飞泉流瀑的喧嚣，没有飞鸟的鸣韵，连走兽也无影无踪。只有苍茫的弧线无声无息地飘荡在云际间，炽热的太阳烤干了弧线，大山蒸腾着热辣辣的蜃气。一切都赤裸裸的，赤裸裸的躯体，赤裸裸的山岩，赤裸裸的石碴子，支撑着一个抗争者的倔强，支撑着一种赤裸裸的信念！这裸体的山，无边无际岩石的暴动，似乎听到撞击天庭的怒吼，如搏噬苍穹的金狮。这是野性的山，充满男子汉血性的山。这里有雷霆的造像，这里有风刀霜剑的雕痕，千年如斯，万年如斯，万万年如斯，我想这是天山的悲剧，也是天山的骄傲！

我想与天山对话，我问它不感到寂寞和孤独吗？天山不语。但我却看到它肌腱突兀、筋脉绷紧、精瘦而强健的躯体，焕发出一种内在的激情和潜蕴的精力，那苍老而皲裂斑驳的面容上依然闪烁着信仰的青春之光和永不屈服的坚贞。这构成它灵与肉和永远挺立的脊梁——这是大西北永恒的主题，万物生息的本源。它饱饮着太阳的热血，举起一个又一个黎明，又收藏一个又一个黄昏；它吐出一轮又一轮明月，又吞噬一个又一个残阳。这种撑天柱地的气概，这种哲学家的批判精神，就像上帝那样，高踞在人类一切情欲、痛苦和欢乐的深渊之上。

天山，人类精神之山！

天山，当我走进它的腹部，目光凝视着一座座山峰，不，严格地说，是一道道拔地而起的石壁。那是由一层层页岩组成的，页岩呈灰色，形成一个个怪异的图案，像宫殿，像宝塔，像水纹浪迹。我感受到这山太古老了。越古老就越永恒，它在地球上有亿万年了吧，宇宙间什么变化它没经历过呢？也许那页岩就是一部记录着风雨雷电、霜雪雾露、日月星辰的史书。这里面藏有多少思想，多少哲理，悟不透，摸不清，但它记录着沧海桑田的嬗变，记录着春夏秋冬的更替，这是一部大自然的传记。

三

汽车在天山千沟万壑中小心翼翼地行驶，山路崎岖盘桓，时而山峰陡然倾覆而来，时而又荡然而去，车轮每转动一圈就仿佛压响一串惊叹号。

司机告诉我前面不远处就是干沟了。我不明白，这个粗俗的名字有什么丰富的文化内涵吗？有什么文物古迹吗？

一个老人骑着毛驴走来，是维吾尔族人。他戴着一顶破旧的小花帽，脸膛被亚细亚的阳光晒得黑里透紫，高鼻深目，颧骨清癯而突兀。没有"细雨骑驴入剑门"的诗意，那驴蹄敲击山路嘚嘚声响，却有中世纪亚细亚的古韵遗风。老人穿一件袷袢，脚蹬长筒胶靴，驴背上驮着一只羊皮袋子，腰里还系着一个水葫芦，像阿凡提故事中的人物。老人悠悠地唱着歌儿，维吾尔语，我听不懂，那旋律却很动人，我想可能是一首古老的情歌，既凄凉又忧伤……

我们的车子在一个名叫"干沟"的地方停下来。这哪里是山岩啊，全是青灰色的石碴子，阳光和风雨把山石揉搓碎了，全是一片堆积的岩石的细胞。酷热的阳光炽烤着，石碴子怕是被煮烂了，站在上面，隔着牛皮鞋底就觉得发烫。但我并未感到这是萎谢坍塌的山，它仍有一种力度感。石碴子一轮轮的形成无数个山包，涌涌荡荡，有着一种节奏和旋律起伏回旋的美，在我心中唤起一曲展开的、活转的、震荡的情绪。

我捡起一颗石碴子，就像考古学家采撷一颗历史的细胞，放在显微镜下观察，一种凄然悲怆之感油然而生。天山是雄性、野性不减的山，即使粉身碎骨，每一粒细胞也坚硬如铁。我抚摸着石碴子，就像抚摸大山的灵魂。天山的灵魂是经过风鞭雨剑抽打得伤痕累累飘落不定的灵魂！

朋友告诉我，一百多年前这里是一个古战场。左宗棠部下曾在这里戡平阿古柏叛军。阿古柏从达坂城节节败退，退到这荒山里，左宗棠的大军穷追不舍，在干沟里进行了一场血腥屠杀。阿古柏最后众叛亲离，跪在地上，面对上天哭泣道："真主啊，你惩罚我吧，我不该走进这个东方大国的土地上，我恨死了俄国人、英国人，被他们骗了！"最后服毒自杀。左宗棠为巩固摇摇欲坠的大清帝国立下赫赫战功。历史已经远去了，风化的石砬子上没有留下任何遗迹。

史载：1875年，左宗棠坐镇肃州，得悉朝廷对于新疆平叛有争议。他十分气愤，从书房走至院中，望着苍莽的大西北，心潮沸腾，新疆乃大清帝国的疆土，一代代将士曾血洒边陲，而今怎容贼人宰割？星月垂空，夜色苍茫，他仰天叹曰："我是不是老了？我已是六十多岁的人了，还能驰骋疆场吗？"他脑海里顿时响起一个声音："左宗棠，你还记得你的座右铭吗？"他猛转身，回到书房，仰头望去，一副对联："身无半亩地，心忧天下；读破万卷书，神交古人。"一腔热血顿如岩浆奔突，他立即着拟奏章，表示西征新疆平灭贼寇收复国土。1876年，左宗棠亲率大军，经过河西走廊，向新疆进发。为了表示抗敌决心，置生死于度外，他随军带着一口棺材。将士见主帅如此坚决，更是士气陡增，于是历史在天山脚下的达坂城，在干沟上演了一幕威武雄壮的诗剧。这无疑也给这沉默千古的天山增添了一抹诱人的魅力。

左宗棠正是历史之炉冶炼出来的民族精英，他平定边陲动乱，捍卫祖国统一的功勋，永远彪炳史册。杨昌濬曾写道："大将西征尚未还，湘湖弟子满天山。遍插杨柳三千里，引得春风度玉关"。展示了一代大将的胸襟气度和爱国志士的凛凛节操！

我站在石砬子上，望着满目疮痍灼灼、焦渴干裂的山石，望着雄莽苍凉的天山，心里生起一种复杂的感情，既有悲哀，又有敬重。永恒的沉默，旷古的寂寞，它是那样的剽悍、刚毅、冷峻，那是一尊天神，雄踞西天苍穹，展示着雄性的倔强，任风鞭雨剑的横劈竖砍；这里春无兰，秋无菊，夏无竹，冬无松，没有诗意的浪漫，却有着伟大的孤独；这里没有梦幻般的憧憬，却有着焦渴般的期待……

　　我走向更高的山岩，左顾右盼，身前是山，身后是山，身左是山，身右是山。我被山高高擎起。只觉得天离我近了，人离我远了。长风裹身，烈日压顶，有点晕眩。我静静神，放牧视线，莽莽苍苍浩浩荡荡的天山，它来自天际，头伸向白云，尾又伸进遥远的地平线。全是石的堆砌，石的庞大的集合物。我迎着天风，真想大喊一声："天山，你好！"

1998年11月

本文被选入《阅读大中国》(丝路迷踪卷)。

【赏析】

　　这是一篇气势磅礴而雄沉、感情炽热而凝重、意境宏阔而深邃、语言极富诗意的抒情散文，也是一篇深沉、富有哲理的文化散文。郭保林的文化散文被称为"诗人、作家的文化大散文"，饮誉文坛。他的散文以生命体验和诗性描写为主基调，饱含着深厚的历史知识、深邃的思想、深刻的哲学批判精神，揭示西部文化丰厚的内涵，同时又以豪放、激越、高昂的艺术格调，给读者以悲壮而崇高、博大而深沉的审美感染。

　　《感悟天山》最典型地反映了作家的艺术品格。作家由天山外部群峰争雄，锋芒毕露，咄咄逼人，气势超绝，昂首云天，感悟到天山力量的角逐，生命的较量，挣扎的艰辛，竞争的惨烈，并且似乎听到愤怒的呐喊，鏖战的狂啸。更令人拍案称绝的是，作者透过层层断崖，道道沟壑，条条裂隙，看到天山内心世界，透出一种情绪，一种充满苦难意识的情绪，由衷感悟到"天山就是一部苦难的史诗"。

纵笔纳木措

纳木措湖距拉萨不足二百公里，位于当雄县境。它的北岸便是念青唐古拉山脉的主峰——念青唐古拉山峰。山是神山，湖是圣湖，这是雪域高原又一个佛教圣地。那白与蓝构成的庄严和肃穆、神秘和圣洁，总是撩拨着香客和游人的情怀，激溅起他们灵魂深处的潮涌。

时值六月，我们驱车沿着青藏公路向藏北高原，一路颠簸而去。

一出拉萨市，迎面扑来的是蜿蜒跌宕的大山。阔大而庄严的山体呈现出不可思议的赤橙黄白青，一层一种颜色，但没有绿色。绿色爬不上山岩，只匍匐在山脚下，铺开斑斑驳驳的草滩。眈眈巉岩，嵯峨峻拔，展示着旷古的沉默、岑寂的喧嚣、冰冷的热烈。远处的雪峰，素衣玉冠，伫立在高原蓝得有点虚拟的碧空中，清高而孤独，确切一点，是孤傲。这是一种大境界，大得使人肃穆而惊叹。不时有云雾飘来，在峰峦间流淌，如瀑如涛，如梦如幻。只有阳光惊醒这片宁静，扑扑拉拉的光粒子撞击在岩石上溅起一片晕眩。从峡谷不时涌来一股碧青的雪水，这是拉萨河——雅鲁藏布江的小儿子。波浪拍打着寂寞，拍打着空旷。河滩上有田畴，浓浓淡淡的油菜，直到盛夏才捧出一片羞涩的金黄。

车过羊八井，从乱山纷扰中挣扎出来，视野顿然变得开阔，横在眼前的是大幅大幅的荒旷，大幅大幅的阒凉。天空显得更加宽广和寂寞，只有几团白云陪伴着他的孤独。蓝天不语，白云无声，天地间上演着一幕哑剧。有星星点点的帐篷，有星星点点的牛羊，有斑斑点点的草滩，这一切都不过是道具，只有阳光汹涌澎湃地扑来，发出无声的吼叫。走进这赤裸裸的自然里，扫描着荒原、旷漠、远山、草场，天之遥，地之远，山之高，水之长，我一下子涌出泪来：啊，这才是大风景，大地貌，大场面！我长年生活在市廛喧嚣的都市，生活在钢筋水泥的禁锢中，心被挤压得如拳状；来到这天旷地阔的高原，心灵一下子膨胀起来，铺展到无边无垠的远方。我真想用一腔热血，掀起风雪覆盖的山巅，用满怀激情去拥抱高天厚土的空旷！

车子在砂石间跳荡，不时发生头与车顶相撞的惊惧。不知走了多少公里，只觉得地势越来越高，高原缺氧，我的头有点晕眩。念青唐古拉山还在远处肃穆排列，如仪仗队般地迎接我们。

突然，眼前出现一片白光闪烁、阔大而苍茫的湖泊。那波光在远处凝聚、折射，好比冰清玉洁的心音。我顿时心潮澎湃，诗浪升沉。同车藏族青年诗人巴桑说：看，那就是纳木措！

啊，这就是纳木措，万顷碧波的纳木措湖！藏北高原的骄傲，蓝色星球上的一片圣洁！

寒波涌动，横无际涯，迫天遏云，阻断山的狂想，也远离尘世的玷污，颤动的心房，澎湃着千层波涛，交织成灵光弥漫的水花浪朵，还有永无休止地唱给蓝天白云的歌……

我们的车子靠近湖畔，一股肃清之气扑面盈怀，竟使我这俗间来客不禁踉跄倒退了几步。何其芳说：高洁是一种寒冷的形容词。纳木措湖没有杨柳岸晓风残月的诗意，没有烟雨霏霏的浓妆淡抹，没有芳菲铺岸的缠绵，没有亭阁楼榭的点缀，是一片天质丽色的纯净。纯净得使我们意识到：不能不承认，我们的目光也曾受过污染。只有这种肃清之气，可以洗涤我们的灵魂，净化我们的视线，净化出诗的意境。

诗人说：纳木措和它对面的念青唐古拉山在苯教神话里，在当地牧羊人和狩猎民族的传说里是生死相依的情人和夫妇。念青唐古拉山因纳木措而英俊，纳木措湖因念青唐古拉山而温柔。

藏民族的神话传说中，念青唐古拉山神是世界形成时九尊大神之一，又名唐拉雅秀，曾受藏王松赞干布和赤德松赞的供奉和祈祷。念青唐古拉山神也是藏王崇信的大神。

在藏传佛教的经典《莲花生传》中有这样的记载：念青唐古拉神

为了试探莲花生大师的本领，将巨头伸入吐谷浑地区，尾巴搭在康区怒江的野塘荒原，化成一条巨大无朋的白龙，阻断了这一带高山大谷。莲花生大师将手杖放在白蛇的腰上说："请你让路，我将在这陈列会供曼荼罗！"念青唐古拉山神逃进雪山，冰峰立即融化，山顶出现黑色、铜色和蓝色，陈列在食物会供曼荼罗前。一会儿，一儿童变成玉身菩萨，身着白绸衣，双手合十祈祷，虔诚地献出丰富的施食……

陪同我的这位藏族青年诗人，在内地读过大学，汉语藏语说得十分流畅。他会用两种语言写诗，他的诗很有点后现代主义。他写过许多歌颂神山圣湖的诗篇，还自费出版过一部诗集。当然那诗行间弥漫着雪域高原的浓烈气息，牦牛味，羊膻味，芳草味，还有邦锦花的清香。他善于演说，讲故事，不过我听起来倒觉得故弄玄虚，是诗人的想象和古典神话的结合。他会弹琴，一边弹一边唱，情绪亢奋时，在草滩上打着滚儿弹唱。据他说，他的先人曾是说唱《格萨尔王》的艺人。雪域高原之子总有一种放纵不羁的秉性，又奔腾着民间艺人的基因，这更丰富了他热情豪爽的外向型性格。我们坐在湖畔草地上，听他神吹海聊。

念青唐古拉山是一座银装素裹的雄峰。那山顶上有一座神秘的水晶宫，宫门上镶有各种宝石，光芒四射，宫底是甘露之海，中部缭绕着虹光彩霞，宝石般的雨露时停时落，多姿多彩的鲜花盛开在它的四周，高高低低的雪峰，像水晶之塔烘托环绕着这座神圣的峰峦。

念青唐古拉山神右手拿着蓝灰色的宝石拂尘，左手挥舞着白色飞幡，威武的身躯，闪烁着金刚石光焰。右手持剑，斩断魔王命根；左手托着魔王之心，骑着一匹黑色骏马。

纳木措湖是他的皇后，似仰卧的金刚亥母。昂曲河和直曲河如亥母手持弯刀的右手在空中挥舞，湖中有三个小岛恰似圣湖的眼睛。岛上有许多自然形成的岩洞。传说，这里曾经是佛教高僧大德的修行地，至今洞中还可以清楚看到他们修行时留下的手印和足迹。

我们无暇去岛上寻觅大师们的遗迹，只好望湖兴叹。放眼视野，天地间一片缥缥缈缈、浩浩荡荡的靛蓝，浪声涛语，犹如千百万僧徒在诵经。诗人告诉我，纳木措湖和阿里的玛旁雍错湖一样，每年四月十五日开始化冻，而这一天又恰是释迦牟尼的诞辰。这是造物主的偶然巧合，还是神谕密旨？一个永恒的谜。

高原的阳光如瀑如浪，波波溅溅地倾泻而注。湖水，草滩，远山近岭都沐浴在阳光的激流里。我倾听着这美丽的神话，不禁惊叹雪域高原游牧民族丰富的想象力，留给后人如此难解的秘结。这片神奇的土地上，每一座山，每一方水，每一片草场，甚至一鸟一兽一石一木都蕴含着丰富的文化内涵，都渗透散发着浓郁苍凉的远古文化气息。

我眺望着神山圣湖，这阔大、雄浑、厚重神秘的自然风景，随意剥开一层都会发现一种秘密，一种新奇，层出不尽。还传说纳木措湖原是仙女洗浴的地方，一个九头妖怪想借此鬼混，仙女很生气，便把它赶走。妖怪再来恳求仙女施舍点水洗澡，仙女们便用手捧出几捧，洒到处，那里便出现一个小湖，人称鬼湖。

……

念青唐古拉山卓然超群地耸立云天，像一朵莲花，错迭出一层层丰润晶莹的叶瓣，半透明的膜质，明霞骨，沁雪肌，闪烁着珠辉玉丽般的圣光。它耐千古孤寂，忍万世冷酷，独傲天宇，超凡脱俗，成为永恒。

山是孤傲的，湖是清冽的。孤傲和清冽有着共同的精神内涵。孤傲是对红尘万丈的蔑视，清冽是对世俗的冷若冰霜。只有这种孤傲和清冽，方可守住一方宁静的心境，守住一种超然物外的淡泊，守住灵魂的高洁和神圣。

这时，湖畔出现一群转湖的信徒。他们风尘仆仆，筚路蓝缕，脸上刻满真诚，目光斟满迷茫。他们摇着摩尼轮，口念六字真言，步履沉缓地围绕着湖滩，一步一步地走着。

传说，牛年转山，羊年转湖，猴年转森林。这是佛的旨意。纳木措湖是身、语、意之圣地，胜过其他一切隐居处，在别处修行一百年，而在此地修行弹指间便能成佛。如果绕湖而转，便能得到渊博的知识和无量的功德，并舍去恶习和痛苦，最后获得优良人身。如果不信此言，慈悲佛将使众生变得愚昧，大地贫瘠，植物枯萎……

　　然而转湖一圈需要二十多天到一个月。朝圣的人们背负帐篷、灶具、糌粑、干肉，路上遇到暴风雪，或穿越冰河，有不少人饿死、冻死，或病死路上，而信徒们认为死在圣湖转经的路上，是一种天意，一种吉祥和幸福，说明他们很快会转世，来世不再受苦受穷……

　　望着这虔诚的朝圣者，我心里有一种说不出来的滋味翻腾着。这个强悍而又柔弱的民族，对大自然的崇拜和神交，使他们性情粗犷、豪放，高扬着生命的旗帜。然而他们又畏惧自然，有一种本能的恐惧，压抑着生命的欲求。这种强烈的反差，在心中常产生多种感情的风暴。

　　苍天茫茫，雪山茫茫，寒波茫茫。这没有污染和喧嚣的世界，给人的思维提供了广阔的空间，使人产生一种回归生命之初的感觉，一种佛在我心、我心即佛的宗教哲学。

　　诗人突然问道："你见过湖水开冻的景观吗？"

　　废话！我初来藏北高原，何曾见过湖水开冻的景观？

　　他不等我回答，便用他那诗人的语言向我描绘出大自然雄丽宏伟的风景，那简直是一幅创世纪的"浮世绘"——

　　四五月间，那转捩性的高原风，使天空骤然变暗，而湖便从风中吸取力量，要翻身，坐起来。先是从冰面撕开巨隙，接着便是陨石坠落般的轰鸣，像山峰走过大地，像地壳播放熔岩奔突的高歌，顿然一方方冰块破裂崩溃，被飓风高高举起，又猛然砸向前面的冰层，轰隆隆，咔嚓嚓，天迸地坼，万物震悚，流云躲匿，飞鸟惊逝。像阿喀琉斯远征军鏖战的厮杀，像秦始皇的虎贲之师横扫六合之凶猛——新的破碎，翻腾不已，咆哮怒吼，狂跳蹰蹰，伴着水浪沉稳有力的夯歌，陨落前方。无数冰块的狂舞，摧枯拉朽，一种力与力的较量和冲撞，巨大的无数的冰块，大起大落，分娩出一片骚动的世界……

　　这悲壮的开湖，实则是天地间一种生命庄严的涅槃和新生，是格萨尔王悲壮史诗的展示！

　　听罢这位诗人的描述，我对圣湖更添了一种想法——西藏的山山水水，太阳刚、太贞烈了。

1998年7月

本文选入人民文学出版社《中国现代散文名家经典书系》等多种选本。

【赏析】

这是一篇充满西北史诗感的抒情散文。作家以纳木措湖为核心审美观照，如高明的画师般先纵笔点染沿途的山峦、荒原、旷漠、草场，营造出气势恢弘的大风景、大地貌、大场面，如烘云托月般，为浓墨重彩写纳木措湖做足了铺垫。面对着万顷碧波的纳木措湖，作者极力显现其原始的圣洁、肃清、纯净的高洁品性，并以念青唐古拉山的孤傲来衬托纳木措湖的清冽，引发出宁静的心境、超然物外的淡泊和灵魂的高洁、神圣的感悟，可以说这是作者理想的生命形式和人格精神的写照。然后作者又纵笔于纳木措湖的神话传说，让读者感受到藏民族山水的文化内涵和浓郁苍凉的远古文化的神秘气息。而后着笔于虔诚的朝圣者，在生命和信仰之间，作家思索着回归生命之初的生命哲学，最后作家巧妙地借同行诗人之口写纳木措湖开冻的景观，显示出生命庄严的涅槃和新生，而且对圣湖有了新的感悟：太阳刚、太贞烈了，从而赋予了作品更为深厚的审美价值。

本文语言形式感极强，如神龙出海，穷极变化，长短句错落有致，整散结合，辞藻繁富，汪洋恣肆，如诗如赋，读来朗朗上口，音韵铿锵；夸张、拟人、比喻、排比、烘托渲染，多种修辞方法综合运用，艺术地再现了一幅魅力无穷的壮美画卷。那种宏阔的视野、磅礴的气势、博大的精神和深邃的思想，那种真挚的情怀、强烈的生命体验和诗性的描写，给人以强烈的艺术震撼和畅快淋漓的审美享受。

戈壁有我

大草原的尾声便是戈壁滩。

戈壁滩是死亡的草原。

七月流火，我们的汽车在热风炙浪的夹击下，气喘吁吁地挣扎爬行。

大戈壁汹涌澎湃地席卷而来，车速很慢。我的目光在前后左右的车窗外，以三百六十度的大视角纵横驰骋——这是纯种的戈壁，没有一点杂质，没有山阿，没有河流，没有背景。旷达的蓝天，缥缈的白云，一目荒旷的沉寂，一目宏阔的悲壮。粗莽零乱的线条，恣肆奔放的笔触，浮躁忧郁的色彩，构成浩瀚、壮美、沉郁、苍凉和富有野性的大写意，一种摄人心魄的大写意。成片成片灰褐色的砾石，面孔严肃，严肃得令人惊惶，令人悚然。这是大戈壁面靥上的痣瘤，还是层层叠叠的老年斑？

沉重的时间压满了大戈壁。戈壁滩太苍老了，苍老得难以寻觅一缕青丝，难以撷到一缕年轻的记忆，仿佛历史就蹲在这里不再走了。昨天，今天，还有明天都凝固在一起。

但是，我们并未停下。车子从戈壁滩僵硬的面靥上碾过，而它无动于衷，一阵风轻巧地擦去轮痕，前面依旧是起起伏伏、莽莽苍苍的戈壁沙丘，疯长着亘古洪荒，铺满百代旷世的岑寂。

据说，我们的车行路线是古丝绸之路。在人类历史上，影响最深、持续时间最长的四大文化体系——中国文化体系、印度文化体系、伊斯兰文化体系、希腊罗马西欧文化体系——的交会点，就是这条古丝绸之路。它是历史的通道和罗盘，它导引过心灵史、文明史以至于生物史。至今，敦煌宝窟的画壁上还生活着两千年前用骆驼贩运丝绸、茶叶和陶瓷的商人。想当年，这路上骆驼成列，驼铃叮咚，车马喧阗，驿站如珠，该是一片多么繁华的景象啊！而今丝绸之路荒芜了，湮灭了，罗盘生锈了。

汽车在奔驰。

又是一片僵硬的雷同化的灰褐色砾石，大大咧咧，蛮蛮横横。星星点点的芨芨草和三两墩红柳，像垂危的老人，它的青春和生命被风沙和干燥榨干了，它的灵魂也扬弃得无影无踪。炽白的蜃气把地球表面固有的绿涤荡得一干二净。

大戈壁藐视生命，嘲弄生命。我不知道它吞噬了多少如花的青春和如雨的血泪，这漫漫古道咽饮了多少驼铃的悲怆和戍边将士的悲绪；这浩浩风沙摇落了几多闺妇的春梦和相思树上苦涩的青果；这重重叠叠的沙砾下面又埋葬着几多累累白骨？而今，这里是死神盘踞着。鸟雀罕至，人迹罕至，天空是阳光恣意的泛滥，眼前是风沙的狂歌，亘古的蛮荒肆无忌惮地袒露着它的高傲和雄悍——这一切都像野兽派画家的杰作，不，这是宇宙之神的雕虫小技，完全按照它意念的任意涂抹。我想，宇宙之神在创造这戈壁巨幅时，肯定是情绪惶惑，思想苦闷，而又体力强壮，精力过剩。

这惊心动魄的苍凉和浩瀚，可以驰骋想象，既无高山的阻挡，又无噪音的干扰。我放飞思绪的小鸟，穿越时间的屏障——我看见飞将军李广、汉家大将军霍去病的萧萧战马，猎猎大纛，迎风嗒嗒而去；我看见汉武帝的使臣张骞，大唐一代佛宗玄奘的驼队，昂首行进在戈壁荒漠。风沙浩浩，星路遥遥，驼蹄踏碎星夜的寒霜，驼铃摇落戈壁的黄昏。一曲折杨柳的哀吟，三两声阳关三叠的古韵，使这寂寞的氛围更添一抹凄凉，几缕悲怆……生命的漩涡，人类的梦幻，而今都化为一种历史的难堪，和风沙卷逝而去又卷来的喟叹。

你看，那一丛丛骆驼刺，被阻拦的沙尘形成一个个小丘，像坟墓似的，莫不是那里真的埋葬着戍边将士的遗骨？"醉卧沙场君莫笑，古来征战几人回？""坟丘"排列成一个个方阵，没有纸幡，没有花圈，没有墓碑，只有萧条和凄凉相伴，只有漠漠的阳光抚慰，只有浩浩长风的哀吟。风过草梢咝咝作响，那是一代代古魂在悲泣吗？

汽车穿行在"沙坟"中，梭梭柴、骆驼刺向我讲述着一幅幅战争的惨景——甲戈森森，旌旐猎猎，战马萧萧，厮杀声，号叫声，呐喊声，呻吟声，血染沙碛，尸暴荒野……这里原是一个古战场，战争的悲剧曾轰轰烈烈地演出一幕又一幕。目睹这漫漫戈壁，谁说这里是不毛之地？戈壁滩曾长出二十四史一页页辉煌，曾长出唐诗宋词的悲壮，曾长出阳关三叠的凄怆，也长出过"劝君更进一杯酒，西出阳关无故人"的黯然神伤……

前面出现一座古城的废址。我们停下车来，走进废城。只见一堵堵被蚀的沙墙，默默地矗立在阳光下，似乎向苍天昭示着什么，祈祷着什么，也许是回忆昔日的丰采，哀叹今日的冷落。我不是考古学家，但从残垣断壁上，也能读出几个世纪前，这里曾是歌舞声喧，车流人浪，爱的疯狂，情的轻佻，茶的香馨，酒的浓醇……眼前却是一片死寂。轻轻拂去浮沙，那墙垣下部还有烟熏火燎的痕迹，也许是戈壁驼队曾在这里躲避过风暴，孤独的戈壁之旅曾在这里做过几缕温馨的寒梦。那驼队遗落的驼铃呢？那胡琴丢失的音符呢？举目四望，依然是雄风浩浩，飞沙漫漫，依然是裸体的黑褐色的砾石，几棵红柳和骆驼刺点缀着古道一千七百年的荒凉。还有一堵被风蚀的沙柱，像纪念碑似的矗立着庄严和孤独，向历史宣告，这里是一处神秘、恐怖、狞厉而又以慈悲为怀的密宗天地。

一切都被风沙埋没了，被时间的巨浪吞噬了。

人类是难以征服宇宙的。人类只是在宇宙的缝隙中默讨着生活的偶然幸存。在宇宙面前，人类是孤独的。几千年来，人类在这里播种的文明和文化、繁荣和繁华、恩爱和仇恨、美丽和丑恶、善良和罪孽……都化为乌有。只留下这类似月球地貌似的灰褐色宣言，只留下太阳孤独的鸣唱，只留下漠风唱给死亡的挽歌！

一位哲学家说过，人类的悲哀与宇宙的存在是两个极端，人类的意识大于他的存在，宇宙的存在大于它的意识。

宇宙之神啊，你对生命永远保持着那种高傲的淡泊、冷酷的仪表和狂妄的自尊。在宇宙眼里，人类不过是黏附在地球表层的微生物，宇宙的尺度从来不须衡量人类的行程和人生的历程，即使对秦时皓月汉时关、对五千年华夏历史的辉煌也不屑一顾。但是，在这狂风的起跑线上，在这起伏跌宕的瀚海潮头，在这无边无际的空旷和寂寞中，宇宙之神也是孤独的，是那种无法宣泄的悲哀和难以倾诉的孤独。

我在戈壁滩上漫步。太阳已西斜，热浪开始退潮。

身前是戈壁，身后是戈壁，左边是戈壁，右边也是戈壁。我浑身长满戈壁意识。我不是随着戈壁走，而是戈壁随着我走。

荒凉，荒凉！荒凉得残酷、残忍！然而在这荒凉之中，我却看到一切都是平等的，废墟比之灯火辉煌的大厦，瓦砾比之繁华的商业区，穷鬼乞丐比之亿万豪富，庶民百姓比之达官贵人，体现出更多的平等精神和民主意识。这是一切都处于湮灭中的平等，是一种无可奈何的平等，是宇宙之神随意创造的一种平等。

蛮野的豪风，粗粝的阳光，宇宙的宏阔，史前的苍茫，构成大戈壁的庄严和肃穆，构成一种不屈不挠地创造无数激越与奋争的瞬间的永恒。

四维空间只剩下一维。不，还有我！有我在，大戈壁便增加了二维。我正处在洪荒炽情的拥抱中，我正处在亘古沉寂的热恋之中，我和宇宙之神肩并肩地站在遥远的地平线上，四周弥漫着"古从军"乐曲的那种迂回悲壮。此时此刻，只有我和宇宙之神在谈心、聊天。宇宙之神伏在我的肩头，悄声说："大戈壁最美的风景是晚霞，不信，你等着瞧。"

宇宙之神并未说假话。当大戈壁的黄昏降临之时，的确是一帧美丽悲怆的大风景。且看，远处那一道道起伏跌宕的沙梁，那是夕阳点燃的一条条火龙。火龙在晚风中飞跃腾动，发出一种萧萧的鸣叫，给大戈壁增添无限生机和壮观。而遍地的砾石，红光灼灼，热烈动人，像是谁遗弃的无数元宝。至于那阔大的天空，则开满绚丽的血红的野

Fred Shepherd
© 05

罂粟花——那种美丽的带有毒性的花！那是献给大戈壁热情的吻吗？大戈壁也似乎年轻了，到处是深深浅浅、迷迷茫茫的金碧辉煌，而那骆驼刺和红柳也开出星星点点的红花，结满星星点点的红果，更添一抹斑驳富丽的景观，给人以庄严、神秘的感觉。

夕阳沉去了。我站在暮色中，只觉得自己也化为一朵花，向大戈壁倾吐着爱恋之曲；化为一棵草，一棵树，向宇宙颂扬着生命之歌！

1992年12月

本文选入《百年游记精华》（人民文学出版社·林非主编）《百年游记》（台湾版）、《大学语文》、高中语文新课标读本、全国多省市高考模拟试题以及近百种中学生读物、优秀散文选集。

【赏析】

所谓戈壁就是又板又硬又粗粝的泛着盐碱的不毛之地。戈壁是蒙古语，意思为"难生草木的沙石地"。一切生命在戈壁面前都是静止的。大地变成了一个没有生命而灰苍的瀚海，狂风肆虐。你所感受到的只有空旷和苍凉。

但戈壁不只有孤烟、落日，不只有荒凉、冷酷，它还有坦荡的襟怀和铮铮傲骨。戈壁是坚强的，走进戈壁，就走进了辽远、坦荡。

诗人荒煤曾高度称赞作者郭保林"用浓郁的情感、自由奔放的诗的语言描绘得那么美，打开人们的心扉，激发人们去玩味思考"。作者通过对戈壁滩的历史和现状的描写，揭示了人类在宇宙面前的渺小，同时赞颂如此渺小的人类坚忍不拔的精神和在历史上所创造出的辉煌的文明，是对生命顽强的一曲颂歌。思绪之奔放，意境之深远，感情之热烈，文笔之隽永，磅礴中有精致，粗犷中有细腻，一下子仿佛把我们带进了戈壁滩那神奇的世界。

秋日草原

　　是黄金雕镂的季节。是阳光凝固的季节。是诗和童话的季节。是用奶茶和马奶子酒浸泡酝酿的鲜亮亮、甜馨馨、浓酽酽的季节。秋日的草原啊！

　　走出锡林郭勒城，沿着锡林郭勒河到草原上看看秋天吧！

　　最好是骑马。锡林郭勒有名的三河马，那是国宝呢。骑着它，又快又轻又稳。耳边是絮絮秋风，头顶是浪浪流云，眼前是苍苍阔野、阔野苍苍，嗒嗒的马蹄，敲响古典的浪漫，敲开汉唐边塞诗词的意境，使你走进梦里、幻里，走进历史的苍茫……仿佛王之涣、王昌龄、高适、岑参，还有那个名字叫白乐天的老头儿也伴着你一块旅游呢！

　　秋天的锡林郭勒河疏朗、明净、清澈、宁馨。岸边的杨柳和灌木丛将满身的姚黄姹紫注入河里，河水漂着幽碧、湛蓝、翠绿、橘黄。生命和阳光在这里沉淀、净化。那河水微澜倦慵，细波澹澹，浪花脚步儿轻轻，默然而神秘地向草原深处流去。偶尔有几只水鸟和野鸭出现在河里，唧唧嘎嘎啾啾，鸣叫一阵，更衬托出这草原河流的静谧和清穆。

　　这就是名气大得惊人的锡林郭勒大草原吗？（锡林郭勒和科尔沁、呼伦贝尔是我国保护得最好的三大草原，是最纯净的草原）天高地阔，四衢无阻，旷达的蓝天，蛮荒的草莽，自由的风和云，还有自由的想象。你完全可以策马纵驰，那匹油汗生光、肌腱勃怒的三河马，奔腾撒野，草原轰然向你扑来，蓝天白云轰然向你扑来，你可以把衣襟交给风，把心肺交给风，你可以享受秋天大草原的潇洒、风流和浪漫，尽可以体味"我欲乘风归去"的豪情，你这种亢奋的情绪，王维、高适那帮老头子绝对无有。

不过，我劝你千万不要策马纵驰，要像那首歌嘱咐你的那样："马儿哟，你慢些走"，你要欣赏草原秋色迷人之美，最好采用电影的慢镜头。

当你的马儿踏上一道冈峦，你可立马纵目：辽阔的锡林郭勒会向你涌涌溅溅扑来，又从你脚下涌向紫微微带着影子一样宁静情调、朦朦胧胧的远方，那是天和地的衔接处，像拱顶那样笼罩一切。在没有高山没有树林的草原上，秋色像浪漫主义大师，挥动着巨笔，恣肆汪洋地在草地上涂抹着橘黄、柠檬黄，即使那些性格顽强的或是温情缠绵依依眷恋夏日丰采的野草，也不得不举起淡黄的旗帜，迎候秋天的到来。色彩浓浓淡淡浓浓，你很难想出一个恰当的词汇来形容草原秋色之美，但所有属于秋天的色彩似乎都是明亮的，耀眼的，令人意兴飞扬的，一切灼热和烦躁都沉淀下来，凝固成秋天的柔润和清丽。而被秋色染成浅黄、淡黄的小草，并不给人一种衰老的印象，而像春天的鸡雏，鸭雏，鹅雏，一群活泼的小精灵，给人一种充满生机的感觉。

如果你想停下来，就感到那山水、草原和蓝天、白云也停下来，太阳和秋天也停下来，连爱动的时间也停下来，一切都融入无声无息的一幅绝妙的无与伦比的宁静的图画之中。

其实，大草原的秋天是一部综合体艺术作品，既有油画般的凝重浓重，又有水彩画的明丽清淡；既有音乐的旋律感，更富有诗和散文深湛优美的意境，向你展示着无边无际丰富的内涵，向你展示出一幅幅辽阔而深沉的哲理。

且不说那明净的流水多么浪漫袅娜，那野花的色彩多么明媚艳丽，但见那起伏的冈峦（那是立体的草原），恰似一曲旋律，静悄悄地飘荡在天地之间，似乎谁用手轻轻一弹，整个大草原就会唱起一曲豪迈的秋之歌……

果然，从草原深处传来歌声，那是牧羊姑娘和牧马小伙在唱（马儿，羊儿，成群成片，悠悠荡荡，散散点点），一阵阵牧歌冉冉袅袅地飞来，那牧歌渗透了太阳，渗透了花香、草香和浓浓的野味，悠扬得如缕缕柔丝，如淡淡云烟，从牧歌里使你深深地领悟草原诗的意象和散文的抒情韵味。

前面不时地会出现一片被铁丝网围着的小草场，那是草库伦。草尖上结着蜘蛛网，百灵鸟和云雀在草场上空盘桓歌唱。阳光溅在上面，漩成一个个涡儿。那草极丰美，茂密，虽已着秋色，但不减夏日丰采，它们没有被牛羊啃噬过，既有处女般的贞洁，又有成熟少妇的丰腴。

如果你想下马休息一下，最好选择一处山坡。这时会有一片绮丽的美景跃入你的眼帘——干枝梅，一片潇潇洒洒、素素淡淡的干枝梅，那洁白的花朵，呈现出一副女才子的灵气和温柔。草地上还会有许多野花，红的，蓝的，紫的，粉红粉白的。但是没有菊花，因为你面对的不是陶渊明的东篱。那些花儿各自呈现出生命成熟的辉煌，向秋天炫耀着最丰满的情愫。这时你身边依旧有絮絮秋风，风里有花香，淡淡浓浓，香在你心里，在你心里向你讲述草原秋天的芬芳，描绘秋天的诗情画意，你尽可和花香和草香谈心。不过，你别忘了，你身边还有王昌龄、高夫子（高适）、白老头（白居易）……他们的心境绝非如你那样闲适，甚至和你争吵起来，因为他们眼里边塞草原的秋天依然是"饮马渡秋水，水寒风似刀""大漠穷秋塞草腓，孤城落日斗兵稀"……

不管他们吧，境由心造。这时，如果你躺在花丛草丛里，尽情地吮吸着花香草香，在这黄绿漂染的画布上，你可任意挥洒你激越的感情和奔放的想象……

不知你注意到了没有？大草原秋天的一大特产——阳光！它是那样丰盈，充沛，纯净而美丽，它又是那样富丽堂皇，豪华而慷慨，它用无边无际的温柔，抚摸着每一棵小草，每一棵野花，每一道流水，每一座冈峦，每一片山洼，给它们光泽，给它们色彩，让一切有生命和无生命都光辉灿烂，明媚而充满灵感，似乎你随手可抓一把放在鼻前吮吸它的芬芳和清馨！啊，你何曾见过这样鲜美的阳光！在你的故城，阳光却是那样吝啬，且污染得变了味——重重叠叠的楼房跳着高儿，拼命地争夺着阳光的施舍；一页页窗户张着饥饿贪婪的嘴巴，嗷嗷待哺似的抢吃那一缕可怜巴巴的阳光；咫尺之间的阳台上苍白的盆景乞求阳光的恩赐；那湿淋淋的衣裳和尿布伸着胳膊、仰着脸儿渴望着阳光的拥抱……这时，你会想，草原的阳光若能购买的话，你准发狠心，不惜重金，购它几车皮带回你的故城！

还有白云，你从娘肚子里爬出来，长这么大，何时见过这样鲜美的白云呢？那云缥缈而文静，温柔而潇洒，婉娈而轻俏，高雅而恬淡。那云也有灵性吗？它们是仙子的化身，还是行吟在天国的诗人和哲人？让你惊讶，让你景仰。而白云又是那样纯净，纯净得像孩童的心灵，像少女的初恋，纯净得像你中学里背熟的那些数理公式一样难以置疑。这时，你若放歌一曲"蓝蓝的天上白云飘"，你整个身心也会飘浮起来，飘进那自由的王国，白云的故乡，化为蓝天的骄子……

好啦，当你赏够了草原秋天的阳光和白云，踏着绿中泛黄的牧草，继续走吧。

啊！你看到前面那群牧马了吗？多像一片一幅红锦缎，和淡黄青苍的草原相映衬，展示出一种富有诗意的图案。马儿个个膘肥体壮，不时高昂着头，竖起耳朵，又不时低下头啃吃肥美的牧草。它们甩着尾巴，显得悠然自得。当牧马人手握套杆，向马群奔驰而去，马群立刻骚动，马儿撒开四蹄狂奔，不住地嘶鸣。这时草原上又组合出跳跃的画，奔腾的诗。你看到那牧马人追踪那匹红鬃烈马了吗？像一团火追一团火，两个火球在草原上翻腾、滚动。你真担心这火球会把草原美丽的秋天点燃。其实，不必担心，剽悍勇猛的牧马人很快降伏了烈马，于是草原依然进入静寂的画面。

如果你有兴趣的话，可以到蒙古包里和老额吉和老阿爸聊天，当然，他们会请你吃奶豆腐、手把肉，或用镶银的蒙古刀割烤羊腿，那淋漓着油脂、黄蜡蜡的烤羊腿真香啊！你不必客气，尽管放开肚皮大块吃肉，大碗喝酒，喝得酩酊大醉，他们才高兴呢！当你三杯二盏进肚，他们会为你跳起盅碗舞。古老优雅的舞蹈，优美动人的民歌，更添一番风味，一种情韵，使你醉上加醉，如梦如幻。

大草原秋天的黄昏，也是极其动人的一章。浓艳的晚霞，把橘红、赭红、淡紫、青灰涂满天空，草叶草梢上都滴沥着淋漓的霞光，像闪烁的火星。任性而激动的晚风，挟着干燥的芬芳，从赭褐色的冈峦上一掠而过，又无影无踪地消失在丰密的草丛中，随着太阳的沉落，远山变得模糊，青灰色的雾霭从低洼处或者水湄边丝丝缕缕、团团卷卷地弥漫过来，归牧的马群、羊群、牛群也驮着晚霞、牧歌向嘎查（牧村）奔来，马的嘶鸣，小羊羔银铃般的颤音，老母牛沉闷的哞叫，运草的拖拉机的突突声……这一切只能使博大的草原颤动几下，接着又被巨大雄沉的宁静吞没了。随之而来的是雾纱一般的暮霭，草原陷入一种虚无缥缈之中，你在草原上行走，就像走进一个梦境，一个永远醒不来的梦。偶有蒙古包前亮亮的牛粪火和缓缓飘逸的牛粪烟的火星，使你感到这旷莽苍茫的草原还有人类生存的气息……

当你饱尝了草原秋天明艳的一面，最好再阅读它凄美的另一页，那是秋雨淋湿了的草原。

浓浓的秋，斜斜的雨，倘若你披一件雨衣，踏着润黄湿绿的青草，向草原深处走一走，你会发现秋雨中的草原是一幅忧郁的画，一首感伤的诗。

雨浓一阵的白，淡一阵的白，白蒙蒙的草原，漓漓漫漫的水雾。那草静静地接受秋雨的浸淫，叶子微微下垂，带着缠缠绵绵的忧伤和湿漉漉的凄迷；花开始凋零，花瓣窸窸窣窣落下来，带着怅然的无可奈何的叹息，而这一切又被淅淅雨声所淹没。空气凉沁沁的，雨丝凉沁沁的，鼻子里、肺里也凉沁沁的，草腥味雨腥味，浓得呛人，满眼一片扑朔迷离，倒是很写意。可是，被雨淋湿的草原，那些犹如纷纷黔首、芸芸黎民被秋雨任意欺凌的花和草，其苍凉，凄清，如不身临其境，谁能体验到这种悲剧韵味的美呢？

如果有一两只苍鹰在云中盘桓，天阔云低，草枯鹰疾，更添一抹边塞诗词的古意悠远的韵味；不过，鹰是很少见了，百灵鸟却到处都有，几只百灵在飘摇的雨丝中飞旋，围着湿沥沥的草原追逐，一会儿拍动着翅膀把身上的水珠弹掉，一会儿又钻进草丛，半唱半叫，是眷恋微雨的爱抚，还是哀叹秋天即将远行？

雨中看胡雁南飞，那是草原秋天的一大景观呢。你看，横风斜雨，彤云低垂，一行大雁，扶老携幼，艰难地跋涉在雨空。远望征程，迢迢万里，回首故园，云霭迷离。无奈，雁唳声声，洒下一路悲歌，一路湿湿的哀鸣。睹景生情，你怎能不想起甘州曲、凉州词、阳关三叠的悲怆和凄婉？

秋雨淋湿的草原也静得出奇，只有雨打草叶的窸窸窣窣声，只有昆虫短促而喑哑的哀鸣，那是它们生命的绝唱，还是为草原秋天的落幕而唱的挽歌？远处依然是墨一样的草原，天空变得很低，很沉，也很忧伤。

"悲哉秋之为气也，萧瑟兮，草木摇落而变衰。"几场寒籁过后，草原短命的秋天就寿终正寝了，怪不得岑参老头儿说过"胡天八月即飞雪"呢。北方的第一场雪来得那么急，那么突然，让人难措手足，而锡林郭勒大草原秋的尸骸就埋葬在这雪里了。

1993 年 9 月

本文选入人民文学出版社《中国现代散文名家经典书系》《百年美文》（季羡林主编）等多种选本，及多省市中考模拟试卷、中学生课外读物。

【赏析】

有人说，秋天是凄悲之美，其实那是一种偏见。秋天是大气的，是磅礴的，是丰收的，是喜悦的。秋空的澄澈高远，枫叶的艳丽如火，丰硕的收获，绽放的笑容……不禁让人想要热烈地歌颂秋天。

郭保林的散文色彩明丽，想象飞腾，意境深远，风格沉雄。他的文章以生命体验和诗性描写为主基调，视野宏阔，气势磅礴，思想深邃，情感真挚，文采绚丽，雄浑中含有细微，豪放中不减婉约，给读者丰富的审美感受。本文就是他散文中的代表作，语言大气，张力浑厚，意向虽多，却明晰有序，读罢荡气回肠，令人感叹不已。

我在草原上追赶落日

汽车在奔驰。驰过苍苍的绿，驰过莽莽的绿，驰过起伏跌宕凸凸凹凹的绿，驰过缠缠绵绵浓浓稠稠的绿。车轮在绿浪翠涛上轻轻碾过，留下两抹浅浅的痕，风一吹，那痕便无影无踪地消失在绿浪的辽远和苍茫中了。车前苍苍，车后茫茫，茫茫苍苍莽莽。我们在绿中挣扎，翻腾。偶尔出现一棵树，耸起一尊绿的雕塑，想打破平庸吗？想创造传奇吗？但是，在这偌大无以匹敌的背景上，那树显得极渺小，很寂寞，像一缕孤魂，一声轻轻的叹息，给荒荒大原只留下一缕如烟的苍凉。

汽车依然奔驰。

草浪汹涌着，澎湃着，呐喊着，喧嚣着，扑扑啦啦。连绵不断地向车窗扑来，溅我一身草绿、草香，一股浓浓的蒙古味。我有点惊惶，又难以躲闪。眼前的风景一卷卷铺过来，铺开来。铺成一曲敕勒歌，铺成一首古乐府的意境，铺成汉唐边塞诗人一行行壮美凄怆的诗句。

车轮追逐日轮。日轮在远处山梁上喘息。车轮撵过去，眼看追上，日轮又俏皮地跳到更远的一道山梁上。我们的汽车累得气喘吁吁，又吼吼乱叫，仍不甘心，又追赶上去。我们犹如夸父，但也重复夸父的悲剧。夸父与日逐走，虽九死而不悔，那是追逐光明和希望，追逐生命的原体。太阳，这古老而年轻的恒星，给茫茫宇宙，给小小寰球创造了多少繁复的故事、多彩的生命和浪漫的情节？它的精神和魂魄创造了生命的历史，人类的历史！

　　我们毕竟比夸父聪明，干脆停下来，徒步走向一个小山包，用目光追逐落日。

　　山包、山洼、山坡都是草场，丰茂的青草，蛮蛮野野荒荒，葳葳蕤蕤葱葱。空气很醇，草香浓得呛人。我深深地吸上一口，整个草原都吸进肚里了。像牛一样，草原在我肚里反刍。

　　塞外草原初降的黄昏，很浪漫，很诗意，也很古典。西天边随意地拖着几缕橘黄、瑰红、绛紫，其他地方依然很蓝，蓝得纯真，蓝得寂寞，也很苦。那色彩尚未浸淫草原，草原依然苍绿。草梢上细风的脚步蹀躞，草丛间虫蝶扑翅浅浅，天地间万籁无声，偶有牧笛和牧歌轻轻滑落草丛，又被无边无际的静湮没。一切都袒露着，袒露着生命，袒露着情感，袒露着自然的爽真，也袒露着草原永恒的主题——荒凉和空漠。

　　在天和地分界的地方，有几点墨渍，那墨渍会动，越来越近，是一群鸟雀，在这茫茫荒原上，它们群飞群栖，那是百灵——草原上的吉卜赛。

　　一切凄凉得像凉州词。

　　一切悲壮得像屈子赋。

　　一切浪漫得像爱情诗。

　　夕阳沉重如山。金色的光芒砸在我身上，我的肩膀上印满了落日的齿痕。

　　随着巨大日轮缓缓滚动，天空的色彩也益发浓郁，红、黄、紫，成团，成块，成卷，成片，这些色彩的集团军，忽然不宣而战，刹那间，鼓角齐鸣，旌旗翻滚，万马奔腾，雄雄烈烈。红色集团军，犹如一代天骄的铁骑，汹涌地，所向披靡地向黄色营地扑来，冲杀，呐喊，嘶叫，纠缠在一起；而紫色军团也不甘寂寞，跃马扬戈，从云隙间杀出来，犹如异军突起，和红、黄色扭结在一起；顿时，刀枪剑戟，铿锵声，撞击声，哀叹声，叹息声……响成一片。它们杀得难分难解。它们拼命地扩张自己，强烈地表现自己，争夺每一寸领空，半个天空都洒遍了它们斑斑点点、淋淋漓漓的血，还有凋零的败鳞残甲——使人想起遥远的古代,草原上各个部落厮杀混战的场面。这是历史在天空的返照吗?然而,你只要静心观察,仔细分辨,那红可分为粉红、枣红、桃红、苹果红;那黄可分为橙黄、橘黄、柠檬黄;那紫又可分为茄紫、茜紫、绛紫、葡萄紫。这些色彩的乌合之众都浸润着野性的荒蛮和雄性的剽悍,莫不是,大草原把它的秉性情感以及遗传基因也赋予了天上的光和色吗?

在这浩瀚旷博的草原上空,色彩依然演奏着方兴未艾的狂飙曲。随着日轮的转动,那红色集团越来越庞大,越战越猛,犹如火山爆发,江河倒悬,天空变成一片火的海洋,红浪翻滚,殷红万里,使人想起不可一世横扫千军如卷席的一代天骄和他的铁骑雄师,而那黄和紫被吞噬,被淹没,被驱赶到更远的天边,瑟瑟缩缩地躲在白云下,或张皇失措,或苟延残喘……

天空变成一个冷战场。

色彩在天空鏖战的同时,大草原却一反白昼的粗犷、荒凉和落寞,变得极其温柔而恬静。那光与色极富有层次感、质感。液态的光流,浓浓稠稠,轻轻淡淡地涂抹在草原上。草梢、叶、野花都失去原色,像饱饮了玫瑰酒,醉醺醺地涨溢着一种情愫,展示出一页蓬勃的富丽、辉煌。这里,那里,从渊薮中、海子边、山凹和牧人的包帐里升起薄雾和牛粪烟,淡淡的,若梦若幻,若艺术家的虚构,诗人的想象,又似情人飘逸、颤抖的眼波。让人真想躺在这绿被金褥的眠床上,打滚翻腾,或像诗人一样"嗷嗷"一阵,宣泄胸中成吨的情感。然而当你冷静之后,发觉置身于这巨大的时空里,会感到自身的渺小,像一粒昆虫,一瓣野花,甚至会激起离恨万缕、乡愁无限!

当太阳接近遥远的地平线时,天地间悬起一帘肃穆。凝重。沉重。庄重。草原失去醉酒后的浪漫,红颜渐褪,脸色变得灰暗,我目睹着太阳蹒跚的脚步,像一个饱经沧桑、大智大勇、大慈大悲的老人,一步步走向圆寂,走向灵魂的栖息地。我心里突然涨起一股酸楚,一股悲怆。太阳辉辉煌煌、坦坦荡荡地走完了它的一生,它无憾于宇宙、苍穹，无憾于大地万物。它的智慧和精神，它的生命和情感都留给了世界。

太阳，终于无声无息无怨无恨地沉落了！寥寥长空，荒荒油云，莽莽大原，这博大的舞台也徐徐拉上帷幕，宇宙降下灵旗，远山在默哀，天空也须臾变得惊人的铁青，骇人的诡蓝，吓人的青黛，还有令人沮丧的死灰。那旷古未有的静汹涌澎湃铺开来。这辽阔的静、庄严的静，一切都静如太初，静如幻景，静如一个巨大的谜。只有残霞在剥落，像给落日送去的冥钱。

我坐在草地上看这悲壮的风景，远处的草浪一起一伏，犹如一曲无声的旋律。草原失去了绿色，但草原的律动依然雄沉磅礴，当霞光的鳞片凋落殆尽时，天空变冷、变得陌生，于是草原的夜晚来了。

1992年8月

本文选入香港《中文散文鉴赏辞典》《中华百年散文诗经典》《经典美文三百家》等数十种优秀散文选本，多省市中、高考模拟试题，北师大版《初中自读语文》第九册。

【赏析】

郭保林这篇散文，视野宏阔、色彩绚丽，充满浪漫主义激情和阳刚正气。辽阔无垠的草原上，夕阳、天空、云彩，在他的笔下都充满了生命的热情和壮伟，尤其是对落日景象的渲染和描写，更使读者领略了一曲雄伟壮观的生命之歌。我们仿佛听到了刀枪相撞时的铮铮声响和万千将士的喊杀声，生命的辉煌，"野性的荒蛮和雄性的剽悍"在这搏击中达到了极致。作者极尽表现事物之博大、壮美、雄浑，"辽远和苍茫""寥寥长空，荒荒油云，莽莽大原"等，其博大雄伟辽阔，让人望而兴叹。

他喜欢用光、色的词句绘制散文的画面，确立散文的色彩基调。如写草原上的绿："汽车在奔驰。驰过苍苍的绿，驰过莽莽的绿，驰过起伏跌宕凸凸凹凹的绿，驰过缠缠绵绵浓浓稠稠的绿。"又如描写天空的色彩，写晚霞的色彩，缤纷斑斓，使读者从这独特的描写中产生了新奇与独特的感受，让人叹为观止。

本文的语言还很讲究声韵美。整句和散句灵活运用，大段大段的排比句或连续的短句，形成节奏韵律感，赋予文章以抑扬顿挫的音乐美。如"眼前的风景一卷卷铺过来，铺开来，铺成一曲敕勒歌，铺成一首古乐府的意境，铺成汉唐边塞诗人一行行壮美凄怆的诗句"。而像"车前苍苍，车后茫茫，茫茫苍苍莽莽"这样的叠词的使用，传神地描摹出眼前之景，使语意与情感绵绵不断，令人回味无穷。

本文的另一特色是奇特的想象和丰富的联想。如把太阳比作一个辉煌而坦荡的老人，让自然之景充满了情味。把天空色彩的变化比作"草原各个部落厮杀混乱的场面"，作者凭借这些奇特、超拔、峭丽的想象和联想，沟通了自然界与人类社会，并赋予自然山水以凝重的人文内涵。

浪漫的草原

初来草原，缘山走岭，放牧视线，满目荒草漫漫，绿翻翠涌。

仰视兀鹰傲空，胡雁阵横，俯听牛羊哞咩，马鸣萧萧，天籁之音与自然之趣，交相组合，形成多方位多层次立体美。匆匆趱行中，我领略了胡天塞地的雄浑旷莽，畅饮了大草原的潇洒浪漫。

——小序

干枝梅——草原爱的诗篇

在草原上漫游，绿蘉翠帱中，不时会看到一种小花，纯白如云，纯贞如玉，清丽如雪，幽雅如梦，不，它简直是一个女才子，充满灵气秀气和温柔，高擎着圣洁的情愫，于荒莽粗犷之中，宁静、平和而又惊心动魄——这，就是草原上的干枝梅。

青紫色花藤，没有叶片，拦腰折断，也不枯萎；没有水分，照样开放。一簇簇小花，面对着荒原微笑，面对着苍天微笑，痴情地绽放着青春，顽强地炫示着生命的魅力。秋阳朗照，临风摇曳，闪烁着天国的光辉，闪烁着它的精神，它的思想，它的情感。它有什么期待吗？期待美丽的诗句？期待深情的顾盼？期待蝴蝶的爱恋？还是期待多彩的憧憬？

没有叶片陪衬，却有辽阔的荒原背景；没有群芳为邻，却有荒草相伴。不慕繁华，不慕青睐，只是默默地扎根，默默地生长，默默地绽蕾，干枯的枝茎里浓缩着生命的力量和坚韧的信念。团团簇拥的花朵，吟一路风霜雨雪的经文，饮一杯苦涩的太阳酒，向雄性的荒原画一道雌性的风景……

更令人惊奇的是那花儿，根衰茎枯不凋零，罡风烈日无奈何，不改芳姿，不失香魂，向天地间炫示一种虔诚的美。

草原的干枝梅，梦在草原，爱在草原，生在草原的丹田，死在草原的怀抱——啊，这是大草原爱的诗篇！

草原上的河流——浪漫主义大师

你见过草原上的河流吗？它有独特的个性，流得很慢，像一支被遗忘的歌，像晚祷时清教徒的冥顽，像民谣浅浅的忧愁，像踽踽趑趄路的时间。

草原的河流，流得很下意识，仿佛没有目标，没有红色或蓝色的三角帆。有时，它像任性的少女，左顾右盼，东张西望，柔灿的目光一闪一闪，时而沉溺于克氏草的缠绵里，沉溺在马兰花的缤纷里，沉溺在牧歌和童话的浪漫里；时而驮一片百无聊赖的白云，一条弯弯曲曲的蓝天；玩够了，赏够了，腰肢一扭，便揣一抱花影、草影、云影，信腔野调地唱着向远方走去……

但是，草原上的河流，又是个流浪汉，懒懒散散，蹒蹒跚跚，踉踉跄跄，三分酒醉，七分浪荡，随物赋形，浪漫得很，洒脱得很，蛮野得很。浪花里衔一片无语的黄昏，波涛里夹一页冰冷的清月，无意间淋湿一叠厚厚的岁月，淋湿一段长长的历史……

草原上的河流，是怀素的狂草。那位书圣一日灵感忽来，神笔一挥，借整幅的草原写下一行天书。谁认识呢？只有星月和太阳能诠释它吗？

草原上的河流并不寂寞，也不孤独。

那天早晨，我看见一个牧羊女来到你身边，临流照影，掬一捧清水潮上脸颊，摘一朵萨日朗插在鬓边，于是水流中便长出一支萨日朗，萨日朗的心房里也奏响爱的喧哗……

那天黄昏，我看见牧马小伙骑着暮色归来，在你身边蹲下，摘掉毡帽，俯身饮一杯清凉，润开嗓门，于是小河边长出一曲歌来，那歌声也分泌出草原的粗犷和雄浑，还有男子汉的剽悍……

啊，草原上的小河，你也动情了，我看见你盈盈的明眸，亮起新潮期的骚动……

百灵鸟——草原上的唱诗班

你见过草原上的百灵鸟吗？那是大草原的精灵！

当黎明第一缕年轻的风亲吻大草原时，当淡奶汁似的晨曦泼向发绿的草尖时，百灵鸟便醒了，从草丛里飞出来，迎着晨光，双翼拥抱着蓝色的风，亮开圆润的歌喉。它们的歌声是那样婉转，串珠似的长音，像小提琴的弓弦，在 E 弦上高音快速摩擦，抖出一曲清越的旋律，旋律里裹着阳光，裹着花香……

那歌声时而从地面上升起，时而从空中抖落，像春天一样清丽，像秋天一样纯净。是它把大草原之歌载到空中，还是把天庭之曲洒向草原？它们为什么不知疲倦地歌唱？是它们对草原爱得深沉，情涌如潮？是它们对草原充满梦的憧憬，抑或是它们生来爱唱歌，歌声组合了它们的生命？

百灵鸟不是候鸟。草原哺育了它，它便把爱和祝福洒给草原。无论是在碧空中舒展着双翼自由地歌唱，或是在飞行中潇洒而轻快地奏鸣；无论因受惊而冲天飞起留下短促成串的颤音，还是倏然飞落时倾泻热烈急促的呼叫，都是一首情歌，都是献给大草原的爱。当春寒料峭、春草初萌时，它们这样唱；当赤日炎炎、大地焦渴如火时，它们这样唱；当秋老风寒、草枯鹰疾时，它们这样唱；至于冰封雪骤的冬天，它们的歌声依然那样嘹亮，它们歌唱着同风雪搏斗，度过严酷的岁月。

在天空和草原编织的五线谱上，每只百灵鸟都是一只音符。也许只有这样广阔的舞台，才使它们的音域那样宽广、嘹亮、豪放！

啊，百灵鸟——草原欢乐的唱诗班！

牧羊狗——大草原的忠魂

猛狮般凶狂，牛犊般雄健，麋鹿般捷柔，血管里还流淌着狼的基因——牧羊狗，大草原的一代忠魂。它的叫声，空洞洞的，充满大草原的雄浑和崇山峻岭般的庄严；它腾跑起来，像一道闪电，像一缕旋风，还有那双眼睛，整夜整夜醒着，凝视着荒原古夜，监视着荒原的宁静和骚动……

早晨，当黎明星刚刚凋零，牧羊狗便冲天吠叫几声，唤醒草原，唤醒牧人和羊群。于是缀满晨露的小路上，雾气弥漫的草场便奏响牧歌和笑语。牧羊狗依然不忘重任，如沙俄时代的警察，赳赳然，凛凛然，领前押后，两只大耳朵雷达般地收聚着异声怪音。黄昏，牧羊狗伴着牧归的羊群，伴着一曲蒙古长调，欢乐地跟随在后，蹦蹦跳跳，时而与那只老母羊戏逐，时而和小羊羔亲昵，谁说这凶狂的生灵缺乏温情呢？

那是一个暴风雪的夜晚。

一只饥饿的灰狼闯进了"哈夏"（羊栏），牧羊狗听见了异音，呼地窜出来，如闪电，如霹雳，向凶恶的灰狼扑去。饿蓝了眼睛的狼是一个亡命徒，它耸起身来，迎接牧羊狗的袭击。狼和狗都发出凄厉的嚎叫——那声音充满雄性的悲怆，四只充血的眼睛涨满野性的愤怒。它们纵跃，扑跳，撕咬，搏击，纠缠在一起，血淋淋的嘴巴沾满对方的皮毛……当黎明雪霁，"哈夏"外，一只被撕裂胸腔的狼僵死在地上，牧羊狗也伤痕累累躺在那里，身上落满雪，血染红了雪。

为了羊群的嘱托，为了草原的宁馨，一只牧羊狗就是一座醒着的城堡。

孤独的树——大草原的绿神

草原上树极少，偶尔在山坡或草场出现一棵两棵。

孤独的树，你傲然地挺立在荒荒大原上，犹如低缓的奏鸣曲中，蓦然跳出一组激昂亢越的旋律；在平庸和单调中竖起一尊立体风景，渲染着大自然的灵性和奔跃。

多少年前，你这倔强的汉子，暴怒地揭开大草原的地皮，横空出世，像一尊绿神，耸立在天旷地阔荒凉苍茫的背景上，于是，绿色的灵魂便熊熊地燃烧起来。

泰戈尔的飞鸟没有在你枝头筑巢，谢逸的蝴蝶没有对你产生爱恋，更没有秦少游的紫燕为你祈祷祝福。所有的叶子都吟诵一篇古老的风霜雨雪的《离骚》。

雷的怒吼，风的嘶鸣，闪电的狞笑，暴雪的虐狂。花的梦被冰雹击碎，草的憧憬被霜雪冰冻，唯有你在风霜雨雪中展示一派雄性的悲壮——树躯斑斑，斑斑着累累伤痕，斑斑着叠叠岁月，如同黛褐色的礁石，遥望着地平线上野性的风景。

你是站着的期待。

你是漂泊在凄风苦雨中的航标灯。

你是披发行吟在大草原上的三闾大夫。

一棵充满激情的生命，一棵大自然的绿神。

草原上的鹰——黑色的抒情

如同一道黑色的闪电划过长空，如同一首黑色的抒情诗写在碧笺上，草原的鹰，你负载着大草原古韵悠悠的苍凉，负载着几千年斑斑驳驳的历史，冷峻的目光透过沉沉的云层，辐射着遥远的冷风景……

任暴雨冶炼，任浩雪肆虐，任狂风啸嚷，任沙尘蔽日，你巨大的翅翼如同满月的弓，你的眼睛如雾海灯塔，因为你有一颗清醒的心。

啊，草原上的鹰，你时而低空盘桓，时而傲击苍穹，你要寻找什么？是成吉思汗的弓弩？冒顿单于的箭镞？高适、岑参断落的诗行，还是王昭君琵琶的遗韵？你是寻觅草原新生长的童话，还是老牧人马头琴上古老的传说？

你看，一只鹰飞来了，高傲地飞翔着。钢剪似的翅膀剪着蓝天、白云。云被剪碎了，飘落下来，化为一群咩咩的羊群；蓝天被剪碎了，化为一汪汪碧幽幽的淖儿。当你看到牧羊女脸上幸福的红晕，老阿爸、老额吉脸上的笑容，你也笑了——因为那一只只吞噬草原的硕鼠被你击溃了，草更绿了，花更艳了，大草原更年轻了！

牧歌——大草原天国的乐章

牧歌是草原的乳汁哺育出来的，是牧民用感情喂养大的。

牧歌的巢搭在马背上，搭在哈夏里，搭在马头琴弦上，搭在牧人的心灵上。牧歌从草丛里孵化出来，便一抖翅膀飞向蓝天，飞过山冈，洒向辽阔和苍茫里。

老阿爸用牧歌牵来一个个晨曦初透的黎明，歌声像晨露一样滋润着醒来的草原。

老额吉用牧歌缠绕着一个个发绿的黄昏，于是青灰色的牛粪烟里飘来奶茶的馨香，奶锅里也煮熟了一个香喷喷的夜晚。

小伙子用糖和蜜喂养牧歌，牧歌飞到很尼（姑娘）的心里，于是在那里筑巢，繁衍它的儿女——又一首蓝色的爱情。

很尼的牧歌羞怯、缠绵，像一朵玫瑰色的云，像一片明媚的阳光，在小伙子心里飘荡，停泊，于是哈那的夜晚便生出多彩的梦，缤纷的情节。

一场细雨淋湿了草原，花和草都亮出妩媚和鲜艳。你听"啊嗬——咦哟——”一声粗犷的长调，透出一股好浓好浓的野味，好浓好浓的蒙古味，还有好浓好浓的阳光味。当你骑上牧歌的翅膀，你的灵魂也会在大草原上飞翔，在蓝空中遨游……

一曲曲牧歌充实了空旷的草原。

一曲曲牧歌是天国洒在草原上的乐章。

1993 年 3 月

本文选入《新理念语文读本》。

【赏析】

严格地说，这篇散文是一组散文诗。既有诗的底蕴，更有散文流畅舒展绵密等方面的神韵。一篇好的散文首先要具备语言的艺术美，特别是抒情类散文，要有诗性美。前苏联作家帕乌斯托夫斯基说："文学中最高、最令人倾倒的现象，即真正的幸福只能是诗歌和散文的有机结合，或者确切地说是充满诗意，充满诗的滋养浆汁，诗的清新空气，充满诗的迷人力量的散文。"

散文不等于诗，也非散文诗。好的散文，是作家诗性不经意的自然流露。

《浪漫的草原》写得美轮美奂、文采绚丽，作家采撷草原上的河流、树木、花草、鹰犬等尽情地铺排描写，有滋有味地咏唱，"万物有灵"，既洋溢着草原浓郁的生命气息、大地的温暖，又使作品充满绘画的光和色彩，充满音乐的节奏和旋律。是一篇诗意盎然的上乘之作。

山水的圣经

——写给最后的三峡

欸乃一声，游艇轻轻地离开白帝城，正是云霞烂漫的清晨，恰应了李白"朝辞白帝彩云间"诗的意境。峰峦峡谷，江树城廓，如沐如浴，在斑斓的霞光里更显妖娆多姿。江面上、谷壑间弥漫着一抹淡淡的水雾山岚。袅袅。翩翩。冉冉。如梦。如幻。我站在船头，回首望去，仿佛隐约看见白帝高站崖头，风吹白髯，雾裹素衫，频频向我致意，一种伤别，几斛离愁？江鸥飞过，衔一片无语的祝福；晨风吹来，送一叠无声的默祷。只有江涛汩汩，叩打着船舷，发出声声叮咛……

白帝城枕高峡，俯大江，扼川东门户，"西控巴渝收万壑，东连荆楚压群山"，可谓一夫当关、万夫莫开的战略要地。东汉末年，王莽篡权，他手下大将公孙述割据四川，在瞿塘峡设防，防地有一口古井，每天早晨，常有白雾升腾，他视为"白龙献瑞"，动了当皇上的念头，号称白帝。三国时代，蜀汉皇帝为了给败走麦城的二弟关羽报仇，不听诸葛亮和群臣的力谏，发兵攻打东吴，结果被吴将陆逊火烧连营七百里，而全军溃没。刘备沉疴不起，驾崩白帝城，白帝托孤的故事就发生在这里。

往事如烟，青史几番春梦，悲剧更添了白帝城沉郁的氛围。但是，它毕竟是这三峡山水圣经的扉页，给这浩浩江流、巍巍大峡写了一篇卷首语。翻过这一页，便是瞿塘峡了，只见那峭壁如削，陡崖如戟，直插入霄汉。崖壁皱皱叠叠，古树、野藤、杂花、乱草、飞泉、流瀑，犹如一部圣经的隐语，让人产生无限的联想、无穷的思绪。

至于郦道元笔下的三峡："春冬之时，则素湍绿潭，回流倒影，绝巘多生怪柏……林寒涧肃，常有高猿长啸……"这只不过在这卷帙浩繁的圣经上打下几句眉批而已。他对夔门这章就没有加以注释。我不知道是造物主的伟力，还是长江的奇思构想。夔者，古代的一种龙也。这条巨龙盘踞大江，危岩高耸，雄峰大嶂，拔地而起，头探碧落，爪抓万古苍云，朝饮晨露，暮餐夕晖，无声地命令长江遵循它的意志东流，然而它却打禅入定，意守丹田，默数着岁月往来，无语人间繁嚣。任凭头顶风吼雷啸，脚下浪击涛涌，闲花野草难以搅乱它的思绪，星月流霞更难撩起诱惑和迷乱。啊，它在思考什么呢？这整体凝聚雄性的沉静，便是夔门的庄严伟岸。

霞收雾敛，秋阳跃上碧空。两岸睡峰清晰悦目，那青松翠柏，虬蟠苍劲，翁勃郁郁，群山万嶂，奇岩怪石，离离齿齿，突兀雄健，给人一种壮阔之感。

江流依然滔滔，急浪如奔，漩涡如渊，浪击岸石，訇然有声。我们的游艇行驶在这苍茫浩流中，犹如漂浮的叶子，涛激浪涌，不时给人一阵阵惶悚，而两岸雄嶂大峦，一页页令人眼花缭乱，一页页繁富、深奥，又使我如痴如呆，像第一次走进藏经楼的新教徒，面对着卷帙浩繁的圣经，只觉得茫茫然。啊，那褶皱里到底记录着什么？是人类悲怆的命运？是上帝的神谕和箴言？也许是宇宙之神在上面刻下的标记？奇巍嵯峨的风景线，一种大写意的粗犷勾皴！

"瞿塘迤逦尽，巫峡峥嵘起"。巫峡，这是浩浩三峡最瑰丽最动人的一章，即使默读千遍万遍，也难诠释它丰赡的文采、深邃的哲理。两岸万峰的攒聚，层叠蜿蜒，群岩蔽日，一线开天。峡壁苍黛如染，轩昂磊落，突兀峥嵘，荒草野蔓，荆棘纵横，而那岸上松柏或如"龙爪云出拿"，或如"山鬼摩空中楼阁拳"。历代诗人词客游历三峡，必纵情啸嗷，"行到巫峡必有诗"。我们的游艇放逐水面，如虫如蚁。不知江山缩小在米芾的画幅里，还是米芾的长轴悬挂在江天，一片沉郁、壮阔、宏伟、肃穆的气氛扑面而来。

前面就是巫山十二峰了。忽然一片秋云舒卷，雨丝霏霏，烟岚蒙蒙。我不知道那耸入云天的十二位仙女是不是不愿意会见我这远方客人，故意扯一缕云纱遮住娇羞的面靥？也许有难言的隐衷，借这淋漓的雨丝向我倾诉什么？但江峰的故事，我早有所闻。传说大禹治水，遇到困难，西王母的女儿瑶姬带着众姐妹下凡，向大禹赠治水图经。当洪水下去，十二姐妹不愿再回寂寞的天宫，便化为一座座秀丽的山峰，妩媚婀娜的躯体，形态各异妖娆动人，屹立在大江之岸。而瑶姬即化为神女峰，为船工导航……几千年来，关于三峡的诗文、传说、故事，怕是长江万里也难载得。尤其神女峰，人们对她倾注了多少遐想梦幻，不仅说她帮大禹治水，还夜夜与楚襄王幽会，说她走路时玉佩有声，说她云雨归来，满身馨香……

前面不是三闾大夫的故里么？烟雨迷蒙中，我看见屈原的雕像矗立在岸边，一肩披发，仰天长啸，是吟诵《九歌》，还是放怀《离骚》？两千多年了，你屈原心上的块垒还未倾吐殆尽么？脚下滔滔激流，可是你绵绵不尽的诗句？那卷卷浪花可是你怨泪涟涟？你按动着风云的琴键，行采星月的音符；你目览三江楚色，耳纳千里浪语山籁，将一腔忧愤，满腔忠贞，化为声声"天问"，"挥泪做苍生的霖雨，歌哭成大地的风雷……"

此时，我再回首神女峰，啊，那直插入云天的青峰，莫不是屈原的神笔？他以此校点星月，披注风云，化苍天为尺素，蘸万里江涛，挥洒着千古遗恨！

三闾大夫，你看到那雄峰大嶂吗？你看到那蓝天白云了吗？山依旧是战国时代的山，云依旧是你童年时代的云。然而，楚国苍茫的晚景已化为夜色消逝在太阳初升的清晨；楚怀王凄凉的黄昏，已变成一抹烟岚，被岁月之风轻轻掠去。千百年来的厮杀、搏击、呐喊、哀号，毁誉荣辱都化为浪沫，随之被滔滔江流卷逝而去。残碑断碣，古墓荒坟，只不过是百代豪杰、帝王将相的一缕遗痕……

巍巍巨峡依然在，浩浩大江依然流。人类的一部历史只不过是这天地奇书的几页插图。

前面就是屈原的老乡、一代佳丽王昭君的故居。这位江南少女被汉元帝选入后宫，"数岁不得见御"，常以泪洗面，韶华青春如风雨摇落的桃花，能不令人黯然神伤？当汉天子与匈奴相和，便"愿婿汉氏以自亲"，昭君挺身而出，愿当和亲使者。

传说，昭君，是天上仙女，下凡专为平息匈奴干戈的；

传说，她和单于冒雪走到黑水边，只见朔风凛冽，飞沙走石，马队不能前进。这时，昭君下马，弹起她的琵琶，顿时风停雪止，天空彩云缭绕，地上冰雪消融；

传说，她有一把金剪，用金剪剪成车马牛犁，于是塞外荒原便牛马成群，犁耕车载，一片繁荣……

传说毕竟是传说，这美丽的三峡，既造就了一代啸傲、狂放不羁的诗魂，也哺育了婉娈秀丽的佳人；既有雄嶂大峦的庄严肃穆，又有香溪的温馨明丽；既有滔滔巨浪奔腾不息，又有涓涓细流汩汩不绝。战火与诗情，长剑与惊涛，爱与恨，愁与怨，血与泪……构成了这丰富而痛苦的世界。谁知那风操凛凛的巨峰，那褶皱叠叠的峡壁吞噬了多少故事、人间传奇？这滔滔巨流织进了多少历史断章？古木忘情，顽石无语，只有空寂的江天，草自青，花自艳，云自飞，鸟自鸣……

我们不能下船，掬一捧香溪的流水，寻觅当年浣纱少女的遗迹，撷拾昭君童年的歌声笑语，只好向那潺潺的溪水招一招手，怅然告别而去。

三峡中最长的一峡要数西陵峡了。这中间由十多个大小山峡组装起来，而且有名的是兵书峡、牛肝峡、灯影峡。游艇入西陵峡，忽然云开日朗。斜阳从云隙里探出笑脸，给峡峰镶上一抹金黄，黛色的峡谷云烟蒸腾，犹如煮沸了一江流水。

斜阳横照，千峰万嶂，像举办模特表演似的，各展英姿：有竞起者，有独拔者，有欲崩压者，有欲危坠者，有横裂者，有直坼者，有凸者，有凹者，荤聚巨石，剑戟森森，齿齿离离，巉矶垒垒，其状难绘，其形难述，其险难测。

而牛肝峡如屏风，雄依西天，上有山岩若黄牛状，其色赤黄，前有农夫而立。李白曾为之作诗云："三朝上黄牛，三暮行太迟；三朝又三暮，不觉鬓成丝。"李白有点夸张，当年游西陵峡，被崆岭滩所阻，不过三天三夜，便急得头发都白了。然而他并未说假话，长江五大险滩，就有青滩、泄滩、崆岭滩横在西陵峡，能不着急么？

而今，苍老的牛哞吼不过岁月的长鞭，凿凿蹄痕已被风雨拭去，只有采茶女的歌声载着一片片晚霞飘落在水面。故事已经苍老，传说已经苍老，袅袅的农家炊烟里又升起一节新的传奇……

马肝峡石壁高绝处，有石下垂如肝，其旁又有狮子岩，其中有一小石，蹲踞张须，碧草披立，跃跃欲奔。最令人深思的是我们山东老乡蜀国宰相诸葛亮，不知何因将兵书和宝剑藏于此？那兵书宝剑峡青峰凛凛，直插苍天，斜阳纹身，寒光灼灼。这莫不是一代军师为保蜀汉三分天下而立长剑、拦魏军入侵？铁马金戈涛声万丈的演奏虽已落幕，但华夏大地却依然闪烁着你永远不屈的宝剑光芒！

游艇缓缓而过，三峡已近尾声。这时夜幕已徐徐降临。江涛变黯，也出现了阴阳两面，阳面仍有余光闪烁。航标灯已经亮了，犹如一串删节号，像是表达三峡未完的故事。

这时，月亮已冉冉升起，只见东岸群峰万嶂托起一轮金黄、圆圆的仲秋之月，如玉磬高悬，若有人去敲击一下，可能会发出当当的响声呢！月夜长江更为奇丽壮观，清辉映照，一川流水如琼浆玉液，光斑粼粼，飞金点银。有几只江鸥鸣叫着在月色里勾勒出一道凄迷的弧线……

我立在船头，回首三峡，心潮翻腾。这部山与水撰写的圣经，早在天地浑蒙女娲伏羲时就有了，在周易八卦之前就有了，在金字塔和玛雅文化之前就有了。千百万年来，那峭壁陡峡起伏跌宕的旋律和犬牙交错的大江浪涛的节奏，和谐地阐释着一个伟大的主题：大自然无限的魅力和永恒的生机，蕴含着永远难以破释的人类苦难命运的密码！

这时，我想起北岛的一首诗：

我的身体垒满了石头，

中华民族的历史有多么沉重，

我就有多么沉重，

中华民族有多少伤口，

我就流过多少血液……

这位诗人倒是解读了三峡的几句偈语，揭示了这部山水圣经的一点真谛。

2002年5月

本文获得全国三峡散文大赛优秀作品奖，选入《阅读大中国》（长江卷）。

【赏析】

本文是一篇人文山水抒情散文。整篇文章气势磅礴、意境深远、情感浓烈。读者仿佛看到一位虔诚的朝圣者，一路瞻仰三峡的美景，并陶醉在它的壮阔、俊美、厚实与隐忍中难以自拔。作者将眼前的景色与传说、历史巧妙结合，写出了三峡的不凡、神秘以及沧桑、厚重。

本文结构精巧，采用移步换景的写法，过渡巧妙自然。情景交融，叙议结合，多种表达方式浑然一体。文中抒情部分，作者用排比式的发问引起读者思考，又把自己的思想一步步深化，最后发出"大自然无限的魅力和永恒的生机，蕴含着永远难以破释的人类苦难命运的密码"的慨叹，水到渠成，引起读者强烈的情感共鸣。

作者凝练大气、生动典雅的语言赋予了本文宏伟壮阔、深沉静美的韵味，如诗如赋，极富韵味。景物描写多用四字短语，读来铿锵有力，激情澎湃，而每段后半部长句的使用，又使抒情隽永绵长、大气沉郁。

大宁河与川江号子

涛声远去了，那犬牙交错的节奏还拍打着我心灵的堤岸；号子声远去了，那沉重苍凉的音律还回荡在我记忆的苍穹……

啊，大宁河！

正值仲秋，大宁河风光浓艳而迷人的季节。我们的游艇犁开一风碧波，缓缓驶去。举目仰望，两岸峭壁岣岩，如削如劈，天留一线，飞鸟不度，青岩不语；只见江流水势平和，沉静而富有魅力，波涛粼粼，细浪叠叠，涌到滩头，发出窸窸窣窣撕帛裂锦般的声响。山崖峭壁有青松翠柏，蓊然勃然，虬蟠苍劲，野花点点，幽然如梦。

置身这巨峡浩流之上，只感到一种伟大、沉郁、庄严、雄阔的宁静扑面而来。从巫溪到巫山，大宁河不断纳小溪，汇潜流，受悬瀑，挤挤攘攘，蹦蹦跳跳，冲开一座座崇山峻岭，显得格外富有生机。船从高山峡谷穿行而过，故有峭壁走廊之称。

传说，大宁河是一群身着绿衫绸缎的龙女变的，所以水波澄碧，柔美得像一匹绿绸，款款地飘去，柔柔地荡开。带着大山的粗野和空灵。其实，这只是形容大宁河性格的一个侧面，大宁河到了雨季，却是另一种秉性和声貌：巨浪咆哮，急流飞湍，浪拍云崖，其声如万炮轰鸣，闷雷排空，群山战栗，峡谷瑟缩，万木毂觫，使人想起上帝耶和华发怒时，要铲除罪恶的人类而制造的那场万劫不复的洪水……

眼前的大宁河却静得出奇，绿得惹人，也明丽得让人心疼。水，呈淡青色，水中藻草、卵石、游鱼，历历在目。更让人动情的，是那水用最纯洁、最生动、最绚丽的语言，描绘着阳光和色彩的变幻：时淡时浓，时明时黯，时静时动。山崖，怪石，巉岩，飞流，野藤，杂花，古木，在这水写的语言里都变成朦胧诗。僵硬的变得柔和，呆滞的变得生动，万物的色彩都在水中融解、汇合，美轮美奂，又像一幅印象派的杰作。我真想邀请那位一生都在塞纳河上度过的法国印象派的开山鼻祖莫奈来一开眼界，若然，世界艺术宝库里不知要增添几多珍品呢！

这里还保留着一种人力驾驶的造型古朴的"柳叶舟"。舟的前方架着一柄长橹，形如关云长的青龙偃月刀，劈风斩浪，灵活自如。船上其他行船工具有桡、桨、竹篙、铁钩、竹纤、搭肩，皆为适应"峭壁走廊"所置。

不知何时起了雾，雾越来越浓。黏黏稠稠从山岩上滑坠下来，成团成簇，成卷成缕，沉郁而凝重。山崖、树丛全被雾洇湿了，朦胧而缥缈。幽暗的江面上，氤氲蒙蒙，船行其中，仿佛进入一种梦幻和意象的境界。远处的一道流水反衬着苍白的光。船桨搅动着淡青色的血液和天宇灰暗的灵魂。

船进入另一道峡谷，雾忽然消失了，抬头望去，仍是一道弯弯曲曲的蓝天，俯首看去仍是一道弯弯曲曲的江流。

就在这时，我听到一声声"嘿哟、嘿哟"的川江号子，那声音犹如峡壁中挤压出来的，沉闷、凝重、苍凉。待我们的游艇赶上，方看清是一条货船，在缓缓行驶。纤夫们赤裸着背，弓着腰，手抓住崖壁，青筋暴涨的黝黑的腿和足，踏在布满卵石的礁滩上，一步一步，伴着沉重的号子，艰难地移动着。

> 嘿哟，嘿哟，咦嗬嘿哟，
> 手抓岩石脚蹬沙，
> 为儿为女把船拉，
> 嘿哟，嘿哟，咦嗬嘿哟，
> 把船拉——把船拉——

这单调而肃穆的音节，有韵无韵的呼号，仿佛是伏羲在天庭劳作时发出的声响，带着原始的苍凉和悲壮，如狮吼虎啸，震悚着山川，激荡着大地和苍穹，高一声、低一声、错落参差。那是生命的呐喊和呼号，还是灵魂在炼狱中燃烧时发出的毕剥之声？抑或是对悲怆命运的一种祈祷？

看到这种情景，我想起基督教的"原罪说"，想起罗丹的雕塑《三个影子》所揭示的那种痛苦而沉重的主题——那大度扭曲的脊背，低垂的头颅，暴突裸裸的肌腱，有着忍辱负重的勇气，坚信自己肉体的力量，承受着无穷无尽的苦难，世代不息地劳苦下去。

我心里顿时产生一种庄严的感情：对生命的崇拜和肃穆。

那声声号子是生命在压抑、撞击和超负荷时迸溅出的闪电般的蓝色火花；是生命在这崇山大河中展示的雄性亢奋和凛然不屈的风采；是一束束熠熠不息的灵魂之火在宇宙里释放的熠熠之光……

我曾经访问过一位纤夫。他已经老了，那额头皱纹纵横，犹如波浪瞬间的造型，犹如山岩层层叠叠的壁褶。他的腿有点罗圈，脚掌粗大、粗糙、粗粝，如熊掌、驼蹄。那皮肤呈黛紫色，是峡谷江流、太阳和风的涂鸦之作。肩膀上的肌肉高高隆起，层层叠叠的硬茧，蕴含着艰辛、困厄、挣扎、跋涉，也浓缩着紫色的信念、黑色的箴言和淡绿色的希冀……

他告诉我：在船上推桨摇橹的人叫"桡夫子"，岸上背缆的叫"纤夫"，撑篙佣人叫"西差"，船工叫"瓜土"，驾长叫"领水"。

他告诉我：他们拉纤时都赤裸着身子，有时只穿上衣，下衣绝对不穿，涉水时在礁石沙滩上爬，穿下衣，水湿了裤子，来回摩擦，不仅肌肉糜烂，鲜血淋漓，甚至卵子也会磨破。

他还告诉我：船工纤夫的命运都很苦，死了，尸首往水里一扔，就算了事。因为岸上没有他们的家园，劳苦一生连一块墓地都买不起。

……

我想象得出，他们成年累月在这险滩激流上挣扎、跋涉，人、船、江流三位一体，伴着跌宕的峭岸，编织着他们悲怆凄凉的命运，也编织着一部灰褐色的历史。爱、恨、忧、愁、荣、辱、苦、乐，诅咒和忏悔，希冀和憧憬，都凝聚进那一声声号子里，回荡在那悲壮的旋律中。曲曲折折的江流，坎坎坷坷的行程，便是他们命运的坐标图。他们把生命交给了江流，他们也变成这江流的一部分。

但是，你见过船夫同激流险滩搏斗的情景吗？那真是惊心动魄，他们为了生存，为了同死神争夺生存的权利，要付出多么巨大而痛苦的代价——

那滔天的巨浪，成排成群，挤挤压压，重重叠叠，如万千只张牙舞爪的雄狮猛兽，怒吼啸嚎，铺天盖地压来，劈头盖脸打来；山崖峡谷为之胆寒，飞鸟草木为之惊骇，且有风神摇旗呐喊，风助浪威，浪借风势，沆瀣纠缠；江面上云团翻腾，水雾弥漫，仿佛宇宙之神把洪荒时代拉了过来，又将今天搓得粉碎抛撒在黛色的岩石上和灰褐色的江涛里。一切都发生了错位和变形，天地、日月、江山、人……

这时，你倘若能观察一下那撑篙的"西差"，他们忽然变得出奇地沉着，惊人地勇猛，赤裸的身躯在激溅的浪沫里化为一尊威风凛凛的战神，犹如古希腊的英雄赫拉克勒斯，手中的长篙也变成长剑，咔嚓咔嚓，发出骇人的声响；摇橹的"桡夫子"，把"橹"扳得"哧哧呀呀"地怪叫，只差没有迸溅出蓝色的火花；而纤夫们犹如披头散发的山鬼水妖，他们高吼着号子，那号子也被神化了——原始的粗犷剽悍，雄性的亢奋高傲，野性的狂放，岩浆爆发般的力量，巉岩高耸般的信念，都在这吼叫呐喊般的号子声里，化为一种咒语，一种神祇的箴言，一种莫名其妙的特异功能——那是一曲人与自然宣战的誓言，与命运抗击、与死神厮杀角逐的战歌……

这时，你会感到震惊：这就是那些船工纤夫么？那些麻木呆滞的灵魂怎么突然会焕发超人的智、勇、力？那些浑浑噩噩的思维怎么会霎时迸发出如此辉煌灿烂的火花？他们那黝黑色肌腱隆起的躯体，也赫然释放出一种恢弘庄严的思想，在这凶涛恶浪的江流险滩中，倾泻着无穷无尽鲜活的生命力？

啊，天哪！人，只有在生存死亡的搏击之中，才能展示出辉煌壮丽的自我意识、生存意识、生命意识!

当我听到这声声号子,思绪变得苍茫而凝重。这古老的川江号子没有调式,甚至没有词语,可是从古喊到今,一代一代地流传下来。它追逐长风,追逐流云,啄透黎明,啄碎黄昏,摇撼着伟岸的雄峦大嶂,激溅着滔滔不尽的流水,也肩荷着一代代船工悲怆的命运。我不知道这川江号子是否于冥冥之中,有一种神祇赋予这些生命的一种咒语?我不知道这号子是否是我们民族几千年挣扎、跋涉、奋搏、厮杀、开拓、进击时发自肉体和灵魂深处的一种啸傲之声?是否是这部苍黛色沉甸甸的历史的旁白或注释?

好啦,收回我的思绪吧。那货船已被我们的游艇远远抛到后面了。那些船工、纤夫的身影也从我的视线中消失了,被灰褐色的山岩遮没了,不,也许他们已化为一块块岩石,永远伴随着这苍茫雄悍的江流了。

我站在甲板上,回首望着大宁河和两岸的峭壁陡峡,不知怎的,忽然想起诗人济慈在临终前对友人的嘱咐,他死后的墓碑上,不写名字,也不刻墓志铭,只写道:这儿埋着一个名字写在水上的人。

水,是宇宙最神奇的元素。它有着生生不息万劫不灭的生命。它升腾为云,陨落为雨,粉身碎骨、隐形匿影时又化为气。当它再度显现"真身"时,或嬉笑于山涧流泉,或徜徉于池塘湖泊,或放纵于江河,或狂啸于海洋。

水,是永恒不朽的,犹如日月星辰,今天的水不是千百万年前的水么?

水,是功德无量的。有了它,小小地球才有了缤纷的生命,才有了纷乱芜杂的故事和浪漫多姿的传奇,才有了人类这部卷帙浩繁、沉重的、苍黛色的历史……

我想,那些船工纤夫也是不朽的,因为他们的名字镌刻在水上,两岸的青山则是他们的墓碑。

我们的游艇继续前行。大宁河的风光一卷卷铺过来,压过来,不,是一帧帧悬挂在天幕上,挤得蓝天东躲西藏,仓促间一缕蓝色的衣襟被山峰挂住，飘飘忽忽迤逦在两岸峡谷之间。

巨幅的风景，虽有点雷同，却不让人厌倦。

2002年6月

本文选入《阅读大中国》（长江卷）。

【赏析】

这篇散文将大宁河的现实与历史、传说、典故与现实事物等巧妙地融为一体，内容丰富，纵横捭阖，收放自如。

作者以船行大宁河为线索，将大宁河瑰丽多变的景致、纤夫们劈波斩浪的勇力、生前身后之悲苦串联起来，抒发了对于生命的崇拜与敬仰。成就这篇散文，从题材上说，大宁河、号子、纤夫是缺一不可的。正是"河"的瑰丽多变，养育了纤夫，而号子则是纤夫生命力的表达，三者合一，共同为生命的伟大和庄严谱写了一曲颂歌。同时，该文的成功还必须归功于作者深透的观察体悟能力和精确的文字表达能力。

有一抹蓝色属于我

远方的海

摆脱黄与绿的纠缠，我走向蓝色的遥远。

季节，又一个季节的潮水从我生命的岸边退去，五月的风带来海潮的气息。远处，太阳突然停止了走动，它注视着广阔的土地升腾起蓝色的波浪。

又一个博大汹涌的海，那闪烁不安的灵魂，像巨大的鸟，拍打着有力的翅膀，向我扑来，一下子包围了我的心。蓝色的诱惑和缤缤纷纷浪的花朵，绽开了我的每个梦幻，那蓝色的波纹在我心灵的拱壁上描绘着爱的图腾。我的叹息和泪水被无情地淹没，那古老的太阳掠过高耸的山峰和礁石，照耀着浪花盛开的蓝色原野。我向你走来，你大胆地多情地送我一片摇曳的微笑……

无穷无尽的蓝色，温情脉脉的海，没有风暴，没有潮啸，没有帆影，只有鸥鸟翻飞的舞姿，只有白云梦幻般的浪漫。那是写给大海的诗笺，还是情人挥舞的手绢？

啊，爱之海，一个广阔无垠的海。你深邃辽远，你的波涛充满在我整个心灵空间。你让我欢乐，痛苦，幸福，忧伤，激动，战栗，你让我狂放，你让我拘束，你让我身临其中又难以领悟全部内涵。在这里我看到太阳的红帆日日远扬不知是谁的许诺，看望归的渔姑站成礁石形象，站成航标灯的期待，寂寞的飞梭织进某次古典的诀别；看岸上布满旗语的呼唤，海港里泊满孤独的歌声，无法解释的日子从身边

一排排沉没……

当磅礴的炽灼的爱情光芒，使我天地晕眩，峰峦起伏，我们因甜蜜而苦涩，因幸福而疼痛，因欢乐而悲哀，因激动而迷惘。

天空变成静止的海。

海变成流动的蓝天。

液态的风吹着水下的帆，蓝色的气流推动着水上的舵，你和我像鱼儿似的击起如扇的波浪，我的思想在爱之海里一层层扩展，扩展……

海岸，这是陆和海、黄和蓝的吻痕，抑或是分界？陆在这里走进尽头，海在这里走至尽头？

岁月是一条无首无尾的岸，而生命的浪终归要漫过它……漫过后便凝结成历史。

浪花与礁石的梦

那天，我们在岸边礁石上坐到很晚，坐得很绝望——开花季节错过了，结果时节又一无所获，那时候的海平线出现的是"希望"号还是"青春"号的帆船？给我们打旗语的是鸥鸟还是白云？还有那片燃烧的枫叶呢？

礁石冷峻，黛青色的额头高高扬起，涂抹血光，矗入一片蓝空和一片蓝空般深邃的宁静。

远远的海面上出现许多白点，恍若几片白云散荡其间，我觉得出是几只大雁或天鹅在啄水。你摇摇头，终于看清了，那不是天鹅和大雁，是划帆板的少男少女。他们咯咯的笑声惊飞了我的大雁和天鹅。

黄昏如无涯之水，恣肆蔓延而上，青苍的山崖，醉迷了一般，在它酡红的黄昏之光里冥想。夕阳染上满地的枯叶和沙滩上的芦苇花穗了，且在一根刚直的松针上战栗、痉挛。我一时间觉得你就是一枚成熟了的最大的红浆果，且结自这冷峻的礁崖，成熟于黄昏。

你我，不，整个世界都甜蜜得晕眩。

我对你默默地爱恋，这种使人类永生不息的神秘情愫，只要你真正领受，一切痛苦都会化为百倍欢乐。在古老的大海退去以前，你会真正认识比大海更深邃、更激荡灵魂的爱情之海。

我对你默默地爱恋，就像浪花偎依着礁石，我一次次向你呼唤，我是你的岸，你的陆地，一个蕴藏着炽热岩浆的大陆。

你的眸子一次次漫过汹涌的潮水，而后又哗哗地退去。我，默默地握着你的手，温柔地向你讲述一个凄凉而美丽的故事——那是席勒的谣曲《海萝和伦德尔》，一对绝好的恋人，海萝得知伦德尔溺海而死，也跳海自尽……

我的故事使你眸子上蒙上泪翳，你凝视着夕阳淡淡的黄昏，久久不语。我知道你的心海却潮飞浪卷，而忧郁却像一条河流从我心头流过……

我说，有一行蓝色的情节不会枯竭，复活在淡蓝色的信封里情诗里；我说，有一颗闻得芬芳的星星，会镀亮你那朵摸得见的笑靥。

我还会驾一叶舢板和你一道去远征，我还会用你美丽的蝴蝶结扎好凯旋的花环。也许就在这海滩，有一段旋律还没休止。

命运如这海浪留在岸边的足迹，曲曲折折，而我的心如一枚又苦又涩的青梅果，慢慢地被风干……

那礁石有忠贞的性格，不变的风采，不塌的躯体，让风和浪雕塑礁石的魂魄吧！

浪花和礁石都在做梦。在梦境与梦境之间，我完全忘记生命的存在与死亡。

海的箴言

暮色揉碎你的背影，你的背影化为细雨迷蒙的神女之峰，渐渐流逝的是你黛色诺言，你的诺言如梦……

海的箴言在礁岩上铮然弹响，浪花的旋律没有休止符，季节的色彩却在你瞳孔里骤然变更。

你说，爱的火焰已将心灵灼伤，伤口流着血，流着泪，还流着脓，蜜蜂刚刚吻过，苍蝇的翅膀便扇起一阵嗡嗡之声。你说，你要远去了，要逃避这爱的海；你说，时间之树没有果实，风中飘飞的叶子是苦涩的泪；你说，拔断的情思已被厚厚的落叶覆盖，那脚步即使踏破岁月的封面，丢下的脚印重新生长出的情节，又怎样能撑起这倾斜的天空？

生命的乐谱上不会有断章重复，两颗心不会因等待再觉孤独。

然而，那蓝色原野上的矢车菊为谁而盛开呢？

我的眼前再不见那穿泳衣的少女，红色的小帽像成熟的苹果。

人生是一本书，这一页是最令人难忘的一页，该是烟雨霏霏、月色溶溶的一页，该是春光漫漫的一页，该是心与心相撞产生慌乱与呼吸急促的一页。

我呆立于海岸许久了，十分痛苦地欣慰于我熟悉的世界的塌落。远方升起一道彩虹，我清楚地感到我脚下的土地骚动与崛升——我的背后是山峦和村舍排成的稀疏的风景线。

置身于这海鸥和浪涛交织的旋律里，青春的渴望被起航的汽笛点燃。我爬上礁石，久久地寻觅那篇关于海的故事……

此刻，大海已是静谧的所在，任自己忘掉发声的位置，把情感融进节奏；任自己敞开情怀，把心中的积郁向天地哭诉，怎能不留恋这明亮而又和蔼的蓝色舞台？

有一抹蓝色属于我

我迷恋那片蓝色的诱惑，但我不得不告别大海。

我走了，海从我身边退去，退得无影无踪，我眼前只有荒漠、高山、原野和孤独。

听不见浪花的絮语，听不见海鸥的鸣唱，看不见帆影，看不见海的痛苦痉挛和微笑的脸靥……

我累了，便坐在黄昏的山头，白杨林，暴风雨，轻风，落日，晚霞……我仰视高天，天空也沉在我的眼底，空虚地挣扎。我眼里是一片深邃的蔚蓝，我早已融进黄昏每一缕慈祥的关注里，也许是无始无终……

我虽然一无所获，但我体验了人生的最凝练也最辉煌的意义……

在这时，在这里，我不怕曲高和寡。

我知道，当海顿穿过荒凉的森林，枝头上泻下的音乐之雨，会在他的心灵里奏响一曲永恒的《云雀之歌》，而那云雀的歌声会伴随着他走完多舛的命运之途，化为一片温馨的记忆；

我知道，当梵高穿过长满萋萋荒草的田埂，走进那片闪烁熠熠之辉的向日葵之林，他心灵的画布上会出现一片微笑的金黄，那是太阳的色彩，会给他凄苦的人生增添一抹暖色；

我知道，当但丁梦游三界时，他的灵魂被炼狱之火烧得吱吱呻吟之时，他并不懊悔，因为穿过地狱进入天堂，他的灵魂会得到净化和升华。

既然我已涉足蓝色的爱情之海，我心灵里面会注满蓝色的温馨，尽管这温馨里还掺杂着海水一样浓浓的咸涩……

怎能忘记，我曾经潜入你的心灵，在爱的波涛里挣扎、游动，我不知道哪里是岸，哪里是我栖息的岛屿，哪里是我的方舟？我不需要岸，不需要岛屿和方舟，我只想触动和探测人类命运魔幻般离奇莫测的黑洞；

怎能忘记，我曾用青春的爱恋染绿你海底每一座古老的荒山，我曾经用炽热的爱的火焰熔化你海底每一个冰窟；在你波涛的轰鸣中，我采撷浪花的花环，将它系在你的脖颈，让我永远沉浸在你如雪肌肤的馨香之中。

怎能忘记，那位诗人的名言："初恋是一面旗帜，在青春的街垒上高高飘扬。"我相信，爱的旗帜，会化为我生命的帆，鼓满劲风，鼓满憧憬和期待，在人生的海洋里跋涉，漂泊，我不怕孤独和寂寞，不怕岸的渺茫和遥远……

再见吧，这个使生命超越存在的神圣境界，这个使青春潮涨淹没苦难、凄楚、悲悯的情之海，你使我的心灵蜕变，变得聪明睿智，刚毅和顽强！你使我的躯体烧成灰烬，而灵魂却行迹如风，并横贯在人类永不枯竭的爱之海；

再见吧，你这充满苦难和幸福、冰冷和灼热的圣土，你这绽放着泪眼和笑靥、滋长着鲜花和荆棘的伊甸园，当我告别你蓝色的光芒，走向痛苦的荒漠，请接受我目光带给你深沉的祝福和依依的眷恋……

当我远离大海的时候，我并不感到遗憾，因为那浩浩荡荡的碧波，曾滋润过我心灵龟裂的田野，我的田野上曾生长出浪花般的禾苗，还有像阳光一样鲜艳的花朵……

因为，有一抹蓝色属于我。

1990 年 2 月

本文被选入人民文学出版社《现代名家经典散文书系》等多种选本。

【赏析】

这是一篇奇文，奇特的构思，奇特的语言，奇特的想象，还有奇特的意境。作家笔触摇曳，瑰丽多姿，思想深邃、曼妙，耐人寻味。

本文写一段海边恋情经历的回味，从大小标题到具体描述，都是借助海的形象来表达的。《远方的海》《浪花与礁石的梦》《海的箴言》《有一抹蓝色属于我》四个小题，对这段恋情的引起、承欢、分离、感念、分别作了与海形象相关联的意向化提示。文学略去人事交代与情节叙述，只将感情的起落消长寓于借景抒情之中。这种变情节叙述为抒写情感流的写法，如用笛声传达心学苦乐一般，有朦胧的诗意之美。看吧："那蓝色的波纹在我心灵的拱壁上描绘着爱的图腾""你和我像鱼儿似的击起如扇的波浪，我的思想在爱之海里一层层扩展"。这是借蓝的诱惑与承载写爱情之产生。用"像浪花依偎着礁石"，表达男女相爱的关系。用"你的眸子里一次次漫过汹涌的潮水，而后又哗哗地退去"，表现爱心的转变。用迷恋蓝色而又"不得不告别大海"，写与恋人分离的惋惜。用尽管还掺杂着海水的咸味，但还是觉得已涉足的蓝色爱情之海会在心灵里"注满蓝色的温馨"，表达欣慰于那值得回味的恋情。作者就这样将"景语"与"情语"交融结合，使对景物的审美感受处处表达着对恋人的感情体验。这就使歌唱得悠扬婉转而意味深长，颇具有艺术美感。

徽州写意

一

汽车离开宣城，一路向皖南奔驶。一进入歙县，一个经典的徽州便出现在眼前，黛瓦粉壁、马头墙、砖雕、石雕、木雕，把徽州的古典淋漓尽致地表现出来。山是青黛一抹，水是碧绿一缕，水绕山盘，构成一尊盆景。正是烟雨四月天。天空黛灰，古老的村镇黛灰，山野里绿中泛黛，山岚雾霭灰蒙蒙的，苍苍的，如烟。一片春云舒卷，霏霏潇潇，满天飘起如梦如幻的雨来。山峰山峦之间只见浮动白蒙蒙的烟岚云气，扑朔迷离，一片朦胧。近处的田地里，油菜籽已结荚，青青的，碧碧的，挺玲珑的。偶然有几棵大概忘了季节，还傻乎乎地擎着几朵金黄。

徽州有黄山，有新安江，还有一座座牌坊和粉墙黛瓦的古宅、古村、古镇，就连那河上、江上、溪流上的一座座石桥都有幽幽古风。

徽州名人实是多，远的不说，现代名震遐迩的陶行知，"大名垂宇宙"的胡适，一代艺术大师黄宾虹，大作家周而复，数学泰斗江泽涵，哲学家洪谦，中国铁路之父詹天佑，大医精诚的程门雪，还有红顶商人胡雪岩，一代名妓赛金花，还有那位古代名妓杜十娘虽然不是徽州人，但却是地地道道的徽州媳妇。杜十娘一怒携宝投江溺水而死，爱美人的徽商孙富落了个千古骂名……这风水宝地，千百年来，特别是明清以来演绎了几多风流，那个写《牡丹亭》的汤显祖有诗云："一生痴绝处，无梦到徽州。"一个剧作家如此苦恋这片沃土佳壤，青山绿水，可见这方土地的精气、灵气、神气多么诱惑人！

徽州是一部古老的线装书，纸页发黄，残缺不全，而今又被雨淋湿了，字迹漫漶。只要认真读下去，还能读到它历史的悠远、文化的内涵。你看那山野、古镇、古村、古楼、古宅，在蒙蒙细雨中还散溢着苍凉的气息，氤氲着历史的幽香。

我在歙县一家宾馆住下，与县文化局联系，结识了一位副局长名叫程龙。他热情爽朗，一看就知道是心底充满阳光的汉子。我需要一些史志资料，他很热情地给复印了一些。他说，徽州文化博大精深，一眼望不到底，许多人皓首穷经，研究大半辈子，才弄出些皮毛来。中国成立地方文化学会的只有三处，其研究对象分别是：一是敦煌学，二是徽州学，三是藏族学。你随便走到什么地方都可以看到原汁原味原汤原水的徽州历史。传统文化气息很浓，有说不完的诗情画意。数千年历史中，已为唐宋明清留下许多光辉灿烂、古风幽幽的影子。你说不清哪是李商隐的七绝，哪是唐寅的绘画。

二

雨，弥漫着古城。雨，敲打着鳞鳞灰瓦，点点滴滴点点。潮天湿地，幽幽的雨富有女人的温柔细腻。浓浓的雨云垂翼在这古城，像个黑衣尼在祈祷，也像念咒语。

夜里，我躺在宾馆里辗转反侧，难以入眠，窗外是一丛芭蕉。巨大的蕉叶似绿伞，雨打芭蕉，一种诗意，一种风韵。这雨和唐诗里的雨，宋词里的雨，没有本质的区别，飘落的形式也相似。"更作风檐夜雨声"。雨在蕉叶上腾腾地跳，在灰瓦上腾腾地跳，在灰色的街道上跳，湿淋淋，阴沉沉，冷清清。今夜的雨有点寻寻觅觅，凄凄惨惨戚戚。

歙县七山一水一分田，一分道路和家园。你看十分徽州，山就占了七分，这里到处排满山，山舞峰跃，重重叠叠，乱无章法，几乎把人排挤到最狭小的生存空间。为了生存，他们不得不从小背井离乡，告别亲人，到外地经商，踏上风雨弥漫的人生之路。

徽州人喜欢读书，喜欢做官，你随便走进哪座村镇，哪怕藏在深山旮旯里的小山村，也会猛不丁地冒出个名气大得吓人的人物来。状元、翰林、宰相、侍郎，知府、知州之类地市级的官员更是多如牛毛……一堆乌纱帽都散落在这些山村野寨。男人们在皖南山区那些古宅里借着小天井的天光读完四书五经，就要去考功名了。命运好的很快就居庙堂之高，过着养尊处优的生活，许国、胡宗宪就是他们的代表；不愿在仕途上跋涉的就埋头学问，青灯黄卷，皓首穷经，成了名满天下的大学问家；更多的经商，巨贾豪商，富甲天下。尽管有的结局很悲惨，像红顶商人胡雪岩。但他们毕竟在人生的大舞台上搏击风浪，呼风唤雨，纵横捭阖，展示了经济家叱咤风云的人格造型。

解读徽州，最好走进它的小巷，它比苏州、无锡、常州、姜堰古镇的小巷更狭窄，更幽深，也似乎更神秘。巷两旁是高墙深垒的大院，古楼的挑檐，都似乎拼命向外使劲，把小巷遮得更严，只有中央一绺长长的缝，镶嵌着蓝天，弄不清它到底通向何处。在小巷头看不到小巷的腰，到巷腰又看不到巷尾。小巷逼仄处，两人并排行走都感到困难。在小巷之间，那跌宕有致的马头墙，高出屋脊，屋顶半遮半映，半藏半露，黑白相间，构成一种曲线美、旋律美，再加上"一线天"的映衬，居宅的墙壁与天空的廓线，形成了"天人合一"的古典哲学的韵味，增添了层次感、韵律感和审美意蕴。

建筑是空间的语言，建筑是无声的音乐，建筑是色彩和线条的交媾和分娩。建筑是一种文化，最能体现一方地域、一个民族的心态、精神的寄托和理念的追求。程朱理学的发祥地在徽州，徽州文化的形成必然打上程朱理学的胎记，影响徽州一代代人的思维。古诗云：深巷重门人不见，道旁犹自说程朱。

风晨雨夕，春光秋色，两旁古色古香的房子，墙角长着绿绿的苔藓。雨天，小巷用青石铺就的小径，被雨一洗，湿湿的，亮亮的。雨中的小巷使你想起戴望舒的那首名诗，想起打着雨伞、扎着丁香结的忧郁的姑娘。小巷是一页稿纸，记录着小巷的经典、小巷的传奇、小巷的沧桑。

小巷依然飘着雨，那雨很性感，温柔、细腻、轻佻。雨气空蒙而迷幻，一阵子灰，一阵子白，小巷的雨水积成细细的溪流，沿着墙角的水沟匆匆流去。偶尔有一棵绿藤爬过墙头，雨中紫花满枝，一串串，一簇簇，形成紫藤萝瀑布，沿墙倾泻而下，挺诗意的。"小楼一夜听春雨，深巷明朝卖杏花"，陆游的诗移来写徽州，那情韵也很贴切。两旁的古宅高低错落，跌宕有致，黑黑白白，屋顶上长着一棵棵瓦松，在斜风细雨中摇曳，婆娑影姿更是撩人。也有的古宅用木条支着一页"老虎窗"，歪歪斜斜，窗是木板的，黢黑黢黑，细雨淅淅沥沥，敲打在上面，更富有人情味、古典味。你到江村，你到胡适的故乡绩溪上庄，你到龙川，你到胡雪岩的故里，单看看那一条条小巷，灰墙灰瓦，你就感到岁月的悠久，历史的沧桑。在这深深的小巷里，人世间一切浮躁喧嚣，红尘市尘的纷扰都淡淡远去了，你尽可以在这古宅里品茗啜酒，吟诗言志，书画寄意，品味人生的清苦、雅致、甘甜、朴素和淡泊。这是一种禅意人生，是人生一大境界。

三

古桥，古巷，古村，古镇，古树，古井，古牌坊，道不尽徽州的古典，说不完徽州的诗情画意。有诗云："墙角数枝梅，凌寒独自开""水声勾诗意，山色涌画情；幽境芳草见，幽林百鸟鸣"，烟雨蒙蒙，水汽蒙蒙。远望山野，那千变万化的云海，时而如三江倒悬，浪挟涛裹，山邀云出，雪横苍穹。可一转眼，千峰峥嵘，乱影翻滚，逶迤起伏，奔腾澎湃。云潮千里，雨帘万卷。

走进徽州民居，好客的主人会先敬上一杯热乎乎的香茗，你一边寒暄，一边打量这古色古香的老屋：首先让人感到震惊的是一方天井，横风斜雨扫进天井，湿湿的一片，更有四面屋檐的积水，顺着灰瓦滴檐流淌下来，小小天井成了一个积水潭，水花四溅，水泡生了又灭，灭了又生。品茗听雨，更觉古意盎然，诗情暖心。天井下面的水池里有下水道，又将积水缓缓流走。晴天裁一方阳光，剪一段流云；鸟鸣鹤唳入室来，天光云影共徘徊，真正达到"天人合一"的境界。这种独特的建筑，四面墙壁没有窗，借天井射下的天光照亮室内。天井下的积水池，含有"肥水不流外人田"之意，这是徽州人的哲学。仔细打量整个建筑，又是程朱理学的物化表现：进了院门，便是一道影壁墙，墙有壁画，或画牡丹，国色天香，以示富贵；或画花鸟，繁花成簇，鸟鸣枝头，以示兴旺。影壁墙后面便是客厅，八仙桌，红木椅，墙上悬字画，无字画则俗，一副副楹联古色古香："读书在涵养，涉事无停滞"；"砚以静方寿，诗乃心之声"；"世事让三分天宽地阔，心田存一点子孙耕种"；"孝悌传家根本，读书经世文章"；等等。正是这一副副楹联，陶冶着徽州人的性情，涵养着徽州人的人格，导引着他们的人生航程。从这些对联中你也看出徽州人的文化底蕴，人生哲学。院子大一点的有鱼池、假山，亭台楼阁，小桥流水，布局典雅，小巧玲珑，引人入胜，古色迷人。从徽州古宅里走出富商巨贾、高官大吏，也有孔乙己式的人物，古宅里弥漫着金银气，也有风花雪月的故事。"四水归堂"，在天井里和清冽的巷风里，使你真正体悟出"天人合一"的理念。雨中的徽州是一幅水墨淤然的画卷。

走进烟雨徽州，仿佛时光倒流，明清的遗韵到处漫溢，如梦如幻，仿佛一不小心会在亭子里，或是园林里，遇到林黛玉、贾宝玉，或者金陵十二钗，莺声燕语，嬉笑戏闹，衣袂袅袅，步履姗姗。在这烟雨迷蒙的江南，虽然听不到甜甜的吴音侬语，但依然看到"雨送黄昏花易落"的意境。看到落红满庭，也会油然而生出生命苦短的悲凉来。

不过昔日豪门大宅的辉煌和繁荣已不在，那富可敌国的巨商大贾已不在，荒草，颓垣，残瓦，原先精美的石雕已斑驳，木雕已皲裂。你想怀古，只有到唐诗宋词里找，到明清绣像小说里去找，现代化的高楼大厦，威风凛凛，直逼而来，凭栏处，尽是一片惆怅和苍凉。

我徜徉在灰蒙蒙的烟雨中，雨淋湿了我的鬓发，虽然撑一把塑料雨伞，难挡横风斜雨，我的裤脚裤腿湿了，一股凉意由下而生。我像一条鱼在雨中无目的地游着，我忽然想起那首《虞美人》词来："少年听雨歌楼上""壮年听雨客舟中""而今听雨僧庐下……一任阶前，点滴到天明"。这听雨中蕴含着多少人生的哲理，人世间的炎凉，生命的荣枯，人生的辉煌和黯淡，命运中的漂泊和奔波。少年不知愁滋味，欢忭无忧的心情，壮年时壮烈和慷慨，老年时已成一介孤僧，凄清孤独，枯寂，悲凉。这是人生的大彻大悟，大喜大悲。人，很难逃脱命运的囹圄。古今有大成就者，总会出现这三种境界，遇到"听雨僧庐下"苦寒酸涩的现实，且莫悲观，淫雨霏霏，连月不开之后，就是春和景明，春光明媚。

四

我徘徊在细雨中，雨丝飘落在衣衫上，发丝上，脸上，湿漉漉的清凉，湿漉漉的恬润，这银灰色的小精灵，弄得你心痒痒的，酸酸的。雨天的街道，一改往日的繁华和喧嚣，一下子变得很清静了，几顶花花绿绿的油纸伞、布伞、塑料伞从街上缓缓飘过，白皙的小腿，健美的双足，韵律般的协调——这是徽州雨中很动人的一页风景。

由此，我想到徽州古廊桥、古楼上的"美人靠"，这简直是徽州的一大特产。

徽州的"美人靠"几乎全是徽商留下的遗存，静静的街巷，幽幽的街河，一座廊桥横穿而过，廊桥两边有护栏，护栏的下边是一排像连椅似的木板，可倚可靠可坐。很多典雅的楼亭也设有这种"美人靠"，特别是那富商大贾的宅第上，高楼上伸出一个小阁楼，很像欧式建筑的露台，小阁楼是雕刻精美的护栏，护栏下是油漆光亮的木凳。廊桥是临溪而建，阁楼是面对山野而筑。"美人靠"并非专为徽州女人而设，坐在"美人靠"上的也非尽是美人。但是徽州女人常常依靠护栏看日出日落，云卷云舒，思念远方经商的男人；晨钟暮鼓，落日楼头，一种怅惘和伤感弥漫心头，年年岁岁，风晨雨夕，它伴随着徽州女人吞数柳丝，秋点归雁，盼雨霁天晴，远方的郎君突然出现在山野小径上，身影越来越清晰，可又越来越模糊，千帆过去都不是，失望像云雾暮霭一样膨胀起来。"美人靠"给徽州女子带来一种"雾里看花，水中望月"似的凄迷的意境。

徽州河上的廊桥，造型很别致，也很有韵味，廊桥都有雕花的格子窗，窗下设有"美人靠"，俯身可观流水荇藻，远瞩可见帆船隐隐。徽州女人触景生情，怎不想在风雨弥漫的荒野上跋涉的丈夫，何日能夫妻团聚？胡适不是说过吗？一世夫妻三年半，也就是一对夫妻结缡四十年，只有三年半的时光在一起。风雨廊桥，实际上渗透了徽州的一种精神，"美人靠"实际上是"女人铐"，锁住她们如花的青春，寂寞了她们鲜活的生命。她们在寂寞和孤独中默默度过一生。很多女人除了抚老养小，家里地里，忙忙碌碌，一生没有享受几天人生的欢乐。

徽州多河多溪多水多桥多舟楫。徽州古桥可分为廊桥、亭桥、屋桥，多姿多彩，巍峨壮观者有之，小巧玲珑者有之，这些桥梁，精雕细琢，风姿卓然。既是桥也是装饰品、艺术品，它是徽州河的项链。建于歙县北岸的廊桥，长达三十多米，宽约五米，高有六米，完全是架在河上的一座长条形的屋子，两旁都开有风洞窗，精美的雕刻，鲜丽的漆画，窗下设有"美人靠"，可凭可览，一川风景如画。

许多过桥人，踏上廊桥没有不坐在"廊靠椅"上小憩，不论熟悉或是陌生人，不论年长年少，寒暄过后，话匣子打开，三皇五帝，世事变迁，人间悲欢，无拘无束，畅谈纵论。风情万种的廊桥，千姿百态的"美人靠"，是徽州人的精神的折射，是徽州人心境的外在表现。

五

小城氤氲在烟雨里，像陷入一种梦魇中。

街道两旁蜂巢般排满密集的商店，花花绿绿，五颜六色的商品，鲜亮夺目的招牌，诱人，惑人。但这些店都是明清时期的遗存，油漆过的木柱、木板门，想必经过岁月的风侵雨蚀，都已脱落，露出原木的本色，我轻轻抚摸，感到岁月在我掌上流过的清润和苍凉。

雨天，客不多，店家不叫卖不吆喝，很闲静地坐在柜台后面，有的女孩子挺投入地翻阅一册时尚杂志，或看一本言情小说，以至顾客走进来，头也不抬。古老的徽州很静，雨一点一滴地响彻着清凉和真实。店主的目光平和安详，他们仿佛感到人性的灵光，真、善、美、温和、宁静，迷人的魅力。他们继承着先人的遗风，儒商的温雅，儒商的宽容。

在一家工艺品商店，我停下脚步。徽州有驰名遐迩的三雕：石雕、砖雕、木雕（包括根雕）。店主是一个中年人，既是卖家，又是木雕制造者。雨中客少，他正聚精会神地在一块木板上雕刻什么，只见他嘴角绷紧，脸上的线条有节律地张弛着。他见我进来，抬头看看，脸上的笑容犹如一朵素净的莲。又埋下头，一凿一凿雕镂他的作品，屋里散溢着新鲜木屑的清香。他仿佛不是生意人，而是一位艺术大师。

由此，我想起明清时代的徽商。徽商往往金银气与书卷气共存，他们不附庸风雅，不作秀，而是骨子里热爱文化，热爱艺术。商之余，他们酷爱诗书琴画，喜和文人交朋友。至今存在于岳阳楼的范仲淹《岳阳楼记》就是一位徽商书写而雕刻的。至于扬州的徽州盐商与扬州八怪关系的佳话，闻达天下，他们是收藏家，他们也是艺术家。

他们有阳光灿烂的通达，也有风雨如晦的酸辛。皇恩浩荡，豪宅乌纱，儒扇暖炉，佳丽如云，财源滔滔，或高雅尊贵，或庸俗势利，或攀龙附凤，或财大气粗，一掷千金。但他们秉性不俗，不土，不浊，许多文人书画艺术家依然感恩徽州商人。汤显祖、董其昌、郑板桥等人的亭亭翠竹、幽幽兰草里依然散发着徽州的温馨。

江南的雨真撩人，那不是下，不是落，而是在飘，沾衣欲湿，若有似无。在清润、温谧、平和、安详的氛围里，仿佛听不到嘀嗒行走的声音，你的灵魂深处会感到历史渐行渐近的絮语，岁月无声飘来的天籁。

我来徽州，想寻一缕历史的苍凉和温馨，吮吸遥远时代的气息，冲淡一下现实生活的芜杂和喧嚣，稀释现代文明带来的迷惘和困惑。

我伴着烟雨漫步在徽州大街小巷，感谢这迷蒙的烟雨，它的光线明暗交错，恰到好处地将逝去的一个个晨昏，一个个春秋，一段又一段生活的酸甜苦辣涩麻咸种种滋味，都幻影般地显现出来。这些古城古镇古街古巷古宅古树古径……因为它输入了历史，输入了消逝的时光，所以走近它，审视它，抚摸它，便会传导给你一种文化，像醇酒，带着醉人的醇香，这是一种历史的酿造。

走进这古街古巷，就如同走进历史，走进岁月记忆的深处，屋瓦宅舍如同历史的航标灯，无论风平浪静，或是急流翻滚，这航标灯浮浮沉沉，任岁月之流冲刷。房屋的飞檐黛瓦无言地沉浸在烟雨中，一棵古樟从墙头探出半个树冠，在雨中静静地矗立着。这些寻常人家，祖祖辈辈耕读诗书，说不清哪朝哪代从这里走出过进士状元，走出过侍郎御史，还有什么大学士。而现在细雨里仍传来稚子琅琅的读书声，历史就附在这雕花窗棂上，潜伏在屋檐黛瓦草丛中。岁月如梦，烟雨如幻。人类尽管无穷无尽地繁衍，一代又一代，但总也挣扎不出死亡的渊薮。有生命的往往是暂时的，无生命的则是永恒的。人类的伟大就在于它创造"永恒"。因此，这些"永恒"中也就注入了生命的密码，珍藏了人类历史一路推衍而来的根茎脉络。

这些古街古巷古宅沉静、温婉，无声地讲述着历史，讲述着一个个残缺的故事，给人带来一个沉默的精神空间。人类能赖以生存，发展下去，就是靠这种相对存在的精神。

2008 年 8 月

【赏析】

徽，善也。善，德之建也。徽州"人杰地灵"，徽州人"崇德向善"，山灵水秀，诗书耕读。千百年来，形成了以"人心为质，忠厚待人""忠孝两全，家国一体""贾道儒行，以义为利""善观时变，灵活应对"为核心的徽州文化。

阅读本文，让我们随作者的空灵的文字梦回徽州，让我们一起"寻一缕历史的苍凉和温馨，吮吸遥远时代的气息，冲淡一下现实生活的芜杂和喧嚣，稀释现代文明的迷惘和困惑"吧。

四月徽州雨，古韵绘丹青。雨润泽了徽州。在作者笔下，雨中徽州宛如一幅写意山水，那轻轻柔柔温温润润的雨在这"七山一水一分田，一分道路和家园"的天地间散开，天、山、村、桥、巷，线条层层叠叠：蓝、绿、白、苍、灰、墨痕浓淡相宜。古巷、深宅、廊桥静默；芭蕉、丁香，那匾额楹联、牌坊门楼、石雕木刻写满了岁月的斑驳沧桑，那耕读传家、儒商遗风、热情好客依然意气风发。沉静温婉是古村落的容颜，含蓄灵秀是徽州人的神韵。

寻梦徽州，我们会发现"天人合一"是如此的真实自然。烟雨如幻，沧海桑田，人用有限的生命创造了"永恒"，"永恒"中必然珍藏着生命特有的精神印记。徽州，是每一个追寻古典美学意蕴与纯粹精神空间的人，都不能舍弃的梦。

根之魂

　　我欣赏过东山魁夷的名画《根》。那是怎样一幅震慑灵魂的画卷啊！整个画面是一棵庞大无比的树根，没有躯干枝叶，是裸露的根，虬虬蟠蟠，纵横交错，你撕我咬，纠缠错节，苍老雄健，坚韧倔强，辐射出强大的生命力、磅礴的创造力和所向披靡的进取力！想象得出，它深扎泥土和岩石之荒陬，虹吸天地之灵气，支撑着一棵傲岸怆然的生命！凭着这庞大的根，这苍苍古树什么狂风暴雨、酷霜飞雪、烈日严寒不能抵御？这是力量之本，这是生命之母，这是万物繁衍之血脉！

　　走进苍苍莽莽的黄土高原，走进翁翁郁郁的松柏林中，走进中华民族"人文之初"的黄帝陵，我想起了那幅名画《根》。

　　桥山位于渭水之北，是陕北黄陵县一座黄土山丘，这里埋葬着中华民族的始祖轩辕黄帝，使这片高原厚土更添其雄厚、壮伟和磅礴之气度！

　　地方志记载："上古，黄帝崩，葬桥山。"传说黄帝农历二月初二在沮水河畔的沮源关降龙峡出生，所以民间便有"二月二龙抬头"之说。他所居桥山，定名"桥国"。他驾崩时乘坐天帝派来接迎的巨龙升天，民众挥泪相送，但怎么也挽留不住，只撕拽下一片衣襟，葬埋在桥山，这便是"天下第一陵"的黄帝陵。

　　七月，陕北高原的阳光并不是想象中的炎热，从蒙古高原吹来的风带来大草原的清爽和潮润，给人以惬意之感。这些年退耕还林，退草还牧，黄土高原已不是昔日的荒塬秃岭，漫山遍野是苍苍莽莽的森林，郁郁苍苍郁郁，炫耀着高原厚土的盎盎激情，勃勃生机。

看黄帝陵最好先拜谒轩辕庙。轩辕庙经过整修，更显得庄严肃穆，远远望去，一座翘檐飞瓴青砖碧瓦的古典建筑，气势恢弘，巍峨于一丘土山上。石砌的台阶，一层层铺上去，像天梯似的，登上最后一层台阶，只见巨大的黑漆殿门横镶蓝地金字的匾额，笔迹端庄古拙："人文初祖"，赫然耀目。没有导游介绍，我已猜想，那是清朝某年间撰写的匾额。清代建筑，皇宫的匾额都喜欢用蓝色衬地，金粉书写，那是一种象征，一种信仰。

轩辕氏是黄河远古时期一个部落的首领，也就是被称为"人文初祖"的首领。大殿内除了一些碑刻，正中壁前便是一尊泥塑。头戴"朝天冠"，身着宽袍的坐像，那就是黄帝了。其实细看，黄帝像极其平凡，不像一些庙宇的神祇的形象，倒像陕北高原的庄稼老头，朴实、慈祥、憨厚、亲切。

我在黄帝像前的香炉里，敬献了一束檀香，跪在垫子上，恭恭敬敬地叩了三个头。这位中华民族的始祖，统一了黄河流域华中平原上万个部落，开疆扩土，奠定我中华民族的根基，功高于山，德深于海，成了万代敬仰的宗族祖先，神的偶像。他的身后便是一部浩浩荡荡的二十五史。

走进大殿的后院，令人震惊的是"黄帝手植柏"，那简直是世上罕见的巨柏，柏树之王！粗大的躯干瘤节累累，树皮斑斑驳驳，经历五千多年的风霜雨雪，依然苍郁蓊然，雄莽葳蕤，庞大的树冠，遮天蔽日。它本身就是一部生长着的历史，或者说是中华文明史的另一个版本。据当地百姓讲：这柏树"七搂八拃半，二十四疙瘩不上算"，那意思是说七八个人都搂抱不过来。看到它，会想到中华民族崛起于世界民族之林，立于世界发展史的一座丰碑，气势雄强，冠压芳林。

这是一棵神树，是中华民族之魂。

轩辕庙大殿前面的院子里，竖着历代皇上祭祀黄陵的勒石碑碣。每当国家发生战争，或者取得历史性的巨大胜利，抑或是新皇登基，总忘不了到老祖宗陵前祭祀，祈愿祖宗保佑。辛亥革命胜利后，临时大总统孙中山亲自撰写祭陵词："中华开国五千年，神州轩辕自古传。创造指南车，平定蚩尤乱。世界文明，唯有我先。"香港、澳门回归，也曾勒石纪念，向老祖宗汇报这悲喜交加百年夙愿的实现。

黄帝究竟是人还是神？后人并不追究。在始祖黄帝时代，中华民族文明的曙光已透露出一缕苍茫的白曦，正是茫茫九派的神州大地，部落漫布，荆天棘地，天地浑蒙，狩猎、食草根、穿草衣、裹兽皮的上古时代。各个部落间战事频繁，你争我夺，打打杀杀，喧闹不已。发祥于黄土高原的轩辕氏部落在上古时期是较大的部落，酋长是轩辕氏，据说他有四个妻子，都在上古文明中做出巨大贡献。第一个妻子发明了养蚕；第二个妻子发明了骨针筷子；第三个妻子发明了镜子；第四位妻子发明了梳子等生活用品。他的臣属个个都是天才，都是很有作为的发明家。传说，祝融发明了火，钻木取火他是首创者，从此结束了茹毛饮血的历史；伯益教人掘井汲水；宁封子塑陶器，于是出现了系列产品：碗、鼎、罐、盆……后来才有秦砖汉瓦。这是一场泥土的革命、泥土的升华；风神发明了指南车，人们在这颗小小星球明晓了东西南北，苍茫的大脑里出现了初识世界方位的概念；共鼓与狄货造舟船，江河巨川不再是人类难以逾越的障碍；胡巢和于则发明了制鞋帽，原始的手工业的萌芽开始钻出僵硬板涩的泥土，展叶吐绿了；聪慧的仓颉开始用结满厚茧的手在兽皮上、甲骨上、岩石上，制造符号，创造文字，于是结绳记事的时代开始落幕，一个具有文字符号的文化时代开始了；隶首应该是上古时代的数学家，据说是他发明了算盘，应用数学原理来探索未知世界；伶伦作乐律，于是杭育杭育劳动号子有了节奏，狩猎归来，古人们围绕着篝火，开始舞蹈歌唱，作为人类情感的载体诞生了；杜康是酒神，是他发现树的果实、禾稼的种子，经过人工或自然的发酵，会出现芬芳的气息，挤出琼浆般的汁液，于是这种令人心醉的液体从而源远流长，后来竟然波涛汹涌地灌满华夏大地……也就是说黄帝率领他聪明能干的臣属部众在黄河岸边，在黄土高原上，于上古的冥冥之夜，点燃了农耕文明的曙光……

黄帝的部落成了强盛的大部落，生命的繁殖需要开拓生存的空间，于是便同牧羊人的部落——炎帝部落展开一场场战争，最后炎帝不得不率领他的部落迁徙到现在的四川盆地，巴蜀的深山老林；其他一些小部落如蚩尤部落并不甘心失败，在古华北平原上，也即今天的河北省涿鹿一带，蚩尤部落与黄帝部落展开了一场血腥的厮杀。

黄帝的部众先是彩绘面首，吹牛角为龙吟，想吓退蚩尤，但并未取得效果，"蚩尤作大雾，弥三日，军士皆惑，黄帝乃令风后法斗机作指南车，以别四方，遂擒杀蚩尤"。蚩尤被灭后，黄帝乘胜前进，很快风卷残云，统一了黄河流域各个小部落，轩辕氏便成了开天辟地的众望所归的中华民族的首领。

离开轩辕庙，向西不远处便是举世闻名的黄帝的陵寝所在地桥山。

满山遍野是巨大的松柏树，林涛轰鸣，如雷贯耳，苍苍莽莽，浩然壮阔。走进松柏林，更令人惊心动魄，那树根深扎于大地，树杪直薄云天，古拙、苍健、傲骨嶙峋，庞大的根系，支撑着参天巨树。看到它，你会想到气势磅礴的生命进行曲，轰轰烈烈的历史奏鸣曲！上下五千年的风云变幻，大自然的炼狱般的苦难，也经历了人寰的兵燹、战乱、天灾、人祸，而今依然郁郁葱葱，展示着顽强的生命力。

我漫步在陵前的柏树林里，呼吸着古树粗犷的气息，北国是属于树而不属于花的世界，这里蒸腾着阳刚的氤氲，弥漫着皇天后土的浑厚凝重之气。我想只有这黄土高原才能孕育峨峨巨柏，参天之木；只有这巍巍巨树才能撑起这寥廓的天穹！

那真是气吞日月，势压九州！

我走进柏林里捡不到一块阳光遗弃的金币，只有风从树隙间穿梭而来，虽是炎炎盛夏却有清凉之感。

陵冢是一个很大的土丘，陵前有碑亭，上书三个大字"黄帝陵"。亭后有明嘉靖年间镌刻的"桥山龙驭"的石碑，保存完好，笔迹雄浑苍健，大气磅礴，展示了一派王者的器宇风度。

陵前还有一座土丘，名曰"祈仙台"。传说好大喜功的汉武帝北巡六郡，十八万精骑护驾，甲戈森森，马鸣萧萧，旌旗猎猎，可谓气吞九天，威震四海。汉武帝归来，路过桥山，忽然想起黄帝升仙之事。这位器宇宏赡的皇上，日夜冥想长生不老，像黄帝那样化仙升天，便传诏，驻跸休息，祭祀黄帝陵寝，祈求祖宗保佑国运昌隆，祈祷始祖保佑他日后成仙。又命十万将士一人一担土，一夜筑起祈仙台。

那祈仙台分九层，是一座九转高台。刘彻登台祈仙，需要更衣沐浴，便脱下盔甲挂在一棵树上，那树居然就此长出通身斑痕，犹如戎衣上的甲片，斑斑驳驳，后人称为"挂甲柏"。

祈仙台依然在，挂甲柏依然在，这位威加四海声震九垓的一代霸主成仙之梦早已支离破碎，连他的骨殖也早已化为一撮泥尘融入高原厚土了。

黄帝陵修建于何朝何代？我问陪同游览的陕西朋友，朋友也茫然不知。但我知道，从汉武帝之后，历代王朝都不断修葺，并种植松柏，以防水土流失。唐朝重修扩建，宋朝开宝年间因雨季沮水泛滥侵蚀，宋太祖赵匡胤下旨将轩辕庙移至桥山东麓，即现在的庙址。以后明清至民国时期，多次修葺，规模越来越大，树木越来越多，构成这莽莽苍苍林涛澎湃的景观。

陵园管理者是一个老汉，典型的陕北高原农民的装束，他用扫帚清扫着树丛下的落叶。我坐在一块石头上，邀老汉聊起天来。

老汉说："黄帝是神啊……黄帝年轻时也是干庄稼活出身。"老汉半天又嗫嚅道："黄帝……就是黄地，黄土地呀！"老汉的话语无伦次，但一句话：黄帝，就是黄土地！却如雷贯耳，我的心战栗了。是啊，是黄土地孕育了我们世世代代炎黄子孙，离开土地，人类还能繁衍发展吗？水有源，树有根，这苍莽辽阔的大地，是我们祖先、是我们人类生存繁衍的产床啊！

我告别老汉，行走在柏树林中，脚踏陵园厚土，眼望着这山色、水色、树色，抚摸着一棵棵古柏，好像触摸大地原始的脉搏，听见远古的呼唤。靠近它，我只觉得浑身上下一无所有，因为有一种慑人的力量，一种震撼心魄的雄势，使我感到卑微和渺小；耳听那汹涌澎湃的林涛声，顿时又感到浑身有着力的潮涌，生命的翻腾，仿佛在无限扩大，像融进大化之中……

啊，我原来就是这莽茫浩瀚中的一叶！

"人文初祖"，这里正是中华民族历史与文明的起点。几千年来，不管何朝何代，黄皮肤黑眼睛黑头发的中国人，只要一踏进这片黄土地，就像投进祖先的怀抱，你浑身就像注入一种生命的原动力，一种超自然的神力！

黄帝陵背后有一座瞭望台，专供游人观望黄帝陵的风水地脉。我登上瞭望台，放眼四顾，整个沮河川道尽收眼底。这里背山面水，正是传统"风水学"中最佳位置。前者朱雀——沮河南岸的邱台山，陵丘后的高原恰似一个乌龟；左有青龙——那地名叫龙首，正所谓"神龙见首不见尾"；右有白虎——即"神虎见尾不见首"。把目光放得更远一点，那泛绿凝黄的陕北高原，起伏跌宕，浩浩漫漫，而天来之水——母亲河破峡谷穿莽原，一路浩浩荡荡奔腾而来，甘甜的乳汁滋润着这片高原厚土，孕育着古老文明的萌发生长。

陪我游览的朋友问我："你看这地形像什么？"

我茫然四顾，不知所答。

他又说，你全方位看一看。

我目瞩远山迷蒙，近水氤氲，林木葱葱，山峦跌宕，心里依然茫然。

他说，你看，像不像女阴？

我一愣，恍然大悟，啊，这山，这峁、这梁、这沟、这川，山川地貌的确是一个女阴的大写意……

朋友又说，黄帝是人又是神，是天神之父，又是大地之母，是这片黄土地繁衍了我们古老的民族！

天风浩浩，流云浪浪，蓝天大地，高原厚土，在这大风景、大地貌、大境界中，五千年古老的华夏民族从这里出发，披荆斩棘，胼手胝足，双手抹去脸上汗水，用泥土涂上伤口，血汗相伴，浇灌着初辟的瘠田，一寸土地，一把血泪，开垦复开垦……几千年，几千年的艰难开拓，艰苦卓绝的劳作、挣扎、奋斗、厮杀、搏击、繁衍、发展……终于从远古走到今天!

那莽莽苍苍的千秋古柏，不正是我们屹立于世界民族之林的象征吗?

2005年7月

本文选入《中国文学年鉴》(2006年卷)、江苏省2006年高考模拟试卷、各省市高考模拟试题以及多种优秀散文选集。

【赏析】

文章从东山魁夷的名画《根》起笔，点明"这是力量之本，这是生命之母，这是万物繁衍之血脉!"这句话，总领全文，提携全篇。它启迪我们思考：我们的根在哪里? 我们民族的根在哪里? 我们的文明起源于哪里?

在那个混沌初开的上古年代，为了让人们告别茹毛饮血、荆天棘地的蛮荒生活，走向开化，走向文明，黄帝和他的妻子、臣工都做出了巨大的贡献：他的第一个妻子教人们养蚕；第二个妻子发明了骨针、筷子；第三个妻子发明了镜子；第四位妻子发明了梳子等生活用品。他的臣属个个都是天才，都是发明家：祝融发明了钻木取火；伯益教人掘井汲水；宁封子塑陶器；共鼓与狄货造舟船；胡巢和于则制鞋帽；仓颉创造了文字；隶首发明了算盘；伶伦创作了乐律；杜康是酒神；……

这些都是真的吗? 不是。这些都只是传说。虽说是传说，但我们相信这些人一定存在过。他们这些人，才是中华文明的根。黄帝是个象征。正如守陵老人所说："黄帝年轻时也是干庄稼活出身。"这象征了我们农耕文明的起源。"黄帝……就是黄地，黄土地呀!"则是说这黄土地孕育了炎黄子孙、中华民族。

祝福拉萨

　　带着朝圣者的虔诚，带着诗人的想象和海浪般涌涌荡荡的情感，我常常用湿漉漉的目光抚摸着地图上那片棕红色的高地，抚摸着那富有质感和色彩的名字：拉萨。我轻轻地念出这个音节，心中便洞开一片境界——八瓣莲花山簇拥着圣城，你是宗教，是文化，是历史，是神话，是朝圣者的憧憬，是藏人灵魂的息壤，你充满神秘，充满诱惑！

　　有时，我想念极了，便走到阳台，仰首西天的流云，真想伸手撕下一块，写一首祝福的诗篇，然后放飞，祈祷它降落你的身边……

　　七月，我又飞到拉萨。

　　正是高原最美时节。去冬告别这片土地时是遍野白雪茫茫，山寒水瘦。而今满目绿茵，草浪漾漾，如云的牛羊，悠然游弋，不时有咿咿罗罗的牧歌，驮着片片阳光，裹着大草原的芬芳，袅袅传来。才几多时日呀，又一条新筑的公路煌煌然亮在眼前，刚铺上沥青，还闪烁着油汪汪的羞涩；压路机仍在隆隆吼叫，追赶着去碾平一叠枯皱的昨天。路旁的树林里，嫩叶在夜里悄然萌生，野花在晨露中默然绽放。脚下的拉萨河依然荡漾碧蓝的波涛，头顶上的天空依然深邃、明丽，犹如少女般纯贞。遥望巍峨的布达拉宫，祥云缭绕，法相端严，浮荡着一片佛光瑞霭……

　　啊，拉萨！

　　漫步拉萨街头，更令人心畅目明。满眼青杨绿柳，胡杨萧萧，柽柳冉冉。绿荫匝地，翠意惹人。柳丝儿拂着少女的笑靥，绿影儿吻着楼房的眉额。来来往往的行人走得热热闹闹，花花绿绿的经幡舞得快快活活。从雪域高原吹来的风凉沁沁的。虽然盛夏，绿荫送我一抹抚慰，凉风染我一袖清新，街两旁的花圃里，美人蕉，野蔷薇，邦锦花，格桑花，红黄绿白，绽放着浪漫，盛开着诗意，也氤氲着芬芳温馨的氛围。路面平平的，踏上去悠悠然，谁承想，这平平的路下还掩埋着昨天的坎坷，历史的悲怆，岁月的苍凉？

毕竟是佛风荡漾的宗教圣地。那些头盘红绳、身着藏袍的牧人，那些身披袈裟、手捻佛珠的喇嘛，还有手持经筒、口念六字真言的圣徒，他们从康巴山沟，从雅鲁藏布江的峡谷，从寂天寞地的那曲草原，从雪山冰川的阿里高原，风尘仆仆，餐风宿霜，筚路蓝缕，来到圣地拉萨，倾泻满腔的真诚。一片片经幡，一条条哈达，一声声祈祷，一阵阵长跪叩头，手扉着地的吧嗒声，节奏沉缓，肃穆庄严。那色彩，那构图，那光影，那声音，都在演染着圣城古老永恒的主题。

不过，一切都在变。在这庞大的主题下也滋生蔓延着新的情节。当你漫步拉萨的心脏——八廓街，不能不感到这古老的宗教文化和现代文明撞击而喷溅的火花，不能不感到新生活的勃勃的脉跳——你看，那如林的商店，如云的摊位，联翩相接的货棚、货台，既重重叠叠地陈满宗教祭祀用品，也满布着琳琳琅琅的民族工艺品；既有花花绿绿的内地商品，也有洋里洋气的进口货。冰箱和藏刀，马鞍和电脑，彩电和佛像，组合音响和木碗，滑稽而和谐地展示着各自的价值，编织着斑斑驳驳的富丽和繁华。更有趣的，这熙熙攘攘的八廓街上还激扬飞溅着各种语言浪花：汉语、藏语、印度语、尼泊尔语、英语……色彩各异，声调各异，构成这高原圣地又一动人的插页。

陪我游览的是一位藏族青年诗人，他是牧民的儿子，在内地读完大学，又回到雪域高原故乡，他说一口很流畅的汉语。令人注目的是他身着藏装，脖子上却打着领带，蓬乱乌黑的卷发有着草原之了剽悍的风采，深邃的眸子却闪烁着现代文人的聪慧。他幽默地朝我笑笑，说道："拉萨在变，和我一样，已敞开心扉，接纳世纪文明的八面来风，不拒绝每一缕阳光，不排斥每一滴雨露，不冷漠每一片流云。"接着，他又指点着那些来自四面八方的商人、朝圣者、藏胞，说道："拉萨的确能给人精神的洗礼，灵魂的净化。这些牧人只要在这里住上几年，粗莽的变得温雅，呆滞的变得机灵，愚昧的变得聪慧，蛮野的变得文明。他们会懂得什么是生存，什么是生命的价值、真正的追求，当然也懂得什么是真善美，什么是真正的人生哲学……"

"你看见吧？"年轻的诗人兴奋地告诉我，"那个饭店的女老板原来是羌塘草原的牧羊女；那个商店身着西装的经理，几年前还是头盘红绳、身披老羊皮袄的强巴汉子呐！"

我也兴奋地点点头，感慨道："古老的宗教圣地已注入现代文明的因子，这必将重铸一个民族的灵魂！"

"是呀，"年轻人目光变得深沉，口气庄重，"拉萨不再悲怆，雪域不再荒芜，草原不再孤独！"

我好久未说话，发潮的目光睃巡着，穿过熙熙攘攘的人流，穿过飘扬的五彩经幡，穿过纵横绞织的高压线和重重叠叠楼房的罅隙，落在红山之巅上的布达拉宫，心里涌起一股热浪，不由得暗暗祈祷：祝福你拉萨！扎西德勒（吉祥如意），拉萨！

1995年9月

此文初发在《光明日报》，后入各种选本，2003年高等教育出版社选入全国高职《语文》课本第二册，教育部高职高专规划教材《语文》课本（下册），华东师范大学出版社高职高专《语文》。

【赏析】

这是一篇叙事散文。叙述了作者重游拉萨的所见所闻，热情讴歌了圣城拉萨和改革大潮中的西藏人民，抒发了作者对拉萨炽热的情感和深深的祝福。

文章构思精巧，极富层次感。先由远及近，从描绘美丽的高原风光，写到繁华的拉萨街景；再由物及人，从反映拉萨古老主题下的巨大变化，写到新一代拉萨人的精神风貌。最后点明了"古老的宗教圣地已注入了现代文明的因子，这必将重铸一个民族的灵魂"这一主题。

　　文章语言优美而富有激情，充满诗意。在作者的艺术彩笔下，景物的叙述描写、人物的刻画都蕴含着一种凝重深沉且富有意韵的色彩，堪称绝致。

走向大海

我驱车行驶在浦东宽阔的公路上。路两旁是摩天高楼，成群成阵，巨人般耸立着，展示着长江一道最宏伟壮丽的风景。这是长江孕育的土地，是长江造就的息壤——神话中的息壤，传说它自己会生长，永不耗减，"洪水滔天，鲧窃帝之息壤，以湮洪水"。长江口是不断延续的，扩张的。长江年均入海泥沙近五亿吨，约有60%左右在河口沉积，形成陆地，沧海桑田，近五十年来，长江已奉献了一百万亩良田。长江造就了无限江山，长江编织了璀璨历史。

长江在东方古大陆跋涉了一万三千里，一万三千里的路云和月，一万三千里的风霜和雪。这条莽莽巨流大川，从青藏高原格拉丹冬冰山雪峰奏响第一个音符，泱泱东下，纳百川，汇千溪，浩浩荡荡，劈山凿岭，斩荆披棘，一路叱咤风云，一路高歌长啸，一路浅唱低吟，一路惊心动魄的鏖战，一路铺锦着绣，把它的情感、爱恋和理性的思考都留给它钟情的大地：伟岸、壮观、富饶、隽秀、美丽……也留下它的精神、节操、追求和探索：激情、热烈、喧嚣、豪放、坚韧、顽强……炎黄子孙因长江而皇皇，华夏大地因长江而泱泱，五千年的历史因长江而奔腾不息。

长江是流动的文明。

长江是奔腾的史诗。

"日月星辰，天之文也；五岳四渎，地之文也；城阙朝仪，人之文也"。长江是写在华夏大地上的绝世文章。

长江你剪裁着时空，呼吸寒暑，吞吐古今，你旖旎的梦幻，你

雄奇的理想，你伟岸的精神，万里坎坷，万里苦难，万里跋涉。带着高山巍峨的向往，带着草原绿色的憧憬，带着戈壁荒漠的嗟叹，带着森林蓊郁的幻想……你终于走向大海，黄色的农业文明与蓝色的海洋文明，在这里拥抱狂欢，大海敞开博大的怀抱接纳风尘仆仆赶来的长江。

现在，长江来到入海口，只见巨大的喇叭口，喷吐向一望无际的大海。大海亲吻着岸，拥抱着岸，形成一个八十公里浑浊的扇面。只见浪涛挤着浪涛，浪涛压着浪涛，浪涛追着浪涛，延伸到无垠的远方。一轮一轮的波涛，弧度很高，幅度很宽，也很有力度。雄厚、凝重、恢弘、壮观，像万马奔腾，像燃烧起丛丛簇簇的火焰，飞雪扬霰，腾烟蒸雾，展现大自然无与伦比的大气象、大手笔、大泼墨，长江完成了最后的宏伟壮阔气吞云天的造型。

一条大江维系着我们民族的童年，维系着我们民族的生存发展、荣辱兴衰，维系着我们民族的历史和未来。

长江流过了洪荒时代，流过了三星堆、河姆渡、巫山大溪文化、马家浜文化、良渚文化时代，流过了青铜编钟、高猿长啸时代。狩猎的号角，丰收的舞蹈，祭祀的巫歌，驱邪的咒语，在这广袤的流域，在南中国低垂的天空下，人们繁衍生息，春种、夏耘、秋收、冬藏，婚丧嫁娶，生老病死。一代一代，绵延不绝，血沃中华，水泽大地，文化之花开得灿灿烂烂，文明之果结得夭夭灼灼。长江用坚强的肩胛撑起了南中国的万里江山。

长江入海口最惹人注目的是浦东，这是龙之首，三峡是龙之心脏，而重庆是这条巨龙强劲的臀鳍，上海、苏州、扬州、南京、九江、武汉……是龙的鳞甲，光彩熠熠，璀璨斑斓。

我赞美长江的理想，长江的抱负，长江的博大襟怀，长江的激情与旷达，长江的傲慢与雄健，长江的豪放与婉约，长江的酒神精神与骑士风采。

阅读长江，我壮怀激烈。

阅读长江，我血脉偾张。

当大海送来被太阳晒暖的，带有水腥味、鱼腥味、海草味的鲜冽的海风，东方古大陆曾一度出现过晕眩，眼花缭乱，手脚无措，惊悸不安。但长江毕竟有龙的气质，龙的风度，龙的胆略。海是龙的故乡，龙归大海，更展示龙的叱咤风云的雄姿。

长江走向大海，长江走向世界，板结的大陆开始松动，重新组合。涅槃和新生，淘汰和创新，毁灭与萌生，在这辽阔的国土上正演绎着新的方程。

这是长江之梦。

这梦里有着神农氏尝尽百草的胆识与冒险，有着夸父追日的执着和信念，有着女娲炼五彩石补天的智慧和灵感，有着伏羲传给禹王玉简的信赖和嘱托，这梦里有精卫填海的意志和希冀，这梦里有不死的蚩尤与共工的鏖战，这梦里有昆仑山那只开明兽的长啸和西王母宫殿回荡的仙乐，这梦里活跃着重新打造的古老的因子，更多的是现代构思的色彩纷呈的图案，黄河、长江浑浊的浪涛编织的花一样的图案……

这梦里有着魏源的警世之言，有着林则徐的长吟短叹，有着谭嗣同"生死两昆仑"的悲啸，有着"五四"播种者的汗水和血泪……百年耻辱，百年抗争，百年喋血，百年奋起。长江这条巨龙昂起头颅，迎着新世纪的晨风呼啸飞腾……

这是上海的黎明，这是浦东的黎明。

我驱车奔驰在这片年轻的土地上，太阳还未升起。猎猎的海风吹过高楼大厦的罅隙，吹过古老的弄堂，吹过刚刚苏醒的街市，有点咸，有点腥，也有点甜，但鲜冽、纯净，而且陌生。老胡同、老弄堂、老楼房的潮湿霉变的酸腐味被荡涤而净……

就在这时，我看见一轮太阳正从大海深处冉冉升起，这轮朝阳裹着大海的羊水，淋淋漓漓；这轮朝阳，血粘粘的，混浊不清，它温暖如火，它明亮如镜，它有着初潮的红晕、青春的激情、充盈的生命元气。在它初离海面时，我听见大海粗重雄沉的呼吸、强健有力的脉跳……

长江融进大海里。

长江融进朝阳里。

2005 年 10 月

本文原载《21世纪中国经典散文》（林非主编），选入《大学语文》（中国人民大学出版社2013年7月版）。

【赏析】

五千年的长江史蕴含着一部丰富的华夏民族史。五千年的长江精神缩写着华夏民族的奋斗精神。

本文最大的写作特色是使用象征手法，全篇以长江象征中国，并用拟人化的手法，充分赞美了长江这条东方巨龙无穷的源泉和生命的活力。文章开篇总写长江功绩：长江造就了华夏无限江山并且编织了璀璨的历史。然后文章主体分别从长江的过去、现在和未来写长江的奔腾不息的豪放气概。

本文语言丰富生动，特别是排比句和对偶句的大量运用，极大地增强了语言的表现力，使文章充满了诗意。

十六岁的阳光 ①

　　也许，你像我一样，喜欢在幽幽的月光下散步，把一天的思绪，借新月的银梳，梳理和调侃，一任那温馨的夜风、那如水的夜色在你空旷的心灵上涂抹凉沁沁的抚慰……

　　也许，你像我一样，喜欢坐在湖边的柳樏上，面对橘红色的黄昏和袅袅升起的雾岚，把一缕如烟的烦恼，交给薄薄的晚风，交给融融的暮色，交给那一片浪浪荡荡的流云，望着那微风中轻轻漾开的涟漪，你心中也会绽开款款的微笑……

　　也许，你像我一样，喜欢在春光漫漫的田野上远足，摘一片新叶，采一朵野花，夹在笔记本里，让青春的记忆常绿，让彩色的微笑"定格"，抑或揪一朵蒲公英，用嘴轻轻一吹，于是，一只只小伞便载着满腔的情思，飘飘飞到天涯……

　　也许，你像我一样，喜欢穿行在秋叶纷飞的林间小路，听大自然的絮语，听秋风哀婉的旋律，于是一袭烟愁笼上心头，真是少年不知愁滋味，独上高楼，独上高楼……

　　也许，你像我一样，爱唱，爱笑，爱做梦，也爱寂寞，甚至还时常出现莫名其妙的怅惘和失落感……

　　啊，亲爱的K、M、N……既然在这燃烧时节，多变时节，花开时节，那么让我们手拉着手，穿过世纪的风和雨，穿过生活的一道道屏障和壕坎，去迎接硕果累累色彩斑斓的九月吧！

---

　　① 此文最初发表时题为《给K给M给N……》。

燃烧时节

不知哪位诗人说过，十六岁是燃烧时节。燃烧是大自然最辉煌的色彩。燃烧，是生命力的热情喷放；燃烧，是青春最亢奋的体现。

十六岁的故事是蔚蓝的。十六岁的故事是朦胧的。十六岁的故事是荒唐的。

那是在珍珠一般明丽的湖边，我坐在柳荫下读书和写日记，天空飘着一朵朵云的浪漫，身边荡着一缕缕柳丝的柔情。这时，一个穿着红裙的少女坐在岸边石阶上浣衣，衣杵声声，敲得我的心尖发颤，血液涨潮，那鲜红的裙子，像一片朝霞把我的眼照亮，像一道彩虹在我心里划下美丽的痕迹，我仿佛走进一个美妙的童话世界，心里满是莫名其妙的悸动和喜悦。于是，我悄悄地把她写进日记里，悄悄地把这秘密珍藏在心里，我的心开始燃烧了。后来，我才知道，那是骚动的青春对爱的呼唤，是爱的情愫在膨胀，就像春雨泡涨了种子要挣脱外壳的禁锢，萌动出生命的幼芽……

静静的湖面，静静的湖畔，静静的垂杨，静静的细柳。疏杨密柳，单是这浓荫柔絮就够撩人的，何况这画面上又添了一个穿红裙子的浣衣少女？

不知怎的，从那以后，我就注意打扮了，头发总是梳得锃亮，衣扣掉了，总要妈妈及时缀上，有时，还从妈妈的梳妆盒里偷点发油涂上，每天照镜子时，特别欣赏那浅浅茸茸的像三月的青草一样的小胡子。有时，我也痴痴地坐在窗前，望着绵绵细雨，或是淡淡漠漠的暮色，悄悄地孕育着未成熟的红莓果儿。

但我知道，那种情感就像一根火柴，当硫黄和磷面发生摩擦时，就会撞出火花，然而我们没有相撞，没有摩擦，所以就没有燃烧起来，只是在记忆里留下一抹怅然的苦涩。

十六岁是单纯的日子，也是多变的时节，浩大的世界叫我惊奇，从来都是兴高采烈，从来不寂寞，沉默，烦恼。欢笑，深思，都是第一次，那么就应该好好珍惜一双双温暖的手，一双双真诚的眼睛，好好珍惜每一缕朝霞，每一片落晖，人生旷野上每一朵带露的小花。

多梦时节

谁能忘记那多梦时节呢？梦是幻想的婴儿，梦是夜的特产。

记得那时节，我常常做梦，梦见在绿荫浓浓的小树林里，和一个谁也没有见过面的"她"漫步；梦见在幽幽的月色里，和一个看不清面容的女孩谈话，还梦见……有一次，我竟然梦见和妈妈一样年纪的女教师……醒来后，我的脸发热，耳根发热。上课时，我不敢正眼看女教师，平时远远看见她就想躲，躲不过去，就低下头……

我学会了羞涩，学会了沉思，学会了独自倒背着双手，或将双手插在衣袋里在小河边或小路上散步……

后来，我读了弗洛伊德的《梦的解析》，这个标新立异的家伙真了不起，莫不是个梦专业户，若不然，怎么会对梦研究得那么精辟透彻？梦是无须解释的，即使需要解释，也只能由做梦者自己来完成。况且，梦的魅力全部在于神秘二字，看穿了以后，便会变得乏味和空洞了。

我是一个不会恋爱的傻小子，我渴望爱的甘露，渴望玫瑰花的鲜红，又惧怕它尖利的牙齿一样的刺；我喜欢月亮，又怕月亮的孤独；我喜欢晨露，又怕晨露易逝。茫茫人生，苍苍林海，我不知道爱之鸟该在哪棵树上栖落？该在哪根枝丫上做巢？它可经得住风吹雨打，霜欺雪凌？任何选择都是相对的，过多的徘徊和犹豫，往往使人眼花缭乱，最后得到的可能是你不曾追求的。

真的，一个人无论在哪个阶段的感情都值得珍惜，每一段人生都含着极其丰富的内容等待你去体验，它的酸甜苦辣，往往在你尚未穷尽它的内涵的时候，就跨进了新的一段人生，回头看看，才觉得这样不舍。

酝酿时节

那是初夏。

校园里飘动着女孩子彩色的连衣裙，飘动着黑瀑布似的披肩发，飘动着一股股青春的馨香和朗朗的笑语，不知道她们为什么那样爱笑、爱唱。

美丽的姑娘是一首诗，也是一幅画。美丽的姑娘是宇宙灵秀之气的凝聚，更是上帝的杰作。一切色彩、曲线、声响、形象、神韵与气氛，凡能引起人们美感的事物，都一齐在姑娘的胴体和风情中呈现出来，面对着一个个云鬟花颜、曲线玲珑、声如银铃、吐气如兰的佳丽，谁能不心旌摇曳？

所以，走在熙熙攘攘的大街上，我的眼睛总爱在花枝招展的姑娘身上逗留：轻柔的身条，柔和的曲线，丰满的胸脯，满月的脸庞，还有华美的时装，宜人的淡妆，又尖又细的高跟鞋，甚至扭摆的腰肢，裸露的白皙的像旋律一样优美的小腿，哪一样不令人心跳？

有一次，学校里举行晚会，迪斯科的节奏把我带进一个色彩和线条摇曳变幻令人眼花缭乱的世界。我很笨拙，舞步常乱，不是踩着舞伴的脚，便是撞着人家的腿，舞伴生气了，便不再和我跳了。于是，我就坐在连椅上看，一片骚动的春潮，一片盈溢着欢笑的波浪。

美丽的姑娘，以鸟为声，以目为神，以柳为态，以玉为骨，以冰雪为肤，以秋水为姿。姑娘的静态美是娴雅秀逸、妍丽明艳、素静幽洁、玉骨冰心；而那动态美，是轻盈婀娜、千娇百媚、翩若惊鸿、笑语生香、艳光四射、丰采照人，全身上下都散发着芬芳的气息与美丽的韵律。

我想，世界是奇怪的，有太阳就有月亮，有青山就有绿水，有业当就有夏娃。于是这个世界不再单调，也许正因为有了这男性和女性，世界才变得和谐，缤纷多彩。我爱男儿的世界，它豪迈热情，豁达开朗，似巍巍青山，嶙嶙岩石，我喜欢男孩儿的长跑、打球、游泳，他们使我心里感到一股青春的热力、生命的奔放。然而我更爱少女的衣裙，少女羞怯的红晕，恬淡的身影，青春的微笑，它使我倾慕。那里有一个永远解不开的谜。莫不是世界有了男儿，才变得这般沉稳、庄重，有了这女儿，才变得这般绚丽、迷人？

没有绿水的青山，青山也会荒芜；没有青山的绿水，绿水也会寂寞，正是这青山绿水交织出一幅壮美的充满生机的画图。

我知道，男孩子和女孩子都是上帝的儿女，两个世界都蕴含着不同的美，既难以改变，也难以占有，只有两厢情愫不断地渗透、濡染、融合，只有在这种交融的过程中，才能进一步丰富两个天地，使两性的美臻于完美的境界。而促进这种渗透、融合、濡染的唯一催化剂——真诚。

花开时节

时间纺织着沉重的梦。

走过了一座座心灵的桥，走过无数的迷茫和雾一般的悬空日子；走过许多扑朔迷离的白昼和夜晚，终于在一天早晨醒来，窗外已是春天了。

春天，是我们的季节。春天，是花开时节。

校园里海棠花开了，樱花开了，紫丁香开了，胭脂红、柠檬黄、牛乳白，交织熏染，像一片斑斓的霞，一个五彩的梦。风一吹，那花的馨香氤氤氲氲地浮动起来，那梦幻般的色彩也缥缥缈缈地荡漾起来。

就在那个春天，我和她开始了早恋。

我常用一双湿湿的眼睛看她。是的，我在恋爱，恋爱的人和没有恋爱的人，眼睛是不相同的。

我在她面前真像一只丑小鸭。她说我有一个独特的让人难以理解的性格，时而像五月的天空一样明朗温柔，时而像深秋的树一样淡漠肃穆。也难怪，小说看多了，自然多愁善感。我从不承认人与人之间有纯情，任何感情都是自私的，可是她让我动摇了我的信念。

那是一个落雪的日子，她约我出来，第一次向我透露了心底藏得那样深的秘密，可以说，这是我意料中的，但我不知道怎样回答她才好。她不愿伤害我对她的感情，这种感情却是高尚的。最后，她只好说："原谅我，……我不想过早地接触这个问题。"我呆住了，好半响，才轻轻松松地说："你变了，再见！"雪地上留下一串我永远难以忘却的清晰的足迹……

初恋是爱之花初绽，花开了，并不都要结果，就像苹果花、桃花、南瓜花，还有豌豆花，有的是谎花，有的刚刚绽蕾，就被风雨吹落了，但是花自芬芳。那爱的芳馨却永远散溢在心头，甚至伴随你终生。

以后，我们很少见面，自从毕业以后，我们也没有通信。若干年后，我突然收到她的一封信，告诉我她要来这个城市，我的心乱了，她向我道歉说，她伤过我的自尊心，学生时代的友谊应该珍惜，不能成为爱人，也不应该成为仇人，男女之间除了爱情之外就没有另外一种感情吗？她信的末尾写道，为了我们纯洁的友谊，为了你孤独的足迹，我愿永远等待你的信。

收获时节

挣破了冬的漫长的禁锢和蛰伏，横过春的梦幻般的稚嫩和朦胧，穿过了夏的变幻莫测的热烈和浪漫，季节的风翻开了秋的日历，送来了色彩斑斓、成熟芬芳的九月，这是不变的色彩，凝固的成熟。是一切风、雪、露、雾、霜，伴和着阳光浇铸的色彩和成熟。

九月，是辉煌的时节，大地奉献出了厚甸甸的爱；九月又用它成熟的色彩，唤回它失去萌芽的记忆，唤回它枝叶扶疏时力的召唤，唤回它对春风初度和夏雨冡冡的原始的向往……

我喜欢九月。

记得小时候，时常爬到路边的大草垛坐在高高的上边，抑制不住心头颤动的快活，仿佛脚下是出山的马儿，也带来了心中的什么，我们在上面跳着，翻跟头，我们心里有好多好多话语要表达。夕阳西下了。夕阳剥落了成团成叠的玫瑰色的花瓣，花瓣撒在我们身上。我们玩累了，蹲在草垛上喘息，望着袅袅升起的炊烟和远归的鸟群，心里不知怎的充满一种酸酸的惆怅。

于是我想起秋天，想起收获的时节。

我们相爱了，也是在那九月成熟季节。自然，我们的爱经过了严冬的受孕，经过了漫长春天和夏天的生长和发育；自然，我们的爱也恪守一切爱的哲学和公式：月光下款款移动的双影，小河边卿卿我我的相谈，草地上狂放的追逐，田野上远行放足，还有那一封封倾诉心迹的情书，我就像漫游三界的但丁，有太多的喜悦，也有太多的悲伤。

忽然有一种柔情铺天盖地拘住了我的心。我紧紧地抓住那双手，紧紧地。终于道出一句话："我爱你！"我觉得一下子变得年轻———不仅仅是身体和年龄。

也许正因为心里装满了爱，我才变得这样年轻，年轻得辨不出年龄；才这样宽容，宽容得能接纳蓝天；才这样孔武有力，那力量能推倒一座大山；我的灵魂里才升起一轮太阳，我的生命才像太阳一样炽热辉煌！

亲爱的K、M、N……不要轻易说："我得到的是我不曾追求的，我追求我得不到的。"爱情就是两颗心的相撞、揉搓、渗溶、凝结；也不要轻易说出这个字：爱。这个字眼重如山岳，辉煌如日月，称它只能用真诚，量它只能用生命，当你吐出这个字，你那颗青春的心，已交给了对方。

1988年11月

本文入选香港《中文散文鉴赏辞典》等选本。

【赏析】

郭保林不仅能写出气势磅礴，雄浑豪放，充满阳刚之气，具有崇高文化品位之作。也能像夜莺歌唱、小提琴奏鸣曲那样，写出如"春江花月夜"般清丽婉转，蕴含着诗情画意的作品。独特的审美发现，艺术表现的多样化，艺术风格的多元性，还表现在想象丰富和视野宏阔。

十六岁的男孩对爱情朦胧的向往，懵懵懂懂，迷迷蒙蒙爱的意识的觉醒，作品对人物语言也极富诗美，节奏感强、韵律和谐，如"静静的湖面，静静的湖畔，静静的垂杨，静静的细柳"这些双声重叠修辞，活画了自然的春景和人的心情的静谧美。心理描写准确、缜密、精致。

郭保林剖析和描写少男少女纯真而神圣的心灵，展示他们内心的秘密，无粗俗鄙陋之气，有高洁雅致之风。将少男少女从情窦初开，心旌摇曳，楚楚动人的纯真和浪漫，复杂而细腻的心理里历程，写得活灵活现，又充满睿智和哲理，给人以美的升华和启示。初恋，万般神秘，心态各异，既恐惧惶惑，又充满甜蜜气息。初见红衣少女，像一道彩虹在心中划过美的痕迹，心里满是莫名其妙的悸动和喜悦。

十七岁的雨 ①

窗外的雨丝是什么时候把黄昏带进窗口的？霏霏秋雨如烟如愁，织成一帘空蒙迷离的氤氲。那雨滴滴点点，打在屋瓦上、美人蕉上、梧桐叶上，犹如"日暮依修竹"的佳人，弄琴鼓瑟，弹奏心曲，缠绵、悱恻、哀婉、凄楚，这冥冥暮色又为其增添一层浓浓的凄迷。我坐在窗前，在冷雨敲窗的黄昏整理着那长满苍苔的深深记忆……

（秋雨霏霏。秋雨霏霏。）

我们不该相识。不该在那个秋雨霏霏的时节相识。

那天，我在山坡上小树林里散步，忽然一阵秋云舒卷，飘起雨来。秋雨漾漾，如丝如织。我急急地向小凉亭走去。我看见你站在凉亭下，一袭蓝色的风衣被秋风撩起，仿佛这灰蒙蒙的云霭里，飘动着一角蓝天。你一只手拿着一束野菊花，另一只手伸出来，接那亭檐下的水珠。雨珠缀满你的眉睫、发梢，像淋湿了一个透明的梦。我走过去，你似乎并未发觉，依然望着漫漫秋雨。嘴角的小酒窝里盛着浅浅的笑意，仿佛弄琴人专心欣赏心爱的乐曲。

我不想打扰你，可是你的眼睛转过来了，我望望你，你望望我，我们相对无语。

你说，眼睛是心灵的窗口，我想，窗口对着窗口应该互相探索、互相安慰、互相鼓励。可是。我看到过许多窗口都是关闭的，偶尔敞开，流露的也是傲慢和狂妄、鄙夷和冷漠、狡诈和阴鸷、贪婪和放浪、邪恶和菲薄……为此，我恐惧不安。我愤懑。我失望。我忧郁。

---

① 此文最初发表时题为《秋雨霏霏　秋雨霏霏》。

我伤感。我彷徨。可是我第一次看到你的眼睛，我的心微微一颤，那是怎样的一双眼睛啊！

——就像一片蔚蓝的天空，没有云翳，没有风丝，没有雨片，蓝湛湛的透明，蓝湛湛的深邃，蓝湛湛的温柔和纯真，是那样令人神往，那样令人魂魄驰荡，我真愿将初恋的朝霞洒向这片洁净的蔚蓝……

——就像一方春天的田野，那里盛开着玫瑰和紫丁香，翻飞着蝴蝶和蜜蜂，小溪潺潺流，柳丝款款飞，融融春风，融融春色，融融春光，我真愿生命的种子播进这无尽的温暖……

不知怎的，望着你的眼睛，我心里萌动了一种甜丝丝、热乎乎的说不出来的情感。也许这是爱情的萌动？谁说一见钟情是轻浮的呢？在某种机缘下，突然遇见自己或朦胧向往，或苦苦追求又始终未能获得的美好形象，怎能不一见生情呢？

——这雨……真讨厌！

——你不喜欢？

——你有一根过敏的神经！你微微一笑。

我从未见过这种微笑，这是阳光和雨露糅合的微笑。你的笑意是这漫长雨季里偶然的晴天，是大草原上独独一朵异色的小花……

就这样，我们相识了。在这秋雨霏霏的时节。

我的心忐忑不安。这多雨的秋天本来是收获时节，我却把一颗爱的种子播下去，它会熬过严冬，熬过风霜，熬过冰雪吗？它会像越冬的小麦，来年会有三月的新绿，五月的金黄？我不迷信，但觉得这秋雨霏霏的天气是不祥的预兆。

雨脚变密了，屋檐下响起了淅淅沥沥的声音，窗外的美人蕉和梧桐叶被打湿，沉甸甸地下垂着。有一片梧桐叶被风卷到我的窗户玻璃上，像一叶孤独的灵魂。我望着这凄迷的风景，心，骤然缩成一团，往日依稀皆是梦，都随风雨到心头……

人生好比一曲旋律高低、起伏变化的交响曲，其中最优美、最热烈、最撩人心弦的一章，便是爱情的序曲——初恋。

我认识你时才十七岁。十七岁，是个美妙的年龄，充满着幻想、玫瑰花和夜莺。玫瑰花开放在静谧的春夜，夜莺在玫瑰花丛里如痴如醉地歌唱，显然，白天有种种烦恼、痛苦、忧郁和不快，可是，夜梦中却充满了阳光、花香和鸟语……

我为什么爱你？到底爱你什么？爱你外表？苗条婀娜的倩姿？泉水一样叮咚有韵的话语？爱你的内心？我要知道你的内心还做那么多的梦吗？你对我永远是一个谜。

于是，我写下爱的请柬——第一封情书。从灵魂里飞出来的情信，那是早春漫漶的黄土地上开放的第一朵鲜亮盈盈的小花；那是在浓夜如墨的荒原上，突然飘来一盏温暖的灯火；那是在戈壁大漠前不是古人、后不是来者的旷寂中，从遥远的地平线蓦然传来一声声令人喜悸的驼铃……

于是，我盼望着回信。

你回信了——答应交个朋友。

我高兴地跳起来。我眼前的世界顿时变得年轻、美丽，富有青春气息。我的蓝天！我的太阳！我的鲜花！

又是一个秋雨霏霏的夜晚，雨丝冷冷地摇曳着北国的秋寒。我送你回家，一把小伞，编织着一页爱的童话。

我真愿意送你的路长长的，你的家就在永远走不到的天边，那颗爱你的心将永远陪伴着你……

快到家门口了，我沉不住气了，蓦然脱口而出——我想亲亲你！

当我这句话说出口时，连自己也不相信。

你愣了，你愣怔怔地看着我。

你说什么？我想，你明明听清了，还要再问一声。

我想亲亲你！我想对世界发表宣言，声音那么大，如雷贯耳。

哦！你轻轻地叫了一声，一下子躲进我的怀里，我用力地把你搂抱起来。我毛茸茸的刚刚长出的胡髭的嘴巴，在你发烫的脸上，擦过来，蹭过去，你闭着眼睛发出一声声难以自禁的幸福的呻吟，不知过了多久，我在你耳边轻轻地说：再见，回去做个好梦！

你被一声呼唤叫醒了，真该死！从我怀抱里挣脱出来，静静地望着我，似乎刚刚醒来，你像做错了什么，羞得满脸通红，转身跑到门口，又回过来悄声告诉我：梦里见！

窗外，雨点儿变重了，天空的云霭如铁、如铅，沉沉的。屋檐下，淅淅沥沥的声音变成哗啦哗啦的声响。雨打在窗上，化为一条泪的溪流。冷雨叩窗，寒风敲窗，给人一个秋夜的惊悸。这时，任凭你有几多豪情，也难奈这几番风吹雨打。

雨，该是一滴湿淋淋的灵魂。

（秋雨霏霏。秋雨霏霏。）

没有任何一个领域比梦境更丰富，梦把人秘而不宣的东西完全剥露出来，既显示了过去和现在，也预知着未来。我正在多梦的年纪。我常常在梦里见到你。每一个梦里都有我和你。有一次，我梦见，你和我躺在一片绿茸茸的草地上，阳光金色的流汁飘飘洒洒地洗浴着我们，春风的羽毛轻轻柔柔地抚摸着我们，鲜花在脚旁绽开彩色的微笑。小溪在身边弹奏起曼妙的琴韵，小鸟也来凑趣，把一串水亮亮的音符洒落下来，我们大口大口地吮吸着鲜花的芳馨，春天的情愫，你醉了，我晕了，像进入了仙境……一阵风吹来，不见了鲜花，不见了草地，也不见了你，我醒来了，只有一团凝固的夜和一颗迷惘的心……

"梦里见！"谁知这句话成了我们诀别的预言，悲剧的注脚。如果这样，我不该过早地提出奢望，就像葡萄还没有成熟，我不该举起贪婪的手。

一个冥冥的傍晚。又是那讨厌的霏霏秋雨（也许就像我预料的，我的命运也是灰色的，就像这灰蒙蒙的雨，若不然，我们相识和相别总伴着这凄风苦雨？），一阵橐橐的高跟鞋叩击声从风雨里传来，接着我的门被叩响。你走进屋来，一股冷雨也伴你而来，还有一个令人窒息的消息：你说，你要随父母调入另一个城市，手续已办好，我一下子蒙了，我不相信这消息。

我木然地站着。

我知道时空不会阻挡爱情的小舟扬帆远航：可是物换星移，谁能保障爱情不受时空的约束和干扰？

我说过，我们交个朋友。好一阵。你淡淡地凄苦一笑。

我还要给你写信，你默默地注视着我。

我的心战栗着。我不知道你说了些什么。你走了，我也不知道送你没有，却永远记住了你那淡淡的凄苦的一笑。你留给我抑郁的背影，让我无法平静，你皮鞋沉缓的击地声，疲乏地敲击着我的灵魂。我的心在流泪，但愿留下你的身影，陪伴我孤独和忧伤。

就在这时，风雨里传来一支熟悉而哀伤的歌。歌声在烟雨里更觉得凄苦和悲伤——

　　我从来没有想到离别的滋味这样凄凉，这一刻忽然间我感觉好像一只迷途的羔羊，不知道应该回头，还是在这里等候，在不知不觉中泪已成行，如果早知道是这样，我不会答应你离开我身旁。我说过我不会哭，我说过为你祝福，这时候，我已经没有主张。虽然我知道在离别的时候不免儿女情长，到今天，才知道说一声"再见"，需要多么坚强，我想要忍住眼泪，却不能忍住悲伤，在不知不觉中，泪已成行。

外面依然是剪不断的雨丝。

然而时空的利剑却斩断了缕缕情思。十几年了，几回回只能梦里相聚。你那蓝天般的眼睛，你饱和着阳光和雨露的笑，你那倩倩姿影，你是我梦中的太阳，没有你，我的梦也是一团黑暗。

"细雨梦回鸡塞远，小楼吹彻玉笙寒。"夜雨霏霏，秋寒袭人，一排大雁横过雨空，把一串暗哑的鸣韵洒在夜幕里，大雁尚有温暖的南方的期待，我爱的小舟可有温暖的港湾？"雨到深秋易作霖，萧萧难会此时心。"我感到一阵阵怅惘和凄楚……

愿今夜你出现在我的梦里，给我一颗凄苦的心带来遥远的慰藉。

（秋雨霏霏。秋雨霏霏。）

1988年5月

[赏析]

"秋雨霏霏，秋雨霏霏。"阴雨天阴郁的色彩，能勾起人的绵绵愁情。这是一个成年人回忆青春时节的一次"艳遇"。因雨，少男少女偶然相遇在一个凉亭下，躲避料峭秋雨的冷袭。但短暂的相见相识，却引起了他们心灵的悸动和爱的情愫的膨胀。

少男少女在青春期除了对知识的渴求，随着身体的成长，也将产生对爱情的向往。爱情的神秘，初恋的温馨和甜蜜；失恋的哀伤和忧郁，都需要年轻的心灵去品味，这是他们人生必然遇到的课题。

"一切景语皆情语也"，情浓则景浓，情悲则景亦哀。作者笔酣墨饱地渲染秋雨阴郁的色彩，凄凉的大自然景观，揉进感伤和惆怅，写出初恋（或者是苏醒的爱情意识）那种扑朔迷离、朦胧凄楚的伤感。作者运用了许多生动新奇的比喻，增加了作品的深邃感和新鲜感。

面对崇高①

　　也许是现实与梦幻相隔得太遥远了，也许几十年前从小学地理课本上读到这个名字时，就像读到电子、原子一样，是个贫血的抽象的概念。当我真正走进气吞八荒、横亘六合、莽莽苍苍的巨大山脉深深峡谷里，我顿然感到一种恐惧，一种梦魇般惶惑，这就是名气大得惊人的喜马拉雅山吗？

　　展现在我面前的只有两种色彩，白与黑。黑色的怪石嶙峋，裸露着粗糙皲裂的肌肤，然而每座巨峰都戴着晶莹洁白的雪冠。这种反差极为强烈，又极其谐调，构成这庞大而固有的色彩。

　　西藏的公路大都是匍匐在山脚下，像蛇一样，弯来绕去，有三分诡谲，三分投机，还有四分随缘。我们的丰田车就是在日喀则喜马拉雅山谷中穿行。

　　走进山谷，是一腔风的骚动。风在抽搐。风在狂嚎。风在歇斯底里。即使在这炎炎盛夏，站在山谷里，也只觉得寒意萧萧。喜马拉雅，你难道这样冷漠地对待远方的客人？

　　我凝视着这苍褐、浅黛、铅灰色的巨大山脉，它巍巍然，凛凛然，无遮无盖，有棱有角，峥嵘挺拔。它是一尊尊摄人心魄的雕塑巨构，阔大而肃穆，庄严而雄浑，崇高而伟岸。这是宇宙之神的杰作。

　　两千多年前，我的一位老乡说："登东山而小鲁，登泰山而小天下。"其实孔大圣人不过坐着二牛抬杠的木轱辘车到了鲁国周围几个小

国转了一圈嘛，视野囚禁在弹丸之地，登上海拔二千米的泰山就惊愕地大喊大叫"小天下"，那你到喜马拉雅山看看，你登上珠穆朗玛峰看看，岂不让你惊得毛骨悚然，七窍生烟？不过，孔大圣人倒也说了句真理，人的视野的高度，决定人生的了悟，空间会赋予人以智慧。

我喜欢崇高。崇高不仅是一个美学概念，实在也是一种生命的大境界，大意象，大智慧。我的目光轻拂着壁立千仞、白雪皑皑、白云暖暖、气氛肃穆的山峰，那白雪和岩石透出一种平淡、一种无垠，但却浓缩着生存的价值，闪现着多彩的光华。

印度古老的经典中曾赞颂喜马拉雅山："没有比得上喜马拉雅山脉的，因为凯拉斯山和玛那沙发尔湖都在喜马拉雅山里。正如露水为朝霞所销毁一样，人类的罪孽也因为喜马拉雅山的瞩望而涤除。"

古往今来一切伟大的哲学家、艺术家、文学家、大政治家都把崇高作为一生追求的目标，襟怀开阔，视野宏大，志存高远，从来都是俯视万物、睥睨猥琐的。

佛说："纳须弥于芥子"，古罗马的哲学家朗吉努斯在他的《论崇高》一书中，就论及了自然界的崇高对象。如崇山峻岭、大海怒涛、莽莽荒原、暴风骤雨等都是以惊人的、能压倒人的自然威力而构成崇高，总能感到它们与人类实践相抗衡的气质。杜甫诗云："荡胸生层云，决眦入归鸟。会当凌绝顶，一览众山小。"李白登太白峰时也感叹道："太白与我语，为我开天关。愿乘泠风去，直出浮云间。"你看他们对崇高的追求多么强烈，想乘风入云，直上青天。苏东坡并无患有恐高症，他只是感到"高处不胜寒"，而他的"大江东去，浪淘尽，千古风流人物"，却具有一种一泻千里的雄伟气势，这种壮美同样给人一种昂扬振奋崇高之感。王安石在《游褒禅山记》中所感叹的"世之奇伟瑰怪非常之观，常在于险远"，实际上也是指的一种崇高境界。至于一些大政治家更是对崇高向往之至，如毛泽东那首著名的《沁园春·雪》，就展示了他雄视千古、笑傲风流的伟大气魄。有了崇高的追求和向往，人才能有大的视野，大的境界，才能有囊括万物于襟怀、抟扶宇宙于胸中的博大气概。

崇高是做人的一种境界。正如康德所言，欣赏崇高比欣赏美需要更高的道德水平和文化修养。对自然的崇高感，就是对我们自己使命的崇敬。

面对崇高，我感到了自卑，感到人类的猥琐和渺小。走进这峡谷里，好像把一个侏儒的我掷入大化，犹如一粒沙子掷进浩浩大漠，一粒石子融进莽莽群山。我战战兢兢的目光，沿巍峨的山体攀登，我看到那冰清玉洁的雪峰，那里堆满厚厚的雪、暖碟的云，云的上面是蓝得透明的天空。天堂就在那里吗？真善美就在那里面吗？

望着望着，我痛苦地闭上眼睛。苍天在上，这个时代不仅肆无忌惮地制造泡沫政治、泡沫经济，同时也在制造泡沫文化。这终究是人类的进步，还是人类的坠落呢？

我沉思的目光仿佛穿越历史漫长的幽邃：人类千百年来征战厮杀，血流成河，骨堆如山。历史的每一页都写满残忍和残酷。人类是愚蠢的。面对这巍巍大山，这万年冰雕雪铸的山峰和白色覆盖下的岩石，冷峻与刚毅、厚重与坚韧、崇高与圣洁、古老与现实，宇宙之灵气，都淋漓尽致地呈现在我面前。喜马拉雅山在启迪着人类，走不出大悲大难，人类是永远不可能大彻大悟的。

正在我遐思冥想时，只见一只鹰，在峰峦间高高地盘旋。那是天地间与人交流感情的伟大的神灵，死后将肉体交给鹰，把灵魂也交给鹰，让它带入天堂。发明天葬的孔巴仁钦贝大师应该被授予一枚诺贝尔奖牌啊！

我的目光追逐着那只鹰，那矫健的翅膀被喜马拉雅山谷的风高高托起，饮长风、沐大气、浴阳光、浮白云，无拘无束，迎风振翮，激干青云，陡折天外！云乱神不迷，风狂胆不衰，山高壮其志，天阔任其舞！

我多么羡慕鹰啊，只有它可以拥抱崇高，拥抱辽阔，拥抱大化！

人类毕竟是万物之灵，既伟岸又渺小，既卑微又高尚。我非常敬佩那些登山运动家，他们是尼采赞美的"超人"。他们不仅有种冒险精神，更有一种对崇高的向往和追求。

他们用生命去体验大山的崇高与伟大，感受大自然的伟力和磅礴之气韵。当他们在极其险峻的岩石和冰川上攀登时，置生命于度外，许多登山队员在攀登喜马拉雅诸高峰，如珠穆朗玛峰、希夏邦玛峰的过程中献出生命。有的几年之后，另一批登山队员才发现他的尸体，已冰冻在雪窟冰川中。

喜马拉雅山十座高于八千米以上的雪峰，至今全被人类征服。中国登山运动员早在1960年就登上了珠穆朗玛峰。喜马拉雅山一尊尊险峰，人类终于用生命注释了它抽象的概念。这是人类生命进溅的火焰，是向大自然展示了一种强烈的征服欲。

人类站在地球之巅，仰视茫茫宇宙，俯视小小旋转的地球。这种生命超越的过程，大概除了神灵，没有什么能够达到这样的境界。从古到今，正是这种崇高感，不断地引发着人类璀璨的智慧，张扬着人的生命力……

1998年11月

【赏析】

喜马拉雅山，大气磅礴，蜿蜒千里，横亘在祖国的雪域边陲，巍巍然，凛凛然，它是宇宙之神的杰作。作者"读书万卷，行程万里"，穿行在喜马拉雅山谷，顿生一种崇高感。崇高不仅仅是一个美学概念，也是一个哲学概念，古往今来一切伟大的哲学家、艺术家、文学家、大政治家都把崇高作为一生追求的目标。作者视野宏阔，意象丰饶，情感丰沛，语言气势激浪澎湃，在状写喜马拉雅山形貌时，大发对崇高的感慨。面对崇高，感到人类自身的渺小、猥琐，产生古人那"会当凌绝顶，一览众山小"的情怀。更可喜的是作者借景抒怀，批判社会世俗的丑恶、卑劣的行为，呼唤人类的崇高意念、高洁情操。

文化结尾部分，作者笔锋一转，又赞美人类伟大，登山运动员怀着对崇高的信仰，不仅有冒险精神，更有一种对崇高的向往和追求，他们甚至以生命诠释了崇高精神的内涵。

作者最后感慨道："正是这种崇高感，不断地引发着人类璀璨的智慧，张扬着人的生命力。"

德国的橡树

在德国旅游，在田野、河岸、湖畔、山麓、道旁遇到最多的树是橡树，那粗壮结实高大的形象，占据巨大的生命空间和艺术视野。阿尔卑斯山的黑森林是德国最著名的风景区，我没有深入黑森林的腹地，但靠近了它，给我留下最深印象的树，除了山毛榉、冷杉，便是大量的橡树。

橡树又称栎树、柞树，世界上最大的开花植物，生命期很长，长寿树，美国加州一棵橡树寿命1.3万年。

橡树形象优美，树冠庞大，高达24米，叶片宽大肥厚，色相饱满，闪烁着釉质的光彩，它耐高温、干燥、水湿，抗霜冻、抗风暴，树冠有多大，树的根系就有多大，地下风光与地上风情可媲美。

秋天，橡树的叶子落得很晚，西风凋碧林，已经吹落黄花满地金，唯独橡树，树叶随着时间的延续改变色彩，先是满树深绿，渐渐泛黄，像德国童话中的金发女郎，在飒飒秋风中萧萧龙吟，慢慢层林尽染，变成一片愁红，霜叶红于二月花。德国秋天很短，春天来得很晚，秋装还未来得及更换，冬天的酷寒一脚插了进来，秋天仓皇逃遁。漫长的冬天，还时常见到未曾落叶的橡树。

德国人热爱橡树，赞美橡树，像我们歌颂青松一样。希特勒时期纳粹的诗歌、小说、散文、演讲，甚至通讯报道中，"橡树"出镜率极高，几乎用烂了，现在的德国人不再提橡树了，冷漠了。其实橡树木质松软，它最广泛的用途是做啤酒瓶上的软木塞、做地板，它的木质空间有孔隙。据说北京图书馆的地板用的是橡木，七十年没有出现变形、开裂，坚固耐用。

橡树是在仲夏时节开花，天亮前凋谢。橡树花期极短，日耳曼人的心中更强化它的神性。传说，姑娘们如果想预知自己的婚姻和前途，便趁着夜色，到橡树底下铺一块白布，当第二天晨曦显现之时，如果白布上有一点灰烬，那是橡树开花后凋谢的花烬。她们便收拾起来，带回家，放在枕头下面，以便梦中会显示未来的丈夫，像橡树一样高大、健壮。

橡树是德国精神的象征，它伟岸、坚韧、抗风霜严寒，即使树枝折下，放置数月，它的枝和叶都会变成金黄色，因此橡树被称为"金枝"。这种金枝寓意吉祥富贵，它和"黄金"属于同一血脉，那迷人的金黄色的色彩，给人带来巨大的温暖和渴望，这是神意，德国人喜欢用橡树枝做手杖。

在画家眼里，橡树是"英雄树"。

希施金爱画的主题，大树旁繁茂的灌木丛及鲜花野草。他的名画《橡树林》《橡树》，都展示出生命的雄健和生机勃勃，老者苍健，幼者生机盎然。他的风景画中有百年的老橡树，称为大地的英雄，大地母亲的赠品。树木、大地和天空的色彩特别明艳，蔚蓝的天空，高大翠绿的树木，田野金色的麦浪，辽阔旷达，使人沉浸在大自然的激情中。这些以纪念碑式的构图，朴实简练的手法，对自然进行了高度概括，创造大自然综合形象，他的《橡树》风格稳健，色彩、光影具有雕塑感。

法国画家卢梭视大自然为拜物教，他一生追逐阳光和风景，奔波在雾气腾腾、林木蓊然的乡村、山野，对景写生。他的风景画沉雄、深广、强悍、敦厚，有种野性的力量和叱咤风云的英雄气概。他笔下的橡树，色彩丰富饱满，色阶清晰，层次横排，形成气势磅礴的色彩旋律，奏响一曲庄严、浑厚、博大、雄健的乐章。

在洒满阳光的大地上，耸立着几棵枝蔓勾连的古老的橡树，浓密、厚实、稳健，有着坚不可摧的生命和意志，和英勇顽强的英雄主义精神。他另一幅《朗德的大橡树》，庞大的树冠，饱满的枝叶，横逸的枝干，占据了整个画面，一种争雄称霸的气概笼罩天地——那是拿破仑的精神世界，一个帝国的象征，也是一曲庄严、宏伟、充满生命力的大自然赞歌。

德国的风景画家汉斯·杜马，画风浓厚而不滥情，也是热爱大自然，擅长画阳光明媚、充满热情、富于诗情幻想的风景画，山谷、河川、原野、森林。风景中的橡树，大自然在画中奏响欢乐的歌声，节日的热烈气氛，那树、那草、那花都似乎暴露出明朗温和的心情。

不仅大地、树木、野花、野草充满生命，连空间和光也充满了生命，那就是呼唤人类，应该跪在大自然面前，进行祷告和膜拜。这种人生哲学，深刻地启悟着人们。

我在德国漫游时，给我难以忘却的一个画面：一大片草场，萋萋芳草很有韵致抒情般地铺满山坡。一棵苍老健壮的橡树孤独地耸立在草地上，周围既无灌木丛，也没有杂树，像一位老气横秋的老农，眷恋他的草场、田野，展开他漫长辽阔的回忆，这真是一页动人的风景。我真想跑过去问候："老人家，您好！"这真是大地的英雄。五月的阳光从高天倾泻下来，穿过它稠密的枝叶和大地阴影的拥抱。它的影子宁静而巨大。它的叶子变得沉郁、庄重和肃穆，像老人成熟的思维。我总觉得有一种素材注入它的躯体和枝干——金刚石。金刚石般的精神，金刚石般的品格：淡定、坚硬、高雅，它负载着沉甸甸的苦难和岁月，负载着风霜雨雪的岁月，它沉默着，枝叶纹丝不动。它的悲壮使大地都感到敬慕和痛惜。看到它，你会感到生命汹涌澎湃的力量，生命的伟大、强健。这是大地上的圣物，它会告诉你这力量就是信仰，我是为了一种神圣的使命而活着。

被海德格尔誉为"诗人中的诗人"的德国大诗人荷尔德林有首诗《橡树林》，他热情赞美："巨人的家族，只属于自己和培育过/你们的天空及生养你们的大地。""用粗大的手臂夺取地盘/洒满阳光的树冠/欢乐而又气派地直冲霄汉。"

惠特曼也曾写诗赞美"橡树精神"：我在路易斯安娜看到一棵橡树正在生长/它独自屹立/树枝上垂着苔藓/没有任何伴侣/它在那儿长着/

迸发着绿色的欢乐的叶子/它的气度粗鲁、刚直、健壮/使我联想起自己……惠特曼笔下的橡树有男子汉气概。

橡树有丰富的智慧和深邃的灵性，"永远向一个固定的目标迈进"。橡树成为诗歌创作中的具象，也是意象，橡树是一种精神的象征，一度成为德意志的灵魂。

2015年4月

本文选入《初中语文·漫阅读》

【赏析】

作者将视觉触及德国的橡树，从文化的角度阐释橡树的种种内涵，主要将橡树入画和入诗的文化底蕴一一做了解释，让人真切地感知到，橡树的确有丰富的智慧和深邃的灵性。文章大量列举画作的例子，也大量引用对橡树的赞美之词，更好地突出了橡树的文化内涵，让人对橡树留下深刻的印象。作者这种对橡树的高度赞美和热情关注，成就了一篇美文，也使其成为游记作品中风格较为独特的一篇。写作本就应该重视寻找万事万物的美，并将它们提示给世人看，这才是为文者最高的追求。

附 录

以诗心畅写抒情散文

　　保林的散文，有一个很大的特点：就是他能在祖国大地上自由驰骋、奔腾，把祖国的江河、大海、森林、高山、平原、乡村沐浴在朝阳与黄昏、春色与秋光中，无比丰富多彩的种种形态，用浓郁的情感、自由奔放的诗的语言描绘得那样美，打开人们的心扉，激发人们去玩味、思考，让自己的心灵也在祖国大地上自由地遨游飞翔！

——现代著名作家　荒 煤

　　郭保林的散文，虽然大都是对于自然和生活美的充满了激情的抒写和讴歌……他还有着自己更深一层的思考和探索。他寄情于乡土、山川、草原与大漠，同时也寄情于历史，他时时都追求着一种苍茫浩渺的历史感。豪迈、激越、高昂乃至于悲壮的感情……具有阳刚之气。另一个明显的特色，这就是：浓烈色彩和昂扬激情的自然交融。

——原中国作家协会副主席、著名作家　冯 牧

　　郭保林同志的散文在文字风格上，给我的印象主要是属于繁富和秾丽，这与作家对于客观世界的感觉往往显得颇为细腻、深刻和有其人独创之处有关，与作家的联想力之丰富有关。

——原福建省作家协会主席、著名作家　郭 风

　　我读过保林撰写的不少散文，曾被他作品中那种浓郁的生活情

趣、奔放的艺术构思和热忱的情感力量所鼓舞。（他）确实是沿着自己诚挚与深沉的感情线索，逐步走向开阔，逐步走向新颖的理性王国升腾。

——中国散文学会原会长、中国社会科学院文学研究所博士生导师　林非

他的艺术视野开阔，他的艺术视点高，他的艺术开掘深，他的艺术想象丰富。他的艺术语言美，他的语言浸透了情感的潜流，颇具诗美。他注意语句的锤炼，常常在叙述描写之中，提炼出新颖而深刻的奇言警语，给人启迪。他的语言节奏感强，长短句、排比句交替出现，整散结合，韵律谐和，气势磅礴，大有汉赋和骈文的壮阔。

——中国散文学会常务理事，重庆市散文学会会长、重庆工商大学教授傅德岷

郭保林是早已闻名全国文坛的极富才情与想象力的散文家，并形成了诗化的美学风格。这不仅得益于他敏锐的生命感悟力和强烈的时代感，也得益于他丰赡的文化知识和精湛的文学修养及驾驭各种体裁的艺术技巧和新奇的语言表现力。

——著名学者、山东师范大学教授、博士生导师　朱德发

如果把郭保林的散文作为一个整体，放在整个散文传统的艺术链中观察，我们会发现他的散文个性是沿着两个方向的展开中获得的。其一，力图改造传统散文艺术的自觉超越意识……其二，在改造传统艺术的同时，又局部沟通继承传统散文艺术的优秀精华，体现出一种深层次的回归意识……他从本体论的高度探索其艺术特征，不再仅仅把散文艺术视为结构、语言、修辞等写作技巧层面的东西，更把它作为一种独特的掌握世界的方式和审美表现精神。

——山东师范大学教授、博士生导师　蒋心焕

郭保林的散文"抒情性特征在语言上的表现是语言的诗化，这一

点是极为突出的，诗化的语言在作品中是通过哲理性、音乐性和形象性表现出来的"。

——聊城大学教授、原中文系主任　韩立群

郭保林是位有诗人气质的作家，因此，他的创作时常在一种诗情泉涌、想象力奔放之中，完成他对大自然的描绘，这时，他笔下的自然景色无不浸润着作家的情感，即使在一种看似客观的描绘中，读者也能深深感受到一种扑面而来的气息，你会情不自禁地说，这就是他！如此熟悉的精灵在每一个字里行间都透出作家的气质、个性和诗意。

——福建师范大学博士生导师　姚春树

郭保林既是一位思想沉思者，又是一位艺术的探索者……不仅保持着已有的诗化美学特征，而且，有着更独创性的发展和创新，显示出厚实、强劲的艺术创造力。

——福建师范大学教授、文学院院长　郑家建

保林有充沛的诗情，而性格更强化了他的诗人气质。虽然他后来放弃了写诗，致力于散文创作，诗的巨大潜流却汨汨不断，并且越流越激，越流越宽。

——华南师范大学教授　陈剑晖

保林以诗心写抒情散文，时时保持或张开着诗人的感觉器官，那么敏感，那么易触易动，而感到的对象如山、水、日、月、雨、雪、秋天、黄昏、海浪、白杨等等，无不是诗人最爱捕捉的意象，最容易营造诗的氛围，也方便于寄托诗意。

——同济大学文学院教授　喻大翔

郭保林的散文创作风格呈现为中国传统美学风格的两极——豪放

和婉约的共存与互补。他热烈、奔放、激情洋溢，富有理想，他富有诗人气质，尽情地挥洒浪漫主义才气和豪气，自由酣畅地为大自然造型，以强势笔墨营造了一个博大雄浑、气势恢宏的散文世界，充满浪漫主义激情和阳刚正气的艺术世界。

——聊城大学教授、原文学院院长　石兴泽

郭保林的散文"以诗性的笔致进行艺术描写，以强烈的生命向往和现实情怀进行积极的浪漫的畅想和深切的理性自省，在优美典雅的语言表现和昂扬勃发的磅礴文气中，对个体与群体、生命与崇高、原始与文明等人类生存和发展的基本问题作出极富有灵性的深刻思考，充满着强烈的生命意识、民族意识、人类意识与宇宙意识，显示出执着探索的品性，显得大气，显出品位"。

——绍兴文理学院教授　刘家思

郭保林是一位具有浪漫气质的作家，他以强烈的开拓意识和启人深思的图谋，突破了长期以来散文拘囿于生活琐事与人生常态的狭窄视角，冲破了散文所谓的"小感触""小哲理"，以精致纤细见长的旧审美规模，而以恢宏的气魄，在当代散文世界中独标一格，引人注目。

——泉州师范学院教授　黄科安

我不知道怎样概括郭保林的散文！柔媚、刚劲？飘逸、深沉？婉约、豪放？崇高、优美？热烈、冷峻？诗的灵魂史的悠远思的深邃情的炽烈景的绚烂言的鲜活？郭保林犹如丹青圣手，把种种色调调和得相济而不相犯，相亲而不相仇，真可谓兼具情之两柄，集聚美之诸维，融会文之多边。更为难能可贵的是，郭保林运思因宜适变，行文伸缩自如……郭保林绝对是内外双修的散文大家，他的散文绝对是情、理、美三维的文学精品！

——中国语言修辞学会常务理事、山东大学教授　高万云郭保林的"文化散文"被人们称之为"诗人、作家的文化大散文"。诚然,作家以诗人的语言、用诗歌的技巧来开拓文化散文的天地,形成了他独特的文体,而这文体的核心便是苦难的沉思和生命的突围,他用哲人的心灵拼贴文化碎片,这使他的文体在历史感和悲壮感之外,还有一种诗意浓郁之美,成为当代文化散文中一枝独放的奇葩。

——扬州江海学院社科系 李建明

郭保林的散文如飞瀑,如奔马,或情思宏阔而富饶,或创构奇颖而精美,写得瑰丽豪放,境界壮阔,潇洒风流,以其亦豪亦秀的健笔,不断地"创新并突破散文的华严世界"(余光中语)。他的散文具有现代诗般的莽莽苍苍的气势,构思奇颖,笔墨洒脱不羁,变化多端,行文无拘无束、纵横捭阖,具有融会各种文体各种语气的高度适应能力和阔大恢宏的"气度"。

——山东师范大学教授 曹明海

郭保林的散文的特殊认识意义和文学史价值是:在散文史愈来愈囿于心灵的小感触,成为玲珑剔透小摆设的文化氛围中,郭保林却以他的勇敢和坚毅,奏响了改革开放、中华民族伟大复兴进程中的洪钟大吕。在软性散文风靡一时的文化环境里,郭保林却以他前所未有的热忱、魄力和深邃彰显了硬派散文的实力和风采,成为实力派散文的一颗耀眼的明星。

——中国矿业大学文学院教授 庄汉新

郭保林用生花妙笔,精雕细刻、浓墨重彩、大泼大洒地描写了高山之美、流水之美、人情之美、草木之美以及新时代的风气之美。这构成了他典型的美质散文的文体风格。

——内蒙古师范大学教授、博导 石羽

　　郭保林独树一帜，笔墨驰骋，思想笃厚，情感强烈，行文自如，海阔天空，语言多姿，手法多变，清新鲜活，并以其史诗般的格局，增强与扩展了散文的厚度与广度。

　　　　　　　　　　——云南师范大学教授、博导　方仁